Ulrike und Dr. med. vet. H. Alfred Müller

Tier-sprech-stunde

So bleibt meine Katze gesund

Mitarbeit:
Heidrun Gratz

Farbfotos: Christine Steimer
und andere Tierfotografen
Zeichnungen: Renate Holzner

GU

Inhalt

Ein Wort zuvor

Verhält sich Ihre Katze anders als sonst? Ist sie apathisch oder frißt sie kaum? Solche und andere Zeichen deuten auf eine Erkrankung hin. Der neue GU Tier-Ratgeber sagt Ihnen, was in diesen Fällen zu tun ist: Die Symptom-Tabelle hilft Ihnen, der Krankheit Ihrer Katze auf die Spur zu kommen. Im Krankheits-Teil werden die wichtigsten Katzenkrankheiten und ihre Behandlung beschrieben. Tierarzt Dr. H. Alfred Müller und Katzen-Expertin Ulrike Müller erklären präzise und leicht verständlich, wie Sie Ihrer kranken Katze selbst helfen können oder wie ihr vom Tierarzt geholfen werden kann. Wo erfolgversprechend, sind auch Tips für die Behandlung mit homöopathischen Mitteln genannt. Fachbegriffe, die der Tierarzt häufig verwendet, werden erklärt.
Grundvoraussetzungen für die Gesundheit Ihrer Katze sind optimale Haltung und Vorsorgemaßnahmen, wie z. B. Impfungen. Was dabei zu berücksichtigen ist, finden Sie im Kapitel »Die artgerechte Haltung«.
Auf Praxis-Seiten: Tips zur Pflege und Ernährung sowie Anleitungen für Erste Hilfe bei Verletzungen. Informative Farbfotos und Praxis-Zeichnungen helfen, die tierärztlichen Ratschläge in die Tat umzusetzen.
Autoren und GU Naturbuch-Redaktion wünschen Ihnen, daß Ihre Katze schnell gesund wird.

Geschlechtsreife Kater markieren mit ihrem Harn ihr Revier.

Aufmerksam beobachtet diese Katze ihre Umgebung.

Das richtige Getränk für Katzen ist frisches Wasser.

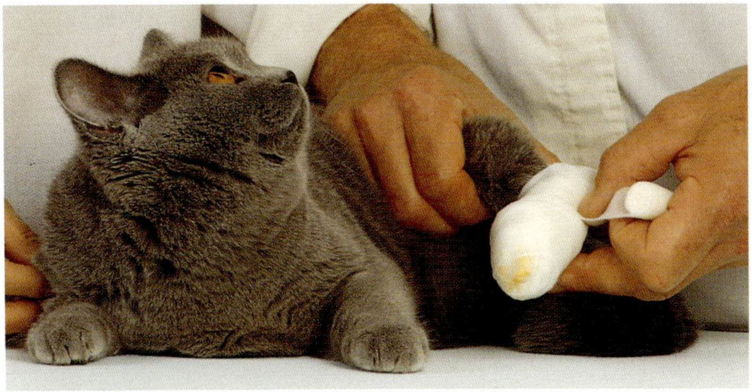

Geduldig läßt sich diese Katze ihre verletzte Pfote verbinden.

Katze mit Augenerkrankung.

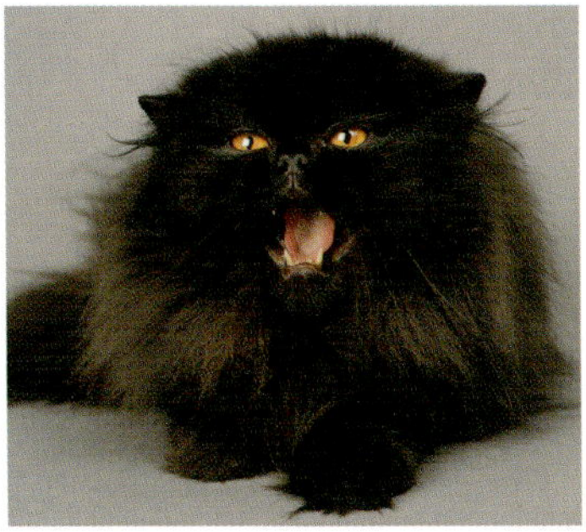

Ein faszinierendes Katzengesicht.

Die Autoren
Dr. med. vet. Hans Alfred Müller, arbeitete nach dem Studium der Veterinärmedizin in Gießen, unter anderem auf den Gebieten Parasitologie und Verhaltensforschung bei Haustieren. Seit mehr als 10 Jahren führt er eine tierärztliche Praxis, in der Katzen einen großen Anteil der Patienten ausmachen.
Ulrike Müller verfügt über eine längjährige Erfahrung in der Rassekatzen-Zucht und ist als Preisrichterin auf Katzenausstellungen in den verschiedensten Ländern der Welt tätig. Sie ist außerdem Autorin der erfolgreichen GU Tier-Ratgeber »Langhaarkatzen«, »Katzen« und »Perserkatzen«.

Die Fachberaterin
Dr. med. vet. Heidrun Gratz, praktische Tierärztin, ist spezialisiert auf die biologische Behandlung von Tieren.

Die Fotografen
Christine Steimer arbeitet seit 1985 als freie Fotografin. Sie hat sich 1989 auf Tierfotografie spezialisiert und ist seitdem für die Zeitschrift »Das Tier« tätig. Daneben fotografierten auch andere bekannte Tierfotografen.

Die Zeichnerin
Renate Holzner arbeitet als freie Illustratorin in Regensburg. Ihr breites Repertoire reicht von Strichzeichnungen über fotorealistische Illustrationen bis hin zur Computergrafik.

Krankheiten schnell erkennen

Symptome	Mögliche Ursachen, bei denen Sie selbst Abhilfe schaffen können	Alarmzeichen, wenn diese Symptome hinzukommen
Appetitmangel	Ist satt, Selbstversorger, fängt Mäuse oder wird von Nachbarn gefüttert, verwöhnt, ungewohntes Futter, bei weiblichen Tieren Rolligkeit	Verhaltensabnormitäten, Apathie, Abmagerung, Fieber, Untertemperatur, Erbrechen, Durchfall oder kein Kotabsatz, Speicheln, Würgen
Frißt viel	Längere Zeit ohne Futter, besondere Belastung wie Trächtigkeit, Kälte, Verhaltensveränderungen	Abmagerung, Verfettung, trinkt viel
Trinkt nicht	Hoher Wassergehalt im Futter, hat andere Trinkquellen	Apathisches Verhalten, Speicheln
Trinkt viel	Trockenfutter, sehr trockene Raumluft, Hitze	Erbrechen, Untertemperatur, Abmagerung, apathisches Verhalten, Appetitmangel, Schwäche
Durchfall	Ungewohntes Futter, starke Aufregung, Stress, hat Milch getrunken	Apathisches Verhalten, Austrocknung, Abmagerung, Erbrechen
Erbrechen	Zu hastig große Futtermengen verzehrt, unbekömmliches Futter, Pflanzenteile oder Haare gefressen	Wiederholtes Erbrechen, Apathie Fieber, Durchfall, kein Kotabsatz
Mundgeruch	Stammt vom Futter, etwa Fisch	Speicheln, Schmerz beim Fressen, Erbrechen, trinkt viel, urinöser Geruch
Pressen, ohne Kot oder Urinabsatz	Verstopfung infolge Bewegungsmangel, Verfettung, bei weiblichen Tieren Wehentätigkeit	Langdauerndes erfolgloses Pressen, blutiger Kot, Erbrechen, Urin teilweise blutig, Schmerzäußerung, Lecken der Penisspitze

Mögliche Diagnose	Krankheitsbild und Behandlung
Allgemeininfektion, Organkrankheiten	Seite 104, 80
Tumoren	Seite 44,74
Infektion, Fremdkörper im	Seite 104, 84
Verdauungstrakt, Verstopfung	Seite 86
Maulhöhlen-Zahnerkrankungen, Infektion	Seite 68
Parasitenbefall, Hormonstörung	Seite 96, 77
Hormonstörung, Verhaltensabnormität	Seite 77, 20
Schwere Infektionen,	Seite 104
Mundhöhlenerkrankung, Fremdkörper	Seite 68
Nierenschaden	Seite 80
Diabetes, Bauschspeicheldrüsenentzündung	Seite 88
Gebärmutterentzündung	Seite 82
Parasitenbefall, Infektionen, Vergiftung	Seite 96, 104, 54
Erkrankung von Leber, Bauchspeicheldrüse	Seite 88
Infektionskrankheiten (z.B. Katzenseuche)	Seite 104
Organkrankheiten, Nierenschaden	Seite 80
Magenentzündung, Vergiftung	Seite 86, 54
Verstopfung, Darmlähmung	Seite 86, 87
Darmverschluß	Seite 87
Zahnfleischentzündung, Wucherung	Seite 69
Abszeß, Zahnleiden	Seite 68, 69
Gastritits	Seite 86
Nierenschaden	Seite 80
Schwere Verstopfung, Darmträgheit	Seite 86, 87
Tumoren	Seite 44
Harnwegsinfektion	Seite 81
Harngries, Harnsteine	Seite 81

Diese Tabelle ermöglicht Ihnen, einer Erkrankung Ihrer Katze schnell auf die Spur zu kommen. Natürlich ist die Tabelle stark vereinfacht und kann nicht in jedem Einzelfall erschöpfend Auskunft geben. Oft verbirgt sich auch hinter einer vermeintlich leichten Gesundheitsstörung eine schwerwiegende Erkrankung. Gehen Sie deshalb am besten sofort mit Ihrer Katze zu einem Tierarzt, wenn Sie bemerken, das sich das Tier anders verhält als gewohnt bzw. Krankheitsanzeichen zeigt.

Krankheiten schnell erkennen

Symptome	Mögliche Ursachen, bei denen Sie selbst Abhilfe schaffen können	Alarmzeichen, wenn diese Symptome hinzukommen
Übermäßiger oder häufiger Harnabsatz	Hat viel getrunken, Markierungsverhalten	Setzt immer wieder kleine Urinmengen ab, Urin blutig, große Harnmenge
Nießen Husten	Reizstoffe in der Luft	Apathisches Verhalten, Augenentzündung, Nasenausfluß, Atembeschwerden, Fieber, Speicheln, Atemnot, Schwäche
Vermehrte, angestrengte Atmung	Erhöhter Sauerstoffbedarf nach Anstrengung, Aufregung, Kühlung bei großer Hitze	Apathie, Fieber, Husten, Niesen, hohe Herzfrequenz, blasse oder blaue Schleimhaut, Bauchatmung
Hautveränderungen und Haarausfall Juckreiz	Schmutz, natürlicher oder verzögerter Haarwechsel, verfilzte Haare	Unentwegtes Kratzen am Kopf, Kratzen am Körper, örtlicher Haarausfall, eitrige oder schuppige Bezirke, schwere Allgemeinstörung
Lahmheit	Leichte Prellung oder Zerrung nach Unfall, oberflächliche Ballenverletzung	Hochgradige, wechselnde oder langdauernde Lahmheit, apathisches Verhalten
Allgemeine Umfangsvermehrung des Leibes, örtliche Schwellungen	Fettleibigkeit, Trächtigkeit	Apathisches Verhalten, Fieber, trotz dickem Bauch Abmagerung
Unsauberkeit	Markierverhalten der Geschlechtstiere, störende Umweltbedingungen	Durchfall, häufiges Pressen, Lahmheit

Mögliche Diagnose	Krankheitsbild und Behandlung
Harnwegsinfektion, Harngries	Seite 81
Nieren-, Leberschaden, Diabetes	Seite 88
Gebärmutterentzündung	Seite 82
Katzenschnupfenkomplex, Entzündung	Seite 108
oder Fremdkörper in Nase oder Kehlkopf	Seite 89
Lungenentzündung	Seite 93
Lungenstauung, Herzleiden	Seite 94
Atemwegsinfektionen	Seite 91
Blutverlust, Anämie, Schock, Herzleiden	Seite 95
unfallbedingter Schaden im Brustraum	Seite 93
Zwerchfellriß	Seite 93
Ohrenentzündung, Räudemilben,	Seite 68
Flöhe, Haarlinge, Räude, Allergie,	Seite 96-98
Hormonstörung, Mangelernährung	21, 77, 78
Pilzinfektion	Seite 111
Aujeszkysche Krankheit	Seite 71
Verletzungen des Bewegungsapparates	Seite 71
Infektionen, Ernährungsfehler	Seite 104, 21
Stoffwechselstörung, Gelenkentzündung	Seite 78, 72
Verletzung der Pfote	Seite 71
FIP, Tumoren	Seite 104, 44
Darmparasiten, FIP, Bauchwassersucht	Seite 96, 44, 102
Blutergüsse, Abszesse, Entzündungen	Seite 67, 72, 74
Gebärmutterentzündung	Seite 82
Darminfektion, Harnwegsinfektion	Seite 87, 81
Unfall- oder Infektionsbedingter Nierenschaden	Seite 71

Katzenhalter, die in enger Gemeinschaft mit Ihrer Katze leben, erkennen meist sehr schnell, ob Ihre Katze krank ist. Dazu ist es sehr hilfreich, über die natürlichen Verhaltensweisen einer Katze Bescheid zu wissen (→ Seite 28 bis 35).

Die auffälligsten Krankheitsanzeichen sind: Apathisches Verhalten, Vernachlässigung der Körperpflege, stumpfes Haarkleid, starker Juckreiz und plötzliche Unsauberkeit.

Katzen artgerecht halten

Eine Wohnungskatze kann bis zu 20 Jahre alt werden. Damit die Katze gesund ein hohes Alter erreicht, braucht sie vor allem liebevolle Fürsorge, ausgewogene Ernährung und richtige Pflege. Auch das tägliche »Schmusestündchen« und Spiel mit »ihrem« Menschen trägt zum Wohlbefinden der Katze bei. Mit entsprechenden Vorsorgemaßnahmen kann der Katzenhalter Erkrankungen seiner Katze verhüten.

Vorbeugen ist besser als Heilen

Dichtes glänzendes Fell, das mehrmals täglich sorgfältig mit der Zunge bearbeitet wird, blanke Augen, guter Appetit und lebhaftes Interesse an allem, was sich rund um sie tut, all das zeichnet eine gesunde Katze aus. Katzenbesitzer können viel für die Gesundheit ihres Tieres tun. Dazu gehört vor allem die liebevolle Zuwendung. Aber auch eine artgerechte Haltung, ausgewogene Ernährung, regelmäßige Pflege, Vorsorgemaßnahmen wie Schutzimpfungen und Wurmkuren sind Grundvoraussetzungen für die Gesunderhaltung der Katze (→ Vorsorgemaßnahmen, Seite 23).

Die Wohnungskatze

Katzen eignen sich sehr gut für ein ausschließliches Leben in der Wohnung. Wenn eine Katze als Jungkätzchen keine Erfahrung mit einem Freiauslauf gemacht hat, vermißt sie ihn auch später sicherlich nicht. Langhaarkatzen wie zum Beispiel Perser eignen sich wegen ihrer Fellbeschaffenheit überhaupt nicht für eine Haltung mit Freiauslauf.
Infektions- und Unfallgefahren sind in der Wohnung erheblich reduziert. Der beschränkte Aktionsradius und das geringere Angebot an Umweltreizen wird ausgeglichen durch ein geschütztes, geborgenes Leben, das der Katze sehr behagt.
Je größer und von der Einrichtung her abwechslungsreicher eine Wohnung ist, und je mehr persönliche Zuwendung eine Katze von ihrem Menschen erhält, um so wohler wird sie sich fühlen.
Eine katzengerechte Wohung muß über geeignete Ruheplätze (Schränke, Polstermöbel, spezielle Wohnhöhlen) verfügen. Achten Sie auch darauf, daß keine Gefahrenquellen für die Katze entstehen. Das können zum Beispiel freiliegende Elektrokabel, heiße Herdplatten, unverdauliche Gegenstände wie etwa Lametta, Kinderspielzeug aus Plastik oder Nähnadeln sein. Verzichten Sie auf giftige Pflanzen im Haus und auf dem Balkon (Hyazinthe, Maiglöckchen, Narzisse, Weihnachtsstern, Primel) und Pflanzen, an denen sich die Katze verletzen kann, wie etwa Kakteen (→ Bücher, die weiterhelfen, Seite 126). Wasch- und Putzmittel sowie Chemikalien sollten nicht frei in der Wohnung herumstehen, damit sich die Katze durch das Auflecken der Mittel nicht vergiftet bzw. Verätzungen zuzieht.
Kratzvorrichtungen zum Krallenwetzen sollten möglichst in der Nähe von bevorzugten Ruheplätzen der Katze angebracht werden. Geeignet sind Kratzteppich, Kratzpappe, Kratzpfo-

»Spiel mit mir«, will die Katze mit dieser Haltung sagen.

sten, Kratzbaum oder – für Wohnungskatzen ideal – ein Kratzwohnbaum (im Zoofach- oder Versandhandel erhältlich). Wichtig ist bei Kratzbäumen, daß sie standfest sind und nicht bereits beim ersten Anspringen umkippen. Eine Katze, die solch eine Erfahrung gemacht hat, wird den Kratzbaum nicht wieder benutzen.

<u>Ein Futterplatz</u>, an dem es immer Trinkwasser und zu festen Zeiten Futter gibt, ist unerläßlich. Trinkwasser und Trockenfutter bietet man am besten in schweren, glasierten Keramikschüsseln an, die die Katze nicht herumschieben oder umwerfen kann. Naßfutter (Fleisch, Dosenfutter, Brei) gibt man in Cromarganschüsselchen, die leicht zu reinigen und feuerfest sind. Man kann das Futter darin erwärmen und der Katze ohne Umfüllen (nicht zu heiß!) vorsetzen (→ Die richtige Ernährung, Seite 16).

<u>Die Katzentoilette</u> wird an einem störungsfreien, jederzeit zugänglichen Platz, der nicht zu nahe am Futterplatz liegen soll, aufgestellt. Füllen Sie eine etwa 5 cm hohe Schicht Katzenstreu in das Katzenklo. Es ist nicht nötig, die Katzentoilette täglich ganz zu entleeren. Mit einer kleinen Schaufel entfernt man nur den Kot und die feuchten Stellen und füllt frische Streu

Gesundheitskontrolle

Haarkleid:	Dicht, glänzend	
Haut:	elastisch, weich und glatt	
Gehörgänge:	sauber	
Afteröffnung und Umgebung:	sauber	
Schleimhäute:	rosa	
Nasenöffnung, Augen:	frei von Sekretansammlung	
Aussehen des Urins:	klar, gelb	
Aussehen des Kotes:	zylindrisch geformt, feuchtweich,dunkelgrau bis braun	
Körpertemperatur:	37,8 - 39,2 °C	
Körpergewicht:	2,5 - 5,5 kg	
Pulsschläge pro Minute:	130 - 140	(Jungkätzchen)
	110 - 130	(junge Katzen)
	100 - 120	(alte Katzen)
Atemzüge pro Minute:	40	(Jungkätzchen)
	30	(junge Katzen)
	20	(alte Katzen)

nach. Einmal wöchentlich sollte die Katzentoilette mit heißem Wasser gereinigt werden. Verwenden Sie kein Desinfektionsmittel, denn Katzen mögen den Geruch nicht und könnten sich ein anderes Plätzchen in der Wohnung suchen, um ihr Geschäft zu verrichten.
Spielzeug, zum Beispiel an Bändern aufgehängte, gehäkelte Wollmäuse, leere Pappkartons, Tennisbälle und im Zoofachhandel angebotenes Katzenspielzeug, sorgen für Abwechslung und können die Katze davon abhalten, sich Gardinen oder Polstermöbel als Spielobjekte auszusuchen.
Eine Katzentransportbox, verschließbar und aus Kunststoff, ist eine sinnvolle Anschaffung (→ Foto, Seite 48). Sie ist unentbehrlich, wenn man mit der Katze auf Reisen geht oder sie zum Tierarzt transportieren muß.

Haltung mit Auslauf
Eine Katze, die überwiegend in der Wohnung lebt, kann auch an einen Freiauslauf oder Auslauf in einem umfriedeten, ausbruchsicheren Bezirk im Garten gewöhnt werden. Den Auslauf benutzt die Katze für Kot- und Harnabsatz, Krallenwetzen und, sofern die Möglichkeit besteht, für ihre Spiel- und Jagdaktivitäten.
Außerdem bietet der Auslauf im Freien dem Tier interessante Umweltreize und härtet es durch Witterungseinflüsse ab. Eine größere Gefährdung der Katze durch Infektions- und Unfallgefahren müssen Sie allerdings in Kauf nehmen.
Auch wenn eine Wohnung zu beengt ist, ein Katzenbesitzer zu wenig Zeit für seine Katze hat oder die Katze unsauber ist, kann ein Auslauf hilfreich sein.
Ein verantwortungsbewußter Katzenbesitzer sollte jedoch sein freilaufendes Tier kastrieren lassen, um einer unkontrollierten Vermehrung vorzubeugen (→ Kastration, Seite 24).
Regelmäßige Gesundheitsüberwachung und Impfungen sowie ein ausgewogenes Futterangebot und Unterschlupfmöglichkeiten sollten selbstverständlich sein.

Freilebende Katzen
Nach wie vor verbringen viele Katzen ihr Leben frei auf dem Lande.
Vor allem auf Bauernhöfen mit Tierhaltung und großen Lagervorräten an Getreide und sonstigen Futtermitteln wird das ureigene Jagdverhalten der Katzen sehr geschätzt.
In früheren Zeiten standen weder abgesicherte Speicher noch chemische Nagerbekämpfungsmittel zur Verfügung. Das Überhandnehmen der schädlichen Mäuse- und Rattenbevölkerung konnte oft nur durch die Hofkatzen verhindert werden.
Der Bezug zum Menschen besteht für freilebende Katzen auf dem Bauernhof meist nur darin, daß sie zu den Melkzeiten etwas frische Milch im Kuhstall bekommen. Ansonsten sind die

Ab der 3. bis 5. Lebenswoche benutzen Katzen das Katzenklo.

Lautlos schleicht sich die Katze an eine Maus heran. Freilaufende Katzen sind vielen Gefahren wie tödlichen Infektionskrankheiten oder Tod durch Autounfälle ausgesetzt.

Katzen sich selbst überlassen. Freilebende Katzen haben auf den ersten Blick betrachtet ein schönes Leben, vorausgesetzt es gibt genügend Mäuse in der Umgebung, und es leben nicht zuviele Katzen im Gebiet. Sie haben die Möglichkeit, ihr gesamtes artspezifisches Verhalten in einer Umwelt auszuleben, die in wesentlichen Punkten der entspricht, an die ihre Art seit vielen tausend Jahren perfekt angepaßt ist.

Leider sieht die Realität für freilebende Katzen oft anders aus. Viele Katzen sterben an Infektionskrankheiten, sind von Parasiten befallen, vergiften sich durch Insektizide oder andere Stoffe und werden von Autos überfahren. Nicht zuletzt finden sie auch oft durch die Gewehrkugel eines Jägers oder die Bisse eines Hundes den frühen Tod. Verletzungen bei Rivalitätskämpfen unter Katern und Territorialkämpfe um Wohn- und Jagdreviere kommen bei ständig frei lebenden Katzen am häufigsten vor.

PRAXIS Vorbeugende Pflegemaßnahmen

Kamm und Bürste für die Fellpflege

Kurzhaarkatzen müssen in der Regel nur während des Haarwechsels (Frühjahr/Herbst) gründlich gebürstet werden, damit sie beim Putzen nicht zu viele abgestorbene Haare verschlucken (→ Verstopfung, Seite 86). Langhaarkatzen brauchen hingegen eine regelmäßige Fellpflege, da sonst ihr Haar leicht verfilzt.

1 *Filzknoten vorsichtig mit den Fingern auflösen.*

Folgende Utensilien sind für die Fellpflege nötig:

- Für Kurz- und Langhaarkatzen: 1 halbrunde Bürste mit festen Naturborsten oder 1 Gummibürste mit Noppen.
- Zusätzlich für Langhaarkatzen: je 1 Metallkamm mit groben und feinen Zähnen, 1 Trennmesser zur Entfernung von Fellknoten.

Kämmen: Mit dem groben Metallkamm beginnen und vor allem am Bauch der Katze und zwischen den Beinen besonders gründlich die Unterwolle kämmen, damit sich keine Verfilzungen bilden. Anschließend mit dem feinen Kamm nochmals das ganze Fell vom Kopf zum Schwanz hin durchgehen. Dabei auf Flohbefall achten.

Bürsten sorgt für ein glänzendes Fell. Gebürstet wird immer mit dem Fellstrich. Die meisten Katzen genießen es laut schnurrend.

Baden: Generell sollten Sie Ihre Katze nur baden, wenn sie stark verschmutzt ist, oder wenn die Therapie bei einer Krankheit es verlangt. Geeignete rückfettende Shampoos gibt es beim Tierarzt oder im Zoofachhandel. Die Katze in einem gut temperierten Raum vorsichtig in eine Wanne mit warmem Wasser (30 bis 35 °C) setzen. Mit einer Hand die Vorderpfoten festhalten, mit der anderen Hand waschen. Der Kopf soll trocken bleiben. Shampoo gründlich ausspülen. Das Fell mit einem vorgewärmten Tuch gut frottieren und die Katze in einem warmen Raum vollständig trocknen lassen.

Haarknoten entfernen

Zeichnung 1

Teilen Sie den Knoten zuerst mit den Fingern in mehrere kleine Partien und versuchen Sie dann, diese mit einem Stielkamm aufzulösen. Gelingt das nicht, den Knoten mit Hilfe des Trennmessers (aus dem Zoofachhandel) aufschneiden. Die Spitze des Messers mit dem Finger führen, damit die Haut der Katze nicht verletzt wird.

Hinweis: Werden Perserkatzen nicht täglich gekämmt, können

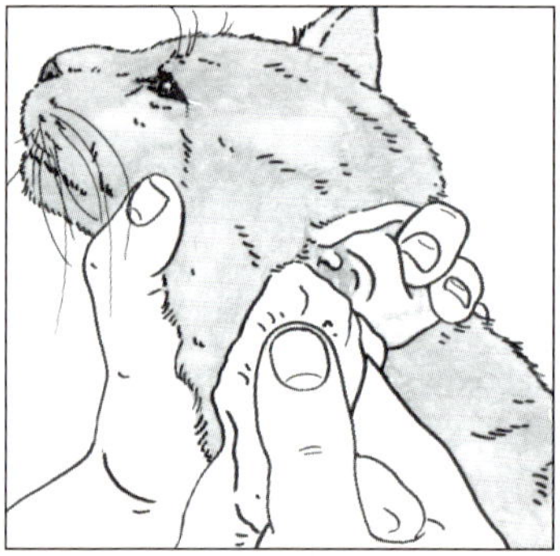

2 *Ohrmuschel mit einem Papiertaschentuch reinigen.*

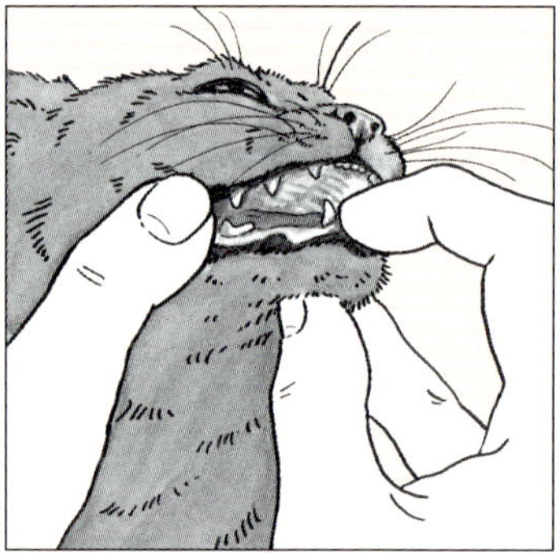

3 *Gebiß regelmäßig auf Zahnsteinbildung kontrollieren.*

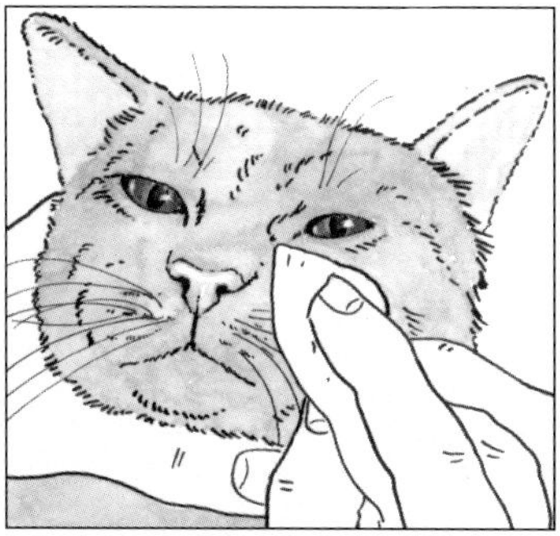

4| Augensekret mit einem Papiertaschentuch entfernen.

sich zahlreiche Haarknoten bilden. Die Tiere müssen unter Narkose geschoren werden.

Richtige Ohrenpflege
Zeichnung 2
Die Ohren der Katze müssen regelmäßig kontrolliert werden. Verschmutzte Ohrmuschel vorsichtig mit einem feuchten Papiertaschentuch reinigen. Sind dunkle Klümpchen zu sehen, schüttelt die Katze immer wieder den Kopf und kratzt sich häufig, sollten Sie den Tierarzt konsultieren. Es könnte sich um Ohrmilben handeln (→ Seite 96).

Zahn- und Mundkontrolle
Zeichnung 3
Sowohl Haus- als auch Edelkatzen neigen zu Zahnsteinbildung und Zahnfleischentzündung. Regelmäßige Gebißkontrolle ist daher nötig.
Zahnsteinbildung wird durch zu weiche Nahrung gefördert. Trockenfutter und feste Futterbestandteile wirken dem etwas entgegen. Hat sich trotzdem Zahnstein gebildet, muß er vom Tierarzt entfernt werden.
Zahnfleischentzündungen können als Folge von Zahnstein oder durch Infektionen im Mund und Rachen entstehen. Sie sind an der roten Linie am Zahnfleischrand zu erkennen. Die Katze riecht stark aus dem Maul (→ Seite 68 und 69).

Augenkontrolle
Zeichnung 4
Auch die Augen gesunder Katzen tränen manchmal. Leichte Verkrustungen in den Augenwinkeln können Sie mit einem angefeuchteten weichen Papiertaschentuch entfernen. Dabei immer in der Richtung vom Ohr zur Nase wischen.
Plötzlicher, reichlicher Tränen-

5| Verschmutzte Afterregion mit feuchtem Tuch reinigen.

fluß auf einem Auge kann auf einen Fremdkörper hindeuten (→ Seite 64 und 66). Nur der Tierarzt kann den Fremdkörper entfernen. Gerötete Augen mit schmieriggelbem Ausfluß weisen auf eine Bindehautentzündung hin (→ Seite 64).
Perserkatzen haben oft eine Verengung oder Verstopfung der Tränenkanäle und deshalb tränende Augen mit gelblichen Spuren im Fell. Die Tränen müssen mehrmals täglich mit einem sauberen, weichen Papiertaschentuch getrocknet werden. Der Tierarzt kann auch Augentropfen verordnen.

Afterkontrolle
Zeichnung 5
Wenn der After der Katze verklebt ist, reibt man ihn mit einem feuchten Tuch sauber. Kotverklebungen deuten auf Durchfall hin (→ Seite 85), der vielfältige Ursachen haben kann, z.B. Ernährungsfehler, Parasitenbefall des Darms oder Infektionen. Anhaltender Durchfall bei der Katze ist immer ein Alarmsignal des Körpers. Den Tierarzt zu Rate ziehen.

Krallenpflege
Eine freilaufende Katze pflegt ihre Krallen selbst: Sie wetzt sie an Bäumen (→ Foto, Seite 29). Wohnungskatzen brauchen dafür einen Kratzbaum (→ Seite 10). Manche Katzen sind aber recht kratzfaul. Bei ihnen müssen die Krallen an den Vorderpfoten ein- bis zweimal jährlich mit einer Spezialzange (Zoofachhandel) geschnitten werden. Dabei nur die nicht mehr durchblutete Krallenspitze entfernen. Schauen Sie dem Tierarzt einige Male zu, bevor Sie diese Behandlung selber machen.

Die richtige Ernährung

Die Wildform der Hauskatze ernährt sich zum überwiegenden Teil von kleinen Nagern. Vor allem erbeutet sie Mäuse und Tiere bis Rattengröße, in geringem Umfang auch Kleinvögel, und verspeist gelegentlich Insekten und Pflanzenteile. Die Beutetiere werden mit Haut und Haaren verschlungen. Auf diese Weise erhält die Katze auch pflanzliche und mineralische Stoffe, die sich im Magen-Darmtrakt des Beutetieres befinden.

Verwilderte Hauskatzen ernähren sich in der Regel ebenfalls von selbsterjagten Beutetieren, aber auch von Küchenabfällen, die sie irgendwo finden. Damit ist ihr Nahrungsbedarf gewöhnlich gedeckt.

Sogar Hauskatzen mit Freilauf, die regelmäßig gefüttert werden, fangen mit Vorliebe Mäuse. Nicht allein der Hunger, sondern auch der ausgeprägte Jagdtrieb veranlaßt die Katzen zum Mäusefangen. Oft wird die erbeutete Maus nicht einmal gefressen, sondern als »Geschenk« vor die Haustür gelegt.

Kleine Beutetiere sind für die Katze das natürliche und artgemäße Futter. Doch gerade hier liegt eine große Gefahrenquelle für die Gesundheit der Katze. Die Beutetiere sind oft Überträger von Krankheitskeimen und Parasiten und können die Katze infizieren (→ Parasiten, Infektionskrankheiten, Seite 96 und 104).

Hinweis: Auf den PRAXIS-Seiten 18 und 19 haben wir zusammengestellt, wie Sie Ihre Katze richtig ernähren.

Das Freßverhalten der Katze

Interessant ist, wie die Katze sich beim Fressen verhält. Mitunter können Sie ihr natürliches Jagdverhalten auf kleine Beutetiere beobachten, wenn Sie ihr Futter geben.

Mäuse, aber auch etwa mausgroße Fleischbrocken werden häufig – außer bei sehr großem Hunger – nicht sofort verzehrt. Die Katze schüttelt ihre Beute, zerrt Fleischbrocken vom Teller, schleppt sie herum, wirft sie in die Luft, manchmal versteckt sie sie auch, verschlingt und würgt sie wieder heraus. Schon sehr kleine Kätzchen verteidigen ihre Beutestücke knurrend und »spuckend« gegen ihre Geschwister. Breiige oder flüssige Nahrung jedoch schlecken mehrere Katzen gemeinsam aus einer Schüssel, ohne Futterneid zu zeigen.

Fütterungszeiten

Von Natur aus ist die Katze an unregelmäßige Futterzeiten gewöhnt. Sie kann auch einmal längere Zeit hungern, um danach wiederum große Mengen zu verschlingen.

Unsere Katze sollte aber an regelmäßige Futterzeiten und einheitliche Mengen gewöhnt werden; nur so können Sie kontrollieren, ob Ihre Katze einen gesunden Appetit hat oder die Nahrung verweigert, weil sie sich nicht wohl fühlt.

Auch freilebende Katzen gewöhnen sich schnell an fest eingehaltene Futterzeiten. Man kann besonders zu diesen Zeiten Kontakt mit ihnen pflegen und ihr Befinden kontrollieren.

Füttern Sie
- eine junge Katze zwei- bis viermal täglich.
- eine erwachsene Katze ein- bis zweimal täglich.

Hinweis: Das Futter muß immer frisch sein und Zimmertemperatur haben. Futterreste nicht wiederverwenden, sondern besser vernichten und das nächste Mal lieber die Portion verkleinern.

Futtermenge

Den individuellen Futterbedarf der einzelnen Katze stellt man mit der Zeit selbst fest. Ist die Katze gesund und lebhaft, hält sie in etwa ihr normales Gewicht, so ist die Fütterung angemessen.

Orientieren Sie sich am besten an den Mengengaben auf den Fertigfutter-Packungen.

Hinweis: Ein Jungtier, eine tragende oder säugende Katze haben einen höheren Nahrungsbedarf. Bitte informieren Sie sich in dem Kapitel »Katzenliebe und ihre Folgen« ab Seite 36. Alte Katzen nehmen oft weniger Futter zu sich (→ Ernährungstips, Seite 44).

Die meisten Katzen fressen gern an frischem Grünzeug. Es tut ihrer Verdauung gut.

Trinken ist wichtig
Das richtige Getränk für die Katze ist Trinkwasser. Sie sollte stets zu frischem, klarem Wasser Zugang haben. Besonders wenn Sie Ihre Katze mit Trockenfutter ernähren, muß sie viel trinken. Am besten weicht man daher das Trockenfutter in Wasser ein, bevor es die Katze bekommt.
Manche Katzen bevorzugen abgestandenes Wasser aus Pfützen, Aquarien und Blumenvasen. Solange die Katze immer einen Napf mit frischem Trinkwasser vorfindet, ist das keineswegs besorgniserregend. Es gibt auch Katzen, die es lieben, die Wassertropfen vom geöffneten Wasserhahn aufzufangen.
Die milchschleckende Katze bietet ein altvertrautes Bild, das man auf dem Lande heute noch häufig sieht. Milch ist ein hochwertiges Nahrungsmittel. Sie enthält neben Eiweiß auch wichtige Mineralstoffe, vor allem Magnesium und Calcium. Gerade für säugende Katzen ist Milch ein wichtiges Nahrungsmittel. Leider bekommen viele Katzen von Milch Durchfall, weil sie den Zucker (Laktose), der in der Milch enthalten ist, nicht verdauen können. Sauermilch dagegen wird wegen der fehlenden Laktose gut vertragen, der Fettgehalt ist dabei nicht bedeutsam.
Verträgt eine Katze Milch, darf sie sie bekommen. Stellt sich bei ihr aber Durchfall ein, gibt man ihr keinesfalls Milch zu trinken.

PRAXIS
Katzen gesund ernähren

Man weiß heute aufgrund wissenschaftlicher Untersuchungen recht gut über die artspezifischen Nahrungsbedürfnisse einer Katze Bescheid. Daher enthält das angebotene Fertigfutter für Katzen alles, was für ihre Gesundheit wichtig ist.
Wer seine Katze dennoch lieber mit selbst zubereitetem Futter ernähren möchte, muß darauf achten, daß bestimmte Nahrungsbausteine in ausreichender Menge im Futter enthalten sind (➔ Ernährungsbedingte Krankheiten, Seite 20).

Fertigfutter
Die Vorteile des Fertigfutters liegen auf der Hand: Man kann sicher sein, die Katze richtig zu ernähren; das Futter ist lange lagerfähig und immer verfügbar. Es gibt zwei Arten: Dosenfutter und Trockenfutter. Beides sind Vollnahrungsmittel und weisen im wesentlichen den gleichen Gehalt an Nährstoffen, Mineralien und Vitaminen auf.
Dosenfutter hat einen Wassergehalt von 70 bis 80 %. Nach dem Öffnen der Dose verdirbt das Futter leicht.
Trockenfutter mit etwa 15 % Wassergehalt kann dagegen sehr lange lagern. Bei Trockenfütterung muß die Katze natürlich wesentlich mehr trinken, als bei Fütterung mit Dosenfutter.

1| *Beim Trinken wölbt die Katze ihre Zunge.*

Trinken
Zeichnung 1
Beim Trinken wölbt die Katze ihre Zunge nach unten-rückwärts und schöpft so Wasser oder Milch ins Maul. Wasser ist das natürliche Getränk für Katzen und nicht, wie häufig angenommen, Milch (➔ Seite 17).

Um Futter betteln
Zeichnung 2
Im Zusammenleben mit einer Katze lernt ein Katzenhalter schnell, die verschiedenen Verhaltensweisen seines Tieres richtig zu deuten. Umstreicht die Katze die Beine »ihres Menschen«, bedeutet das oft: »Ich habe Hunger«.

Selbst zubereitetes Futter
Die Katze hat einen großen Bedarf an hochwertigem, in der Regel tierischem Eiweiß. Deshalb muß Katzenfutter eiweißhaltiger sein als Hundefutter. Hochwertige Eiweißträger wie vor allem Muskelfleisch, Innereien, Milchprodukte und Eier eignen sich als Grundlage des Katzenfutters.
Muskelfleisch und Innereien von Pferd, Rind, Kaninchen, Huhn und Pute stellen die wichtigste Eiweißquelle im Katzenfutter dar. Alle Teile können roh verfüttert werden.
Wichtig: Schweinefleisch und -innereien wegen der erhöhten Gefahr der Krankheitsübertragung (z. B. Toxoplasmose und Aujeszkysche Krankheit, ➔ Seite 97 und Seite 105) nur gekocht verfüttern!
Leber ist ein wichtiger Energie- und Vitaminspender (vor allem Vitamin A). In rohem Zustand wirkt sie abführend, gekocht dagegen stopfend. Eine Katze darf aber niemals ausschließlich oder zu häufig mit Leber ernährt werden, sonst kann es zu einer Vitamin-A-Vergiftung kommen (➔ Seite 72).

2| *Ein Katzenhalter weiß: Die Katze möchte Futter.*

Fisch, wie z. B. Rotbarsch- oder Kabeljaufilet, mögen manche Katzen ab und zu gern. Der Fisch sollte gedämpft und entgrätet angeboten werden. Ein Fischtag pro Woche genügt, sonst stinkt die Katze zu sehr nach Fisch.
Getreide- und Gemüseprodukte wie Haferflocken, Graupen, Reis, Nudeln, Kartoffeln und etwas Gemüse, alles gekocht, können Sie der Katze ab und zu in Mengen von etwa 20 bis 30 g pro Tag zufüttern. Damit die Katze sich nicht nur die Fleischbrocken aus der Mahlzeit »herauspickt«, sollten Sie das Futter ausnahmsweise pürieren.
Vitaminisierte Margarine, ab und zu auf dem Finger gereicht, findet großen Anklang bei Katzen und tut ihrer Verdauung gut.
Ein rohes Eigelb 2- bis 3mal pro Woche sorgt für ein schönes, glänzendes Haarkleid.
Knochen sind für die Mineralstoffversorgung des Katzenkörpers gut geeignet, können aber in der Regel nur in Form von Knochenmehl an Katzen verfüttert werden (bitte beachten Sie die Mengenangaben auf der Packung). Keine Geflügelknochen verfüttern, da diese leicht splittern und sich im Maul der Katze einspießen können (→ Fremdkörper im Maul, Seite 84).
Hinweis: Reichern Sie selbst zubereitetes Futter immer mit einer Vitamin- und Mineralstoffmischung (beim Tierarzt oder im Zoofachhandel erhältlich) an, um sicher zu gehen, daß die Katze alle Stoffe erhält, die sie braucht (→ Ernährungsbedingte Krankheiten, Seite 21).

Häppchen vom Mittagstisch?
Wer mit seiner Katze in enger Gemeinschaft lebt, kann sicher der Versuchung nicht widerstehen, ihr gelegentlich ein Häppchen von der eigenen Mahlzeit zukommen zu lassen.
Dagegen ist im Grunde nichts einzuwenden – solange es die Ausnahme bleibt. Achten Sie aber darauf, daß die Speisen nicht stark gewürzt oder gezuckert sind (→ Ernährungsbedingte Krankheiten, Seite 21).

3| *Vor dem Futternapf nimmt eine Katze oft diese Hockstellung ein.*

Vor dem Napf hocken
Zeichnung 3
Katzen nehmen beim Fressen aus dem Futternapf häufig eine Hockstellung ein. Vorder- und Hinterbeine sind eingeknickt, das Hinterteil ist leicht angehoben. Der Schwanz wird dabei um den Leib gelegt.

Katzengras
Die meisten Katzen fressen gern an frischem Grünzeug und erbrechen es dann sofort wieder. Mit den Pflanzenteilen werden Haare, die die Katze bei der Fellpflege verschluckt hat, und die sich im Magen angesammelt haben, ausgebrochen. Will man seiner Wohnungskatze also ein besonderes Vergnügen bieten, stellt man ihr frisch gesätes Getreide, Papyrus oder im Zoofachhandel erhältliches Katzengras zur Verfügung. Dies hält sie in der Regel auch davon ab, Zimmerpflanzen anzuknabbern (→ Seiten 10/55).
Hinweis: Besonders Katzen mit langem Fell brauchen immer frisches Grünzeug.

Fütterungsfehler vermeiden
1. Katzen lassen sich nur allzu gern zu verwöhnten Essern erziehen. Einseitige Nahrung macht sie aber auf Dauer krank, deshalb auf ausgewogene Ernährung der Katze achten.
2. Hundefertigfutter ist zwar im Verhältnis billiger als Fertigfutter für Katzen, enthält jedoch zuwenig Eiweiß (Proteine). Es käme zu Mangelerscheinungen bei der Katze (→ Seite 21).
3. Haben Sie mehrere Katzen, sollte jede Katze ihren eigenen Napf haben, damit kein Tier beim Fressen zu kurz kommt.
4. Futternäpfe nach jeder Mahlzeit mit heißem Wasser reinigen, denn Katzen lieben Sauberkeit.
5. Futterreste immer sofort entfernen, damit sich keine Krankheitskeime entwickeln können.

Diese Katze ist entweder trächtig, zu dick oder krank.

Freilebende Katzen finden selten genügend Nahrung.

Ernährungsbedingte Krankheiten

Zuviel und zuwenig Nahrung, unausgewogene und einseitige Ernährung oder verdorbenes bzw. mit Krankheitskeimen infiziertes Futter können zu schweren Erkrankungen der Katze führen.

Die dicke Katze
Ein Gewicht von 2,5 kg bei zierlichen Rassekatzen wie etwa den Siamesen, bis 5,5 kg für eine großrahmige kräftige Hauskatze ist im Durchschnitt normal.
Ein maßvolles Übergewicht beeinträchtigt eine Katze weder in ihrem Wohlbefinden noch verkürzt es ihre Lebenserwartung.
Zu starkes Übergewicht dagegen belastet den Organismus der Katze enorm. Übergewicht ist bei der Katze an einem hängenden Fettbauch zu erkennen. Häufig haben zu fette Katzen auch Bewegungsschwierigkeiten. Außerdem werden sie träge, und es können vor allem Erkrankungen der Leber, des Herz-Kreislaufapparates und der Gelenke auftreten.
Zu dick werden in der Regel nur Wohnungskatzen und zwar meist dadurch, daß sie zuviel Futter bekommen. Eine freilebende Katze dagegen, die darauf angewiesen ist, ihre Nahrung selbst zu erbeuten, kann nie übermäßig fett werden.
In einzelnen Fällen scheinen Wohnungskatzen manchmal an einer regelrechten Freßsucht zu leiden. Sie verhalten sich auf-

dringlich, betteln ständig um Futter und stibitzen alles Eßbare, was ihnen zwischen die Pfoten kommt. Der Freßsucht liegt wahrscheinlich eine Verhaltensstörung zugrunde.
In sehr seltenen Fällen kann auch eine krankhafte Stoffwechselstörung oder ein verabreichtes Medikament der Grund für Übergewicht sein.
Hungerkuren vertragen Katzen schlecht. Liegt dem Übergewicht keine krankhafte Ursache zugrunde, reduziert man zunächst die Futterrationen etwas. Es gibt auch kalorienarme Diäten, die in manchen Fällen hilfreich sein können (➔ Diäten, Seite 22). Der Erfolg einer Diätfütterung muß durch regelmäßiges Wiegen der Katze kontrolliert werden.
Vorbeugend gegen Übergewicht wirkt eine angemessene, ausgewogene Fütterung. Häppchen vom Mittagstisch und Verwöhnen mit Leckerbissen sollten die Ausnahmen bleiben.

Die abgemagerte Katze
Besonders freilebende Katzen, um die sich niemand kümmert, magern ab, weil sie zuwenig Nahrung finden und die Nahrung unausgewogen ist (Mangelernährung). Wenn dagegen gut betreute Heimtiere plötzlich stark an Gewicht verlieren, sind Krankheiten die Ursachen.
Abmagerung ist ein Symptom bei fast allen chronischen Organ- und Tumorkrankheiten. Auch Infektionskrankheiten führen häufig über eine Appetitlosigkeit zum Gewichtsverlust. Eine mögliche Ursache ist ein starker Parasitenbefall, vor allem mit Magen-Darm-Würmern und Bandwürmern. Unkastrierte Kater magern vor allem während der Brunst- und Streunezeiten stark ab, ohne daß eine krankhafte Störung vorliegt. Auch alte Katzen verlieren an Gewicht.
Hinweis: Bei anhaltendem Gewichtsverlust Ihrer Katze sollten Sie unbedingt vom Tierarzt die Ursache abklären lassen.

Mangelernährung
Einseitige Fütterung, etwa überwiegend vegetarische Ernährung, die Vorliebe einer Katze für Muskelfleisch, Leber oder Fisch und eine ausschließliche Ernährung mit selbstzubereitetem Futter können zu einer Mangelernährung führen.
Dem Organismus fehlen dann notwendige Stoffe wie bestimmte Aminosäuren, Vitamine und Mineralien, und dies führt trotz ausreichender Futtermenge zu Krankheiten.
Eine Unter- oder Überversorgung mit lebenswichtigen Stoffen über einen kurzen Zeitraum kann der Organismus der Katze zunächst noch ausgleichen. Schwere Schäden treten in der Regel erst dann auf, wenn die Katze über eine längere Zeitspanne einseitig ernährt wird.
Selbstzubereitetes Futter ausgewogen für die Katze zu mischen, ist kaum möglich. Es erfordert hohen Sachverstand und auch einen beträchtlichen Aufwand. Die wichtigsten Stoffe, deren Mangel Gesundheitsstörungen bei der Katze verursachen, sind hier aufgeführt:

- Mangel an Vitamin B 1 (Thiamin) kann im Futter durch Erhitzen (zerstört das Vitamin) verursacht werden. Auch das Enzym Thiaminase in rohem Fisch oder Avitin in rohem Eiklar zerstören das Vitamin. Ein Mangel kann bei der Katze zu Appetitmangel, Abmagerung und Nervenstörungen führen.
- Vitamin-E-Mangel tritt bei einseitiger Fisch- oder Fleischfütterung auf und bewirkt Appetitmangel, Fettgewebserkrankungen und Entzündungen.
- Vitamin-A-Mangel kann Entwicklungsstörungen des Skelettsystems, Augenerkrankungen und Fruchtbarkeitsstörungen verursachen.

Ein Mangel kann entstehen, wenn in selbstzubereitetem Futter keine Leber verwendet wird. Von größerer Bedeutung ist aber bei Katzen häufig ein Überangebot von Vitamin A (➔ Vitamin-A-Vergiftung, Seite 72).

- Taurin ist eine Aminosulfonsäure, die für Katzen lebenswichtig ist. Taurinmangel entsteht durch einseitige vegetarische Kost (z.B. Getreideprodukte) oder etwa beim Verfüttern von Hundefertigfutter. Das Taurin ist vor allem für tragende und säugende Katzen wichtig, sonst kommt es bei Jungkätzchen zu bleibenden Schäden (Skelett, Nervensystem).

Bei erwachsenen Tieren führt Taurinmangel zu Schäden der Netzhaut des Auges (Retina), Sehstörungen und Blindheit. Durch den Zusatz von Muschelsaft aus Konserven (einen Teelöffel täglich) soll angeblich ein Mangel in selbstbereitetem Futter vermieden werden.

- Arachidonsäure muß die Katze ebenfalls mit der Nahrung aufnehmen, da sie sie nicht selbst bilden kann. Ein Mangel tritt lediglich durch eine einseitige vegetarische Kost auf und kann sich in Fortpflanzungsstörungen und Blutgerinnungsstörungen zeigen.
- Calciummangel kann durch reine Fleischfütterung, aber auch etwa bei überwiegender Fütterung mit Getreideprodukten entstehen. Vor allem ist das Calcium-Phosphor-Verhältnis (Ca-P) in der Nahrung, das bei etwa 1:1 liegen sollte, empfindlich gestört. Diese Ernährung enthält ein großes Überangebot an Phosphor. Phosphor behindert die Calcium-Aufnahme aus dem Darm (Resorption). Der Calciummangel macht sich zunächst im Blut bemerkbar. Es kommt zu einer Überfunktion der Nebenschilddrüse. Infolgedessen wird vermehrt Calcium aus den Knochen herausgelöst, was zu Bewegungsstörungen und sogar spontanen Knochenbrüchen führen kann. Ebenso können schwere Zahnschäden auftreten.

Vermeiden läßt sich eine Mangelernährung mit handelsüblichem Fertigfutter (→ PRAXIS-Seite 18). Gegen selbstzubereitetes Futter im Wechsel mit Fertigfutter ist nichts einzuwenden.

Überangebot von lebensnotwendigen Stoffen

Auch ein Überangebot von einigen lebensnotwendigen Stoffen über einen längeren Zeitraum führt zu krankhaften Störungen, die mit einer Vergiftung gleichzusetzen sind.

- Überangebot von Vitamin A kann vor allem dadurch entstehen, daß eine Katze zu viel Leber frißt. Es treten schwere Schäden vor allem am Bewegungsapparat auf (→ Seite 70). Eine Vitamin-A-Vergiftung (→ Seite 72) kann auch durch den Zusatz von zu vielen Vitaminpräparaten entstehen.
- Überangebot von Vitamin D führt in Verbindung mit einem Überangebot an Calcium zur vermehrten Kalkablagerung auch außerhalb des Knochengewebes. Vorbeugend wirkt die Ernährung mit handelsüblichem Fertigfutter, dessen Vitamin- und Mineraliengehalt ausgewogen ist. Wenn Sie Ihre Katze ausschließlich mit Fertigfutter ernähren, erübrigt sich die Zufütterung von speziellen Vitamin-Mineralstoffpräparaten und kann sogar schädlich sein.

Durch Futter übertragbare Krankheiten

Beutetiere und ungekochte rohe Fleischteile können die infektiösen Stadien von Magen-Darm-Parasiten, Band- und Spulwürmern, anderen Nematoden (→ Fachbegriffe, Seite 117) und Toxoplasmen enthalten und bei der Katze zum Teil schwerwiegende Krankheiten auslösen (→ Erkrankungen durch Parasiten, Seite 96). Auch Viren und Bakterien sind auf diese Weise auf die Katze übertragbar (→ Infektionskrankheiten, Seite 104). Rohes Schweinefleisch kann unter anderem Viren der für Katzen tödlich verlaufenden Aujeszkyschen Krankheit

Spezielle Diäten

Bei bestimmten Organkrankheiten und Stoffwechselstörungen lindern oder stoppen speziell zusammengesetzte Diäten in vielen Fällen den Krankheitsverlauf.
Fertig-Diäten sind besonders zu empfehlen. Man bekommt sie beim Tierarzt.
Diäten werden vor allem bei übergewichtigen Katzen, Erkrankungen wie Harngries (→ Seite 81), chronischer Niereninsuffizienz (→ Seite 80), Allergien (→ Seite 77) und lang anhaltendem Durchfall (→ Seite 85) eingesetzt.
Es gibt auch hochwertige eiweißhaltige Diäten, die man der Katze z. B. nach einer schweren Krankheit zum »Aufpäppeln« gibt.

(→ Seite 105) enthalten. Durch Kochen werden jedoch alle Krankheitserreger sicher abgetötet. Rindfleisch gilt bisher als gefahrloses Nahrungsmittel für Katzen. In letzer Zeit verunsichert eine Infektionskrankheit, kurz BSE genannt, die zuerst bei englischen Rindern beobachtet wurde, viele Katzenhalter. Der Erreger befällt das Gehirn des Rindes und löst die Bovine Spongiforme Enzephalopathie (Rinderwahnsinn) aus. Obwohl eine Übertragung auch auf Katzen möglich ist, hat dies bisher keine Bedeutung erlangt.

Futterallergien

Durch verschiedene Bestandteile in den verschiedenen Fertigfuttermitteln können unter Umständen bei einzelnen Tieren Allergien (Überempfindlichkeiten) entstehen. Die Zusammenhänge kann häufig nur der Tierarzt klären.
Spezielle Diäten (z. B. Lammfleisch mit Reis) helfen sowohl bei der Diagnose (→ Allergien, Seite 77) als auch bei der Behebung der Krankheitserscheinungen. Bei solchen speziell zusammengestellten Diäten muß darauf geachtet werden, daß sie alles Lebensnotwendige enthalten.

Vorsorgemaßnahmen

Eine Katze, die neu in einen Haushalt kommt, sollte zunächst immer einem Tierarzt vorgestellt werden. Er untersucht die Katze gründlich, überprüft, ob sie gegen die gefährlichsten Infektionskrankheiten geimpft ist (Impfpaß mitnehmen!) bzw. welche Impfungen noch nötig sind, und berät in Fragen der Katzenhaltung.

Maßnahmen gegen Parasiten

Parasiten wie Flöhe, Milben oder Würmer befallen eine Katze relativ häufig (→ Erkrankungen durch Parasiten, Seite 96).
Außenparasiten, also z. B. Flöhe, Zecken und Milben, werden mit abtötenden Gels, Shampoos oder Puder behandelt (beim Tierarzt oder im Zoofachhandel erhältlich).
Innenparasiten, z. B. Spul- und Bandwürmer, können in einer Kotuntersuchung nachgewiesen werden. Regelmäßige Wurmkuren bei der Katze sind wichtig (→ Entwurmungsplan, Seite 27).

Impfungen

Ende des 18. Jahrhunderts entdeckte der englische Wundarzt E. Jenner, daß Melker, die sich mit Kuhpocken (Vaccinia) infizierten, nicht an den tödlichen Menschenpocken erkrankten. Aus dieser Erkenntnis heraus entwickelte er ein Impfverfahren, indem er gesunden Menschen die recht harmlosen Kuhpockenerreger in die Haut ritzte. So waren die Menschen gegen Pocken geschützt.
Für den aktiven Impfschutz nutzt man den körpereigenen Abwehrmechanismus. Wird ein Erreger (z.B. Virus, Bakterium) in den Organismus eingeimpft, so wirkt er antigen. Das heißt, daß das betroffene Tier passende Abwehrstoffe (Antikörper) produziert und eine Erkrankung verhindert wird. Dieser Prozeß

Durch das Kämmen mit einem engzähnigen Flohkamm können Sie erkennen, ob Ihre Katze von Parasiten wie Flöhen und Zecken befallen ist.

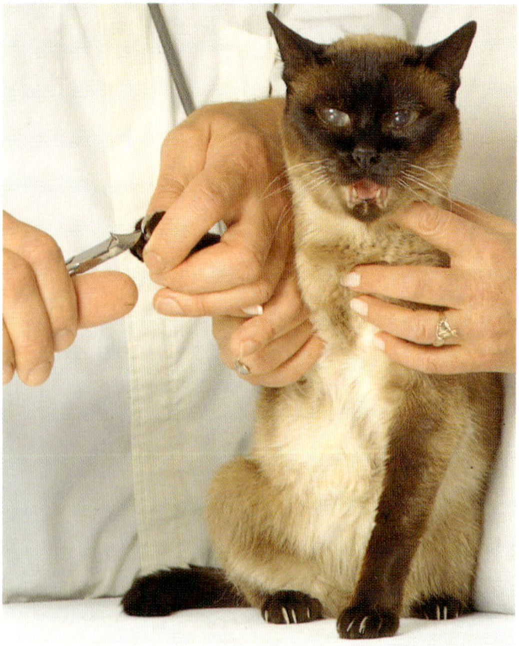

Der Tierarzt zeigt ihnen, wie das Krallenschneiden richtig gemacht wird:

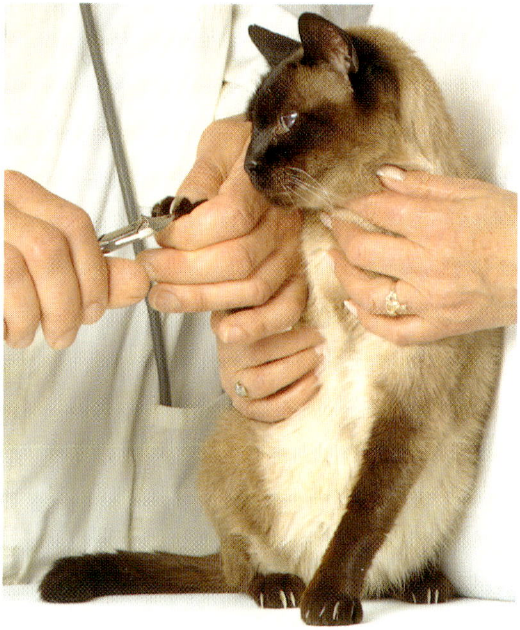

Beim Krallenschneiden dürfen die Blutgefäße nicht verletzt werden.

dauert mindestens eine Woche. Danach hält die Schutzwirkung einer Impfung mitunter jahrelang oder sogar lebenslang an. Die modernen Impfstoffe enthalten abgetötete oder lebende, abgewandelte Krankheitserreger. Sie bewirken, daß ein Organismus spezifische Antikörper bildet, sind aber nicht mehr in der Lage, eine Krankheit auszulösen.
Gegen einige der gefährlichsten Infektionskrankheiten bei Katzen gibt es wirksame Impfstoffe. Ein verantwortungsvoller Katzenhalter nutzt diese Möglichkeit, um sein Tier und sich selbst zu schützen (→ Impfplan, Seite 26).

Kastration oder Sterilisation?
Ob Katze oder Kater, jedes Tier, das nicht zur Zucht vorgesehen ist, sollte kastriert werden.
Bei einer Kastration werden die Keimdrüsen operativ entfernt. Beim Kater sind dies die Hoden, bei der Katze die Eierstöcke. Durch die Kastration wird die Produktion von Geschlechtshormonen, die fast ausschließlich in den Keimdrüsen stattfindet, unterbunden. Fallen die Geschlechtshormone weg, erlischt auch der Geschlechtstrieb. Weder Katze noch Kater leiden darunter, daß ihr natürlicher Geschlechtstrieb nicht mehr vorhanden ist, im Gegenteil, eine Kastration wirkt sich für das Tier nur positiv aus (→ Gründe für die Kastration, Seite 25).
Bei der Sterilisation werden die Eileiter der Katze bzw. die samenableitenden Wege des Katers durchtrennt oder abgebunden. Die Produktion der Geschlechtshormone findet weiter statt, und der Geschlechtstrieb bleibt voll erhalten. Lediglich eine Fortpflanzung ist nicht mehr möglich. Eine Sterilisation ist bei Katzen nicht sinnvoll.

Hormonbehandlung
Bei Zuchtkatzen, die nur vorübergehend keinen Nachwuchs bekommen sollen, kann die Rolligkeit (→ Seite 36) durch eine Behandlung mit Schwangerschaftshormonen unterdrückt werden. Hormonbehandlungen haben aber den Nachteil, daß sie Krankheiten wie z.B. Gebärmutterentzündungen begünstigen können (→ Seite 82).
Hormontabletten bekommt die Katze, wenn die Rolligkeit nur für eine kurze Zeitspanne unterdrückt werden soll. Setzt man die Tabletten ab, wird die Katze wieder rollig.
Hormoninjektionen erhält sie, wenn die Rolligkeit für längere Zeit (3 bis 12 Monate) ausbleiben soll.
Auch potente Kater können durch Hormone vorübergehend in ihrem Sexualtrieb gedämpft werden.
Als Dauerlösung ist eine Hormonbehandlung nicht zu empfehlen, die Tiere sollten besser kastriert werden.

Gründe für die Kastration
Eine Kastration ist aus mehreren Gründen ratsam:
• Durch die Kastration wird verhindert, daß sich Katzen unkontrolliert vermehren. Der Geschlechtstrieb erlischt bei Kastraten.
Eine Katze kann schon mit einem Jahr ihren ersten Wurf zur Welt bringen. Nach einer kurzen Tragzeit von zwei Monaten gebiert sie 3 bis 8 Jungkätzchen und wird unter Umständen schon 14 Tage nach der Geburt erneut schwanger. Dies macht sofort deutlich, in welch verheerendem Ausmaß die Katzenbevölkerung ansteigen kann. Gerade bei verwilderten Hauskatzen ist ein millionenfaches Katzenelend unausweichlich, wenn der Mensch nicht in das natürliche Fortpflanzungsgeschehen eingreift. Wer einen Blick dafür hat, wie in manchen Stadtregionen Jungkatzen und erwachsene Katzen in jämmerlichem Zustand ihrem Ende entgegensiechen (Infektionen, Nahrungsmangel, Unfälle), der wird die Kastration von Katzen als vordringliches Tierschutzanliegen begreifen.
• Bei Hauskatzen mit Freilauf hat der Wegfall des Geschlechtstriebes zur Folge, daß die Tiere mehr in ihrem engeren Wohnbereich (Grundstück ihrer Eigentümer) bleiben. Sie benehmen sich insgesamt vorsichtiger, werden weniger in Kämpfe verwickelt, und die Infektionsgefahr durch enge Kontakte zu Fremdkatzen (Sexualkontakte) sinkt enorm. Vor allem freilebende Kater entwickeln ein ausgeprägtes Sexualleben. In der Brunstzeit streunen sie tagelang umher und haben häufig wechselnden Geschlechtsverkehr mit oft kranken Katzen. Ein nicht kastrierter Kater übersteht kaum einmal zwei Jahre seines Geschlechtslebens, bevor ihn ein Infektions- oder Unfalltod ereilt. Er sieht fast immer erbärmlich aus, ist abgemagert, parasitenbefallen, häufig voller eiternder Verletzungen.

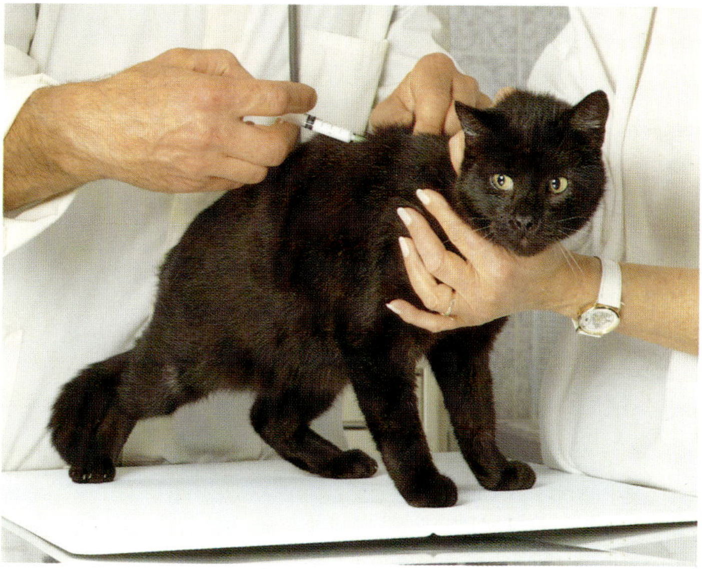
Impfungen schützen die Katze vor Infektionskrankheiten.

Ein Kastrat hingegen hat meistens eine Top-Kondition, ein glänzendes Fell und ein ausgeglichenes Wesen. Kastrierte Kater und Kätzinnen erreichen mit 20 Lebensjahren bisweilen das zehnfache Alter eines unkastrierten Tieres.

Unkastrierte rollige Katzen (→ Seite 36) werden von einer rastlosen Unruhe befallen, wälzen sich auf dem Boden, schreien und sind unsauber. Für Katzenhalter kann dieses Verhalten »nervtötend« sein. Wird die Katze während ihrer Rolligkeit nie von einem Kater gedeckt, treten manchmal auch hormonelle Störungen auf, die sich in Dauerrolligkeit (→ Seite 36) und Erkrankungen der Eierstöcke und der Gebärmutter niederschlagen (→ Gebärmutterentzündung, Seite 82).

Unkastrierte potente Kater können in aller Regel überhaupt nicht auf Dauer in der Wohnung gehalten werden. Kaum ein Mensch erträgt ihr Markierverhalten, das Harnspritzen (→ Seite 35), welches mit intensiven »Duftnoten« einhergeht.

Zeitpunkt und Ablauf der Kastration

Kater sollten mit etwa einem Jahr, zu Beginn der Geschlechtsreife, kastriert werden. Bis dahin haben sich geschlechtsspezifische Merkmale wie Körperproportionen und Kopfform voll ausgebildet. Die Kastration zu einem früheren Zeitpunkt kann bei Katern angeblich Harnabsatzstörungen zur Folge haben. Bewiesen ist diese These bisher allerdings nicht. Möglich ist eine Kastration aber selbstverständlich auch bei älteren Tieren.

Kater mit freiem Auslauf läßt man am besten im zeitigen Frühjahr, bevor die Hauptbrunstzeit anfängt, kastrieren.

Hinweis: Warten Sie mit der Kastration nicht zu lange. Wenn der Kater in der Brunstzeit bereits ausgedehnte Ausflüge in die Umgebung unternommen hat, behält er diese Angewohnheit auch nach der Kastration bei.

Die weibliche Katze kann ohne

Impfplan für die Gesundheitsvorsorge

	Lebensalter	Katzenseuche	Katzenschnupfen	Leukose	Tollwut	FIP
Grundimmunisierung	9. Woche	*	*	*		
	12. Woche	*	*	*	*	
	16. Woche					*
	19. Woche					*
	nach 1 Jahr	*	*	*	*	*
	nach 2 Jahren		*	*	*	*
	nach 3 Jahren	*	*	*	*	*
	nach 4 Jahren		*	*	*	*

Wichtig: Impfungen werden nicht sofort wirksam. Es dauert etwa 1 bis 2 Wochen, bis der Impfschutz eintritt.

Schaden schon recht früh (6 bis 12 Monate), auch vor dem Erreichen der Geschlechtsreife, kastriert werden. Es ist keineswegs für ihre Entwicklung oder Gesundheit förderlich, daß sie wenigstens einmal in ihrem Leben Junge geboren hat. Im Gegenteil, häufig auftretende Erkrankungen von Eierstöcken und Gebärmutter sind nach einer Kastration ausgeschlossen. Wir haben in unserer Praxis schon wiederholt beobachtet, daß Kätzchen im zarten Alter von einem halben Jahr rollig wurden und Gebärmutterentzündungen (➔ Seite 82) bekommen haben.

Auch ältere Kätzinnen können jederzeit kastriert werden. Sie blühen häufig regelrecht auf und erscheinen um Jahre verjüngt.

Zuchtkatzen, die wiederholt Geburtsschwierigkeiten hatten, sollten ebenfalls kastriert werden. Komplikationen bei der Geburt können anlagebedingt sein. Durch die Kastration wird verhindert, daß sich das ungünstige Erbgut weiter verbreitet (➔ Rassetypische Probleme, Seite 128).

Ablauf der Operation
Sowohl Katze als auch Kater werden in Vollnarkose operiert. Am Tag der Kastration sollten die Tiere möglichst kein Futter bekommen, um ihren Kreislauf nicht unnötig zu belasten und vor allem Komplikationen durch das Erbrechen in Narkose zu vermeiden.

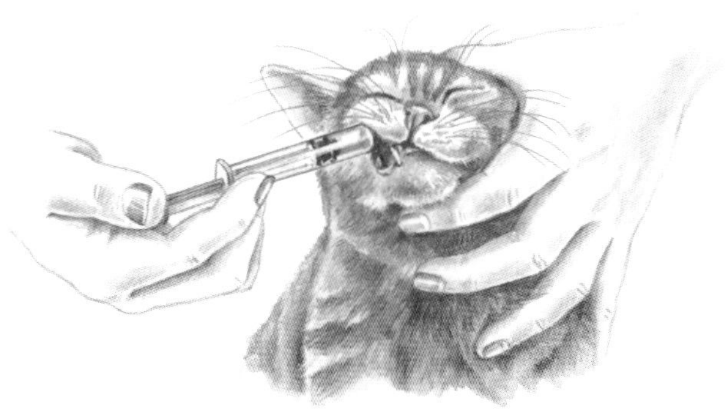

Flüssige Medikamente werden mit Hilfe einer Einwegspritze (ohne Nadel) direkt in das Maul der Katze gegeben.

Das Operationsrisiko ist bei der Kastration, dank moderner Operationstechnik und Narkoseverfahren, sehr gering. Diese Routineoperation führt jeder Tierarzt in seiner Praxis aus.

Entwurmungsplan

Alter	Zeitpunkt	Intervall
Jungkätzchen	1. Behandlung mit 14 Tagen	wöchentlich bis zur 12.Woche
Katzen ab 13.Woche, Erwachsene Katzen	alle 3 Monate	
Zuchtkatzen	14 Tage nach dem Wurf	14tägig bis zum Absetzen
Bei starkem Wurmbefall	sofort	Wiederholung nach 2-3 Wochen

Ergibt die mikroskopische Untersuchung von Kotproben, daß kein Wurmbefall mehr vorliegt und besteht nur eine geringe Möglichkeit, daß sich die Katze neu infiziert, sind allzu häufige Wurmbehandlungen nicht nötig.

Typische Verhaltensweisen

Katzenhalter, die über die arteigenen Verhaltensweisen von Katzen Bescheid wissen (im Foto oben: markierender Kater), erkennen schnell, ob ihr Tier gesund oder krank ist. Die ersten auffälligen Anzeichen einer Krankheit machen sich bei Katzen nämlich häufig durch veränderte Verhaltensweisen bemerkbar.

Eine Katze spielt für ihr Leben gern. Fühlt sie sich nicht wohl, liegt sie apathisch auf ihrem Ruheplatz.

Typisch Katze
Katzen verfügen – wie jede Tierart – über charakteristische artspezifische Verhaltensweisen. Um diese zu verstehen, muß man zunächst von der wilden Stammform der Katze ausgehen. Viele natürliche Verhaltensweisen ihrer wilden Vorfahren hat die Katze bis heute beibehalten, obwohl sie bereits seit Jahrhunderten in enger Gemeinschaft mit dem Menschen lebt. Natürliche Verhaltensweisen sind angeboren und werden weitervererbt. Die Katze kann deshalb in bestimmten Situationen nur artgemäß und nicht willkürlich reagieren.
Von Natur aus sind Katzen weitgehend einzeln lebende Tiere. In ihrem Revier »herrschen« sie allein und durchstreifen es auf der Suche nach Beutetieren. Nur zur Paarung und Aufzucht der Jungtiere lebt die Katze mit Artgenossen zusammen.
Da die Katze also ein Einzelgänger und kein Rudeltier ist, läßt sie sich nicht so einfach vom Menschen »unterwerfen«, wie das der Hund tut.
In enger Gemeinschaft mit »ihrem« Menschen kann die Katze jedoch eine starke Bindung zu ihm entwickeln, die oft stärker ist, als die Bindung zu Artgenossen. Hat eine Katze zu einem Menschen nur wenig Kontakt, ist er für sie lediglich der Futtergeber, dem sie ansonsten mit Mißtrauen begegnet.

Das Beuteverhalten
Die Katze ist ein Beutegreifer. Ihre natürlichen Beutetiere sind in erster Linie Tiere in Mausgröße, in geringer Menge aber auch Kleinvögel. Sie lauert einer Maus auf, schleicht sich lautlos an sie heran und erbeutet sie dann mit einem blitzschnellen Sprung. Die Maus wird mit den Vorderpfoten umklammert und mit einem Biß getötet. Der Tötungsbiß scheint in gewissem Grade erlernt zu sein. Katzen, die das Töten einer Maus von ihrer Mutter nicht gelernt haben, können später wohl eine Maus fangen, aber nicht artgerecht töten. Das im Spiel erlernte Beutefangen ist für frei lebende Wildkatzen überlebenswichtig.
Der Mensch kann bei seiner Katze, die wenig oder keine Gelegenheit hat, ihre Beutefangtriebe auszuleben, das Absinken der Reizschwelle beobachten. Sie wird auch bei einem Spiel auf einen kleinen, beweglichen Gegenstand wie ein Bällchen oder ein Papierknäuel mit gespannter Aufmerksamkeit und Lauerstellung reagieren. Ein schnelles Wegbewegen des Gegenstandes löst zwangsweise Losstürmen oder Springen mit Fangversuchen aus. Das Beißen, Umklammern mit den Vorderpfoten und Bearbeiten mit den Hinterpfoten in Seitenlage ist auf das Überwältigen eines kleinen Beutetieres abgestimmt.

Beim Kratzen an Bäumen schärft die Katze ihre Krallen.

Je länger die Katze keine Gelegenheit hat, diesen Beutefangtrieb auszuleben, desto mehr sinkt die Reizschwelle dafür. Schließlich wird sogar die Hand des vertrauten Menschen, wenn sie sich schnell von der Katze wegbewegt, als Beuteersatzobjekt betrachtet.
Hinweis: Benutzen Sie niemals die »bloße« Hand als Spielobjekt. Es kann zu Kratzverletzungen kommen (→ Seite 47 und Wichtige Hinweise, Seite 127).

Deckungsflucht
Die Katze ist kein ausdauernder Läufer wie etwa der Hund. Deshalb trachtet sie auch bei der Flucht aus einer unangenehmen Situation oder vor einem furchteinflößenden Objekt danach, möglichst bald wieder Deckung zu finden und dort zu verharren (sogenannte Dekkungsflucht).
Der Mensch kann sich diese Verhaltensweise mitunter zunutze machen, wenn eine Katze in ungewohnter Umgebung (bei einer Katzenausstellung, beim Transport zum Tierarzt, am Urlaubsort) entkommen ist. Sie sollten in diesem Fall nicht sofort die Verfolgung aufnehmen. Das Tier würde nur dazu bewegt, weiter zu fliehen. Behalten Sie es im Auge, bis es seine Flucht abbricht und an einer Stelle verharrt. Nähern Sie sich der Katze nun vorsichtig, indem Sie so tun, als würden Sie sie nicht beachten

und wollten an ihr vorbeigehen. Sind Sie nahe genug herangekommen, reden Sie beruhigend auf das Tier ein und versuchen, es mit langsamen Bewegungen zu streicheln und schließlich zu greifen.

Angriff als Angstreaktion
Unter Angriffsverhalten der Katze versteht man nicht das Überwältigen eines Beutetieres. Vielmehr ist es die Angstreaktion in einer Situation, in der eine Flucht unmöglich geworden ist. Der Angriff kündigt sich zunächst durch Fauchen an. Erst wenn sich die Katze unmittelbar bedroht fühlt, macht sie einen Vorstoß und setzt ihre Krallen und Zähne zur Verteidigung ein. In der Fachsprache heißt es, die kritische Distanz muß unterschritten werden, bevor ein Tier angreift.
Der Mensch kann das Angriffsverhalten bei der Katze auslösen, indem er sie z. B. in eine Ecke treibt, sie in einen Käfig sperrt oder gegen ihren Willen festhält. Auch eine Mutterkatze, die sich bedroht fühlt, aber nicht flüchten kann, weil sie durch das starke Bindungsgefühl an ihre Jungen an der Flucht gehindert wird, verteidigt sich durch den Einsatz ihrer Zähne und Krallen.
Auch unter Katzen kommt es bei Rivalitäten (Katerkampf) oder Territorialverhalten (fremde Katze kommt in das eigene Revier) zu Aggressionen. Die Ohren der Katze sind dann nach hinten gedreht, die Schnurrhaare breit gefächert und die Pupillen je nach Angstzustand geöffnet. Der Schwanz wird hinter der Wurzel hakenförmig abgebogen, die Haare richten sich auf (→ Zeichnung, Seite 31). Eine Katze duckt sich vor der anderen hin und wirft sich dann auf sie. Diese pariert blitzschnell, indem sie sich auf den Rücken rollt (damit sie nicht am Nacken gefaßt werden kann) und Zähne sowie Krallen einsetzt (→ Zeichnung, Seite 34).
Kämpfen Kater miteinander, starren sie sich erst einmal mitunter minutenlang an. Nur die Schwanzspitzen zucken dabei erregt. Kämpfe dieser Art enden manchmal mit blutigen Bißwunden.

Spielverhalten
Der Spieltrieb ist bei Katzen besonders ausgeprägt. Im Spiel werden alle lebensnotwendigen Verhaltensweisen und Bewegungsabläufe geübt sowie die Umwelt erkundet.
Mutter und Wurfgeschwister sind in erster Linie die Spielkameraden der Katze. Sie erprobt an ihnen Sozial- und auch Kampfverhalten, wie es später bei Rivalität oder Verteidigung von Territorium und Beute zu beobachten ist. Zum Spielen benutzt die Katze aber auch Beutetiere wie Mäuse oder Ratten. Der Mensch wird ebenfalls gern als Spielpartner akzeptiert. Manche Katzen erfreuen ihre Besitzer mit einem ausgelassenen Spielverhalten bis ins hohe Alter.

Pflegetrieb und Sexualverhalten
Vom angeborenen Pflegetrieb einer Katze, ihrem natürlichen Verhalten als Jungkätzchen gegenüber der Mutter und dem Sexualverhalten sind einige Verhaltensweisen gegenüber dem Menschen abzuleiten. Dem eindeutig zuzuordnen sind:

- Das Belecken, zärtliche Beknabbern und Bebeißen der menschlichen Hand.
- Das »Treteln« mit den Vorderpfoten.
- Das Schnurren bei Wohlbehagen.
- Verhaltensweisen von rolligen Katzen gegenüber dem Menschen.

Das Belecken der Hand: Die Mutterkatze beleckt in den ersten Lebenswochen ihrer Kinder ausgiebig deren Analregion mit der Zunge. Nur durch diese »Massage« können die Katzenkinder Kot und Urin absetzten. Der Kater beleckt Jungkätzchen oder eine umworbene Katze als Zärtlichkeitsbeweis.
»Treteln« mit den Vorderpfoten: Dieses Verhalten dem Menchen gegenüber ist auf die Säuglingszeit der Katze zurückzuführen. Durch das Treteln mit den Vorderpfoten am Gesäuge der Mutter wird der Milchfluß angeregt.
Schnurren: Schon sehr früh geben junge Kätzchen, an die Mutter geschmiegt, ihr Wohlbefinden durch Schnurren zu erkennen. Auch dem Menschen gegenüber signalisieren Katzen

ihr Wohlbehagen durch Schnurren. Es ist jedoch kein Zeichen für einen guten Gesundheitszustand. Auch kranke Tiere können schnurren.
Aufdringliches Verhalten: Die rollige Katze zeigt ihr natürliches Sexualverhalten auch gegenüber ihrem vertrauten Menschen. Sie rollt sich vor ihm hin und her und wendet ihm ihr Hinterteil zu, das sie anhebt, wenn sie sanft über den Rücken gestreichelt wird (→ auch Seite 36).

Körpersprache richtig deuten
Jeder aufmerksam beobachtende Katzenbesitzer erkennt sehr bald die Stimmung seiner Katze an bestimmten Ausdrucksformen des Körpers. So wird er Köpfchengeben, Schwanzhochstellen, seitliches Anschmiegen und Lecken als Zeichen freundlicher Kontaktaufnahme deuten können. Auch Schwanzschlagen, geduckte Haltung mit angelegten Ohren oder gar Fauchen, Fellsträuben und tätlichen Angriff wird er richtig einordnen und sein Tier in dieser Stimmung, auch wenn sie aus einem Spiel entstanden sein sollte, nicht weiter reizen.

Verhaltensprobleme
Im engen Zusammenleben von Katze und Mensch können sich natürlich Probleme ergeben. Manche Verhaltensweisen der Katze sind dem Katzenhalter lästig und unangenehm, entsprechen jedoch durchaus den natürlichen Verhaltensweisen einer gesunden Katze.
Abnorme Verhaltensweisen treten bei Katzen selten auf und sind häufig auf Fehler des Menschen im Umgang mit der Katze zurückzuführen. Noch seltener kommt es zu einer krankhaften Störung des Verhaltens.
Die Erziehung einer Katze ist bei weitem nicht so einfach möglich wie etwa beim Hund.
Erwünschte Verhaltensweisen können zwar durch Leckerbissen und Lob gefördert werden, doch die Katze reagiert deshalb in Zukunft nicht immer und in jeder Situation so, wie Sie es wünschen.
Unerwünschte Verhaltensweisen sind der Katze selten abzugewöhnen. Bestrafungen dürfen nur mit äußerster Behutsamkeit durchgeführt werden, denn eine Katze verknüpft mit einer Bestrafung (z. B. Anschreien, Werfen mit diversen Gebrauchsgegenständen oder gar Schläge) nur die strafende Person, nicht aber die Handlung, die diese Bestrafung ausgelöst hat. Sehr schnell kann dann aus einem lieben, anschmiegsamen Kätzchen eine schwierige, scheue oder gar aggressive Katze werden. Katzen sind, was das Ausfechten von Meinungsverschiedenheiten angeht, ausgesprochen nachtragende Tiere.
Konfliktsituationen im Zusammenleben mit einer Katze werden im folgenden Text besprochen. Es können nur allgemeine Vorschläge zur Vermeidung oder Behandlung gegeben werden. Ein in Verhaltensproblemen versierter Tierarzt kann aber nach Ausschluß krankhafter Ursachen oft im Gespräch mit Ihnen Zusammenhänge klären und Lösungsvorschläge erarbeiten.

Problem: Scheue Katze
Die Katze ist scheu und verkriecht sich ständig unter Möbeln.
Mögliche Ursachen:
• Genetische Veranlagung (Wildtiercharakter);
• Umgebungsveränderung (z. B. neue Wohnung);
• Mangelnde menschliche Zuwendung in der Jugendentwicklung der Katze;
• Fehlverhalten des Menschen (z. B. rigorose Bestrafung).
Was Sie tun können:
Bei genetischer Veranlagung sind nur bescheidene Fortschrit-

Haare gesträubt, Krallen ausgefahren: Gleich wird die Katze zuschlagen.

te mit viel Geduld zu erzielen. In den meisten Fällen erreicht man mit Abwarten und freundlicher Zuwendung viel. Um das nötige Vertrauen aufzubauen, kann man zunächst immer wieder Futter in kleinen Mengen mit der Hand anbieten. Auf keinen Fall dürfen Sie mit der Katze ungeduldig umgehen, sie fangen oder festhalten. Auch Kinder sollten lernen, die besondere Persönlichkeit der Katze zu respektieren. Sie bestimmt, wann ihr nach Kontakt zumute ist.

Problem: Kratzen und Beißen
Die Katze ist zwar nicht scheu, läßt sich aber kaum anfassen. Sie kratzt, beißt und wirft sich auf den Rücken.
Mögliche Ursachen:
- Falscher Umgang mit der jungen Katze, oft bei Kleinkindern zu beobachten.
- Beutefang- und Kampfspiele, bei denen der Katzenhalter seine bloßen Hände benutzt.

Was Sie tun können:
Wenn die Katze im wilden Spiel kratzt oder beißt, sollten Sie ihr das zu grobe Verhalten verdeutlichen, indem Sie das Spiel ohne Strafe einfach abbrechen und weggehen. Auch auf das laute »Jammern« des Menschen reagiert die Katze manchmal. Ähnliches gilt, wenn die Katze an Beinen und Kleidung des Menschen hochklettert und dabei ihre Krallen gebraucht.
Hinweis: Bei Spielen, die Fangen, Kratzen und Beißen beinhalten, immer Gegenstände (Bällchen, Stoffmaus, Papierknäuel) verwenden. Die Hände nur zum Streicheln der Katze in entspannter Atmosphäre benutzen.
Auf entsprechendes Verhalten bei Kindern sollten Sie achten.

Immer wieder wird die Ratte hochgeworfen.

Problem: Zerkratzen von Gegenständen
Die Katze zerkratzt Möbel, Tapeten und dergleichen.
Ursache:
Natürliches Verhalten, das der Krallenpflege und Reviermarkierung dient.
Was Sie tun können:
Wenn Sie sich nicht damit abfinden wollen, in einer von Katzen »gestalteten« Wohnung zu leben, sollten Sie folgendes beachten:
- Katzen von Räumen mit Möbeln und Tapeten, die keinesfalls verkratzt werden dürfen, fernhalten (Türen zu »verbotenen« Räumen nicht offenstehen lassen!).
- Kratzbaum, Kratzpfosten oder -teppich anbieten und die Katze immer dann loben, wenn sie daran kratzt.
- Jedesmal wenn sich die Katze anschickt, an einem verbotenen Gegenstand zu kratzen, bespritzen Sie sie unvermutet, z. B. mit einer Wasserpistole.

Die Katze darf diese unangenehme Erfahrung nicht mit dem Menschen, sondern nur mit dem Kratzen an diesem Gegenstand in Verbindung bringen und wird dort in Zukunft nicht mehr so gern kratzen.

Im Spiel mit der Beute reagiert die Katze ihren Beutefangtrieb ab.

Problem: Futter verschmähen
Die Katze frißt sehr schlecht oder verschmäht das ihr zugedachte, ausgewogene Futter.
Mögliche Ursachen:
Wenn eine gesundheitliche Störung ausgeschlossen werden kann, ist häufig eine falsche Fütterung für dieses Problem verantwortlich.

- Werden Jungtiere nur mit einem bestimmten Futter gefüttert, kommt es vor, daß sie auch später nur dieses fressen wollen.
Sie sind auf Geruch und Geschmack des Futters fixiert.
- Füttert man eine Katze ständig mit Leckerbissen wie Beefsteak, Kalbsleberwurst oder Schinken, riskiert man, daß sie bald nichts anderes mehr frißt. Diese einseitige Ernährung bringt Gesundheitsstörungen mit sich (→ Ernährungsbedingte Krankheiten, Seite 20).
- Die Katze kann eine Abneigung gegen ein bestimmtes Futter entwickeln, wenn sie das Fressen mit unangenehmen Erfahrungen verbindet (z. B. bei verdorbenem Futter; untergemischten, bitter schmeckenden Medikamenten).
- Vielen Katzen verschlägt es den Appetit, wenn sie nicht von »ihrem« Menschen, aus ihrem gewohnten Freßnapf und an ihrem festen Futterplatz gefüttert werden.

Was Sie tun können:
Schon Jungkätzchen sollten möglichst an unterschiedliches Futter gewöhnt werden, vor allem auch an handelsübliches Fertigfutter, das später meist ihre Hauptnahrung sein wird. Erwachsene Katzen brauchen nur eine Futterration täglich, um gesund zu bleiben und nicht zu dick zu werden (→ Ernährung, Seite 16). Das Futter soll frisch und gut temperiert (Zimmertemperatur) angeboten werden und ausgewogen sein.
Wenn die Katze nach Meinung mancher Menschen ein solches Futter einmal nicht mit großer Begeisterung annimmt, sollte dies kein Grund sein, sie sogleich mit irgendwelchen exquisiten Leckerbissen zu verwöhnen.
Frißt eine Katze nur noch ein bestimmtes Futter oder Leckereien, so ist es im Interesse der Gesundheit notwendig, sie auf normales Fertigfutter umzustellen. Bleiben wir bei dem Beispiel Leberwurst. Zuerst bietet man ihr Leberwurst mit ein wenig Dosenfutter vermischt an, steigert dann diesen Anteil immer mehr, bis die Katze Dosenfutter mit einer Spur Leberwurst und schließlich nur noch Dosenfutter frißt.

Problem: Rivalität unter Katzen
Ihre Katze verträgt sich nicht mit einer anderen Katze. Es kommt zu Kämpfen.
Mögliche Ursachen:
- Bei Katzen ist das Verteidigen des eigenen Territoriums gegenüber anderen Katzen eine natürliche, manchmal mehr oder minder stark ausgeprägte

Verhaltensweise. Fast alle beanspruchen wenigstens einen kleinen Platz nur für sich allein.

- Zwischen geschlechtsreifen (unkastrierten) Tieren entsteht bei engen Raumverhältnissen Aggression. Besonders geschlechtsreife Kater können aufgrund ihrer Rivalität nie zusammen auf engem Raum leben.
- Immer wieder kommt es vor, daß bei Katzen, die lange Zeit friedlich zusammengelebt haben, eine plötzliche gegenseitige Abneigung entsteht. Diese kann so stark sein, daß erbitterte Kämpfe folgen. Tiere ohne Fluchtmöglichkeiten (Wohnungskatzen) sind dadurch starken Verletzungsgefahren ausgesetzt. Bei freilebenden Katzen wird in der Regel ein Tier versuchen, in ein neues Revier auszuweichen.

Empfindet ein Kater starke Abneigung gegenüber einer Katze, wird diese von ihm auch bei Hochrolligkeit (→ Seite 36) nicht als Sexualpartnerin angesehen, sondern vehement attackiert. Selbst namhafte Forscher haben keine ausreichende Erklärung für solche individuellen Feindschaften zwischen zwei Tieren.

Was Sie tun können:

- Möchten Sie Ihrer alteingesessenen Katze einen Artgenossen hinzugesellen, so sollten Sie möglichst ein Jungkätzchen wählen. Jungtiere werden eher geduldet und mit weniger Aggression behandelt als bereits erwachsene. Meist werden sie nach kurzer Eingewöhnung akzeptiert.

Trotzdem sollte man auch junge Kätzchen zunächst durch ein Gitter (Käfig) vor den Angriffen der ortsvertrauten Tiere schützen – bei erwachsenen Tieren ist dies unbedingt anzuraten. Die Katzen können sich sehen, riechen und hören sowie gefahrlos erste Kontakte aufnehmen. Wenn Sie den Eindruck haben, sie seien sich nach einer Gewöhnungszeit von einigen Tagen freundlich gesonnen, so können Sie es wagen, die Katzen unter Aufsicht zusammen in einem Raum zu lassen.

Wollen Sie von vornherein zwei Katzen in der Wohnung halten, empfiehlt es sich, zwei Jungtiere zusammen anzuschaffen. Allgemein gilt, je mehr Lebens- und Ausweichraum man den Tieren zur Verfügung stellen kann, desto weniger Aggressionen werden aufkommen.

- Tiere, die nicht zur Zucht gehalten werden, sollten rechtzeitig kastriert werden.
- Es gibt durchaus Katzen, die nie zusammen leben können, und die man auch trotz geduldigen Bemühens nicht zum gegenseitigen Akzeptieren veranlassen kann. Sind Ihre Katzen so geartet, müssen Sie sie entweder ständig getrennt halten oder eines der Tiere abgeben.

Problem: Unsauberkeit

Die Katze ist unsauber, benutzt nicht die Katzentoilette oder spritzt Harn an die Wände.

Mögliche Ursachen:

- Es kann sich um Markierungsverhalten, das besonders geschlechtsreife Kater entwickeln, handeln. Das Markieren mit Harn (Spritzharnen) erkennen Sie daran, daß die Katze Hinterteil und Schwanz anhebt und zitternd den Harn im scharfen Strahl an Gegenstände spritzt. Besonders bei geschlechtsreifen Katern scheint auch der Absatz von Kot an bestimmten Stellen eine Markierungsfunktion zu haben.
- Plötzlich einsetzende Unsauberkeit, die nicht dem Markierverhalten zuzuordnen ist, kann durch eine Erkrankung (z. B. Darm- oder Harnwegsinfektion,

Kampfverhalten wird von jungen Kätzchen im Spiel geübt.

→ Seite 81) ausgelöst werden.

• Gründe können auch sein: Die Katzentoilette steht am falschen Ort (etwa direkt neben dem Freßnapf); die Einstreu sagt der Katze nicht zu; die Katzentoilette wird nicht häufig genug entleert oder gesäubert; auch der Geruch von Desinfektionsmitteln kann der Katze die Benutzung der Toilette verleiden.

• Schwerwiegende Veränderungen des gewohnten Umfeldes können bei Katzen ebenfalls zu »Unsauberkeit« führen: Umzug in eine neue Wohnung; plötzliches Verbot, bestimmte Teile der Wohnung zu betreten; neue Inneneinrichtung. Auch das Eindringen neuer Mitbewohner in ihren Bereich (Katze, Hund, Mensch) oder das Auftreten von Spannungen bei der Haltung mehreren Katzen können das seelische Gleichgewicht des Tieres empfindlich stören.

<u>Was Sie tun können:</u>

• Im Falle von Markierungsverhalten, besonders bei Spritzharnen geschlechtsreifer Kater, bringt eine Kastration fast immer eine schnelle und dauerhafte Abhilfe (→ Seite 24).

• Liegt eine krankhafte Störung vor, kann nur der Tierarzt helfen.

• Alle anderen Arten von Unsauberkeit stellen an das Einfühlungsvermögen und den psychologischen Spürsinn von Katzenbesitzer und Tierarzt hohe Ansprüche.

Zunächst muß die Katzentoilette attraktiv gestaltet werden. Füllen Sie diese mit einer von der Katze akzeptierten Streu auf. Die Streu sollte täglich gesäubert bzw. gewechselt werden, bei manchen Katzen sogar mehrmals am Tag. Manche Katzen bevorzugen als Katzenklo Wannen ohne Überdachung, die meisten nehmen aber höhlenartige Konstruktionen gern an.

Katzen sind von Natur aus sehr reinlich.

Benützt Ihre Katze trotz Beachtung der genannten Punkte immer noch konsequent einen oder mehrere Plätze in der Wohnung zum Absetzen ihrer Exkremente, können Sie zu folgenden Mitteln greifen: An den bevorzugten Stellen Katzentoiletten plazieren und die Katze so an die Benützung gewöhnen; den Bodenbelag verändern oder den Futterplatz dort einrichten.

• Generell gibt es die Möglichkeit der Gegenkonditionierung, um die Katze von bestimmten Orten fernzuhalten, an denen sie Unerwünschtes ausführt. Ertappen Sie Ihre Katze auf frischer Tat, sprühen Sie ihr ein Deodorant auf die Nase. Dies ist ihr äußerst zuwider. Wenn Sie anschließend die Stellen, von denen die Katze ferngehalten werden soll, mit diesem für sie unerträglichen Duftstoff imprägnieren, meidet sie künftig diese Orte.

<u>Wichtig</u>: Das hierzu verwendete Deodorant muß sich natürlich von dem Präparat, das Sie selbst benutzen, deutlich unterscheiden.

• Bevorzugt die Katze einen bestimmten Untergrund für ihr »Geschäft«, etwa Zeitungen, Bettlaken oder Teppichmatten, besteht die Möglichkeit, diese in die Toilette zu legen und nach und nach durch übliche Streu zu ersetzen.

• Wird die Katze zunächst in einem kleinen Raum mit glatter Bodenfläche (etwa Badezimmer) eingesperrt, nimmt sie eine dort aufgestellte Toilette mit Einstreu meist als einzige Alternative an. Hat sie sich daran gewöhnt, kann man die Katze probeweise wieder in einen größeren Bereich der Wohnung lassen. Soll die Katzentoilette an einem bestimmten Ort ihren festen Platz haben, muß sie allmählich dorthin gerückt werden.

• Helfen im Einzelfall alle Versuche nicht weiter, so haben Sie nur noch die Möglichkeit, sie an freien Auslauf zu gewöhnen oder ganz in eine Freilandhaltung abzugeben.

Katzenliebe und ihre Folgen

Der Anblick junger Kätzchen läßt das Herz jedes Katzenfreundes höher schlagen. Um die Zitzen der Mutter gibt es ein wildes Gerangel, wobei die Kleinen sich mit ihren Pfötchen gegenseitig von der begehrten Milchquelle wegzudrängen versuchen. Bekommt eine Katze mehr als sechs Babies, kann es sein, daß einige nicht genug oder gar keine Nahrung bekommen. Solche Katzenkinder können Sie mit einer Spezial-Milchflasche aufziehen.

Die Rolligkeit der Katze
Als Rolligkeit wird die Brunst der Kätzin bezeichnet. Mit Eintritt der Geschlechtsreife – zwischen dem sechsten und zwölften Lebensmonat – wird die Katze zum ersten Mal rollig. Sie wirkt unruhig, schreit, rollt sich und schmiegt sich an den Boden. Freilaufende Tiere treiben sich herum. Wohnungskatzen hingegen umwerben ihren vertrauten Menschen. Sie recken das Hinterteil hoch, wenn man ihnen über den Rücken streicht, und trippeln mit den Hinterbeinen, sobald man ihre Hinterschenkel berührt.
Eine nicht kastrierte Katze (Kastration ➔ Seite 24) wird zwei- bis dreimal im Jahr für etwa neun Tage rollig. Wenn es zu keiner Paarung kommt, bleibt sie manchmal sogar zwei bis drei Wochen in Liebesstimmung. Wird die Katze über einen längeren Zeitraum nicht gedeckt, können Hormonstörungen auftreten. Sehr leicht entwickelt sich daraus eine Gebärmutterentzündung (➔ Seite 82).

Dauerrolligkeit
Wird eine Wohnungskatze während der etwa eine Woche dauernden Rolligkeit nicht gedeckt (dies kommt bei freilaufenden Tieren praktisch nie vor), so kehrt die Brunst in einem Zyklus von drei Wochen wieder. Wird die Katze ständig rollig, ohne gedeckt zu werden, kann sich die Rolligkeit so lange hinziehen, bis die Grenzen zwischen den einzelnen Zyklen verwischt sind. Dieser Zustand wird als Dauerrolligkeit bezeichnet und geht meist mit der Bildung von Zysten an den Eierstöcken einher.

Die Brunst des Katers
Im Gegensatz zur Kätzin ist ein gesunder geschlechtsreifer Kater jederzeit bereit, sich zu paaren. Dabei ist er in bezug auf seine Sexualpartnerin nicht wählerisch – abgesehen natürlich bei gegenseitigen Antipathien von Katze und Kater. Der Kater zeigt seine Deckbereitschaft oft durch das sogenannte »Spritzen« an. Er bespritzt dabei unter Schwanzzittern Gegenstände mit Harn. Durch Jammern, Belecken des Penis und unruhiges Hin- und Herlaufen vor seiner »Angebeteten« zeigt er ihr, daß er in Liebesstimmung ist.

Der Deckkater
Wer seine Edelkatze decken lassen möchte, sollte nicht einfach einen beliebigen Kater als Zuchttier verwenden, sondern gezielt einen geeigneten Deckkater suchen. Besuchen Sie eine Katzenausstellung oder erkundigen Sie sich beim Edelkatzenzüchterverband. Dort liegt ein Verzeichnis der Deckkater aller Rassen vor (➔ Adressen, Seite 126). Über den Züchterverband

Die Kätzchen regen den Milchfluß der Mutter durch Treteln mit den Vorderpfoten an (»Milchtritt«).

erfahren Sie auch, was Sie beachten müssen (z.B. nötige Impfungen, Deckgebühren).

Der Deckakt

Obwohl eine hochrollige Katze gegenüber einem liebeshungrigen Kater meist recht deutlich ihre Bereitschaft zum Deckakt bekundet, hält sich dieser zunächst zurück. Erst nach einem längeren wechselseitigen Umwerben und Gemaunze macht er plötzlich einen Vorstoß, steigt von hinten über die Katze und packt sie dabei mit dem Gebiß im Nacken (➔ Zeichnung, Seite 38). Der Deckakt ist nur möglich, wenn die Katze aktiv mitwirkt. Gelingt es dem Kater nach einigem Bemühen, den Penis einzuführen und zu ejakulieren, so stößt die Katze einen lauten Schrei aus. Nach Beendigung des Deckaktes flüchtet der Kater mit einem schnellen Satz, da ihm die fauchende Katze meist einen Tatzenhieb verpaßt. Sie wälzt sich mehrmals heftig und beleckt ihre Genitalien, während er in sicherer Entfernung auf eine erneute Gelegenheit wartet, denn bei einem Deckakt bleibt es meist nicht.

PRAXIS Nachwuchs bei Katzen

Das Paarungsverhalten
Zeichnung 1
Ist die Katze paarungsbereit, duckt sie sich, hebt das Hinterteil, legt den Schwanz zur Seite und tretelt mit den Hinterbeinen. Der Kater kann nun über sie steigen. Dabei packt er sie beim Nackenfell und führt den Penis in die Scheide ein. Den Samenausstoß begleitet die Katze meist mit einem durchdringenden Schrei.

Die Entwicklung der Jungen im Mutterleib
Zeichnung 3
Im Gegensatz zu vielen anderen Tierarten wird bei der Katze der Eisprung durch den Deckakt ausgelöst. Die Eizelle wandert über den Eileiter in die Gebärmutter und kann befruchtet werden, aber nur einige Stunden lang. Auch die Spermien des Katers haben nur eine begrenzte Lebensfähigkeit. Sie müssen binnen 24 Stunden mit einer befruchtungsfähigen Eizelle verschmelzen, wenn der Start für ein neues Lebewesen glücken soll.
Den Geburtstermin können Sie selbst berechnen (1. Decktag plus 63 Tage). Schwankungen bis zu 6 Tagen früher oder später sind noch normal. Der Embryo ist nach 20 Trächtigkeitstagen bereits 10 mm groß. Der Fötus wächst pro Tag um etwa 3 mm, am Anfang der Trächtigkeit weniger, am Ende mehr, bis er am Tage der Geburt eine Länge von 13 cm erreicht hat.

Die Wurfkiste
Zeichnung 2
Naht der Zeitpunkt der Geburt, wird die Katze unruhig und sucht nach einem passenden Wurflager. Eine eng an den Menschen gewöhnte Katze entspannt sich sichtlich, wenn sie unter ständiger Fürsorge in einer bereitgestellten Wurfkiste gebären kann.
Ausstattung: Am besten eignet sich ein Pappkarton, der mit einer dicken Lage Zeitungspapier und darüber sauberen Laken ausgelegt ist. Die Wurfkiste muß etwa 60 x 40 cm groß und 35 cm hoch sein. Schaffen Sie an einer Schmalseite einen niedrigen Einstieg. Eine Hälfte der Kiste mit Deckel abdecken.
Standort: Stellen Sie die Wurfkiste an einen ruhigen Ort, der warm und zugfrei ist.
Nach der Geburt: Das feuchte Zeitungspapier entfernen, saubere Laken in die Wurfkiste legen.
Katzenklo für die Jungen: Sobald die Kleinen selbständig die Wurfkiste verlassen können, sollten Sie ihnen ein niedriges Katzenklo zur Verfügung stellen. Gut geeignet ist eine etwa 5 cm hohe, 50 cm breite und 60 cm lange Plastikwanne, die etwa 3 cm hoch mit Katzenstreu gefüllt wird.

Aufzucht der Katzenkinder
Normalerweise ist die Aufzucht der Jungtiere in den ersten Wochen problemlos. Sie wird allein von der Katzenmutter besorgt.

1| Katzenpaarung: Beim Deckakt können einige gefährliche Infektionskrankheiten und Außenparasiten übertragen werden.

Die säugende Katze sollten Sie drei- bis viermal täglich füttern. Insgesamt braucht sie etwa 450 Gramm Vollnahrung (Dosenfutter) pro Tag. Zusätzlich können Sie Ihrer Katze ein Aufbaupräparat geben (vom Tierarzt oder Zoofachhandel), das Pro-

2| *Die Wurfkiste besteht aus einem Karton mit abnehmbarem Deckel.*

teine, Mineralstoffe, Vitamine und Spurenelemente enthält.

Aufzucht durch eine Amme
Hin und wieder kommt es vor, daß die Katzenmutter anlagebedingt oder infolge einer Hormonstörung oder Erkrankung keine oder nicht genügend Milch produziert. Auch bei zu großen Würfen, Tod der Mutter oder mangelndem Mutterinstinkt muß der Mensch helfend eingreifen.
Die Aufzucht durch eine Amme ist die einfachste Art, die Kätzchen aufzuziehen. Dafür kommt jede Katze infrage, die nur wenige Junge bekommen hat oder deren Jungtiere schon abgesetzt werden können. Meist nimmt eine Katze fremde Kätzchen leicht an, wenn man sie zuvor zu ihren eigenen Jungen ins Nest legt und das Muttertier erst etwa eine Stunde später wieder unter Aufsicht zu den Jungen läßt.

Aufzucht ohne Mutter
Wenn Sie keine Amme finden, müssen Sie die Kätzchen selbst großziehen (→ Zeichnung, Seite 43). Dazu gibt es Spezial-Milchflaschen (im Zoofachhandel).
Unterbringung: Stellen Sie den Karton an einen warmen, zugfreien Platz und legen Sie ihn mit saugfähigem Zellstoff aus. In der 1. und 2. Lebenswoche mit Hilfe einer Infrarotlampe für die nötige Wärme von 25 bis 30 °C sorgen. Bis zur 6. Woche auf 20 °C reduzieren.
Aufzuchtmilch: Kuhmilch ist nicht fett- und eiweißhaltig genug für die Katzenkinder. Verwenden Sie Spezialaufzuchtmilch in Pulverform (im Zoofachhandel), die nach Gebrauchsanweisung mit abgekochtem Wasser gemischt wird.
Füttern: Besonders in den ersten Tagen müssen die Kätzchen alle zwei Stunden – auch nachts – gefüttert werden. Die Milch auf 38 °C erwärmen, das Kätzchen auf den Schoß nehmen und vorsichtig um den Hals fassen. Dann den Sauger der Milchflasche langsam ins Mäulchen schieben. Nach jeder Mahlzeit mit einem angefeuchteten Tuch Bäuchlein und Ausscheidungsorgane leicht massieren, um die Verdauung anzuregen. Die Ausscheidungsorgane mit einem angefeuchteten Tuch abwischen.
Entwöhnen: Ab der 4. Woche sollte die Umstellung auf feste Nahrung beginnen. Mischen Sie unter die Flaschennahrung einen halben Teelöffel passierten Babybrei und etwas Fleischsaft oder Kraftbrühe. Nach und nach den Anteil der festen Nahrung bis zur 8. Woche steigern, ab der auch normal heranwachsende Kätzchen von der Mutter entwöhnt werden.

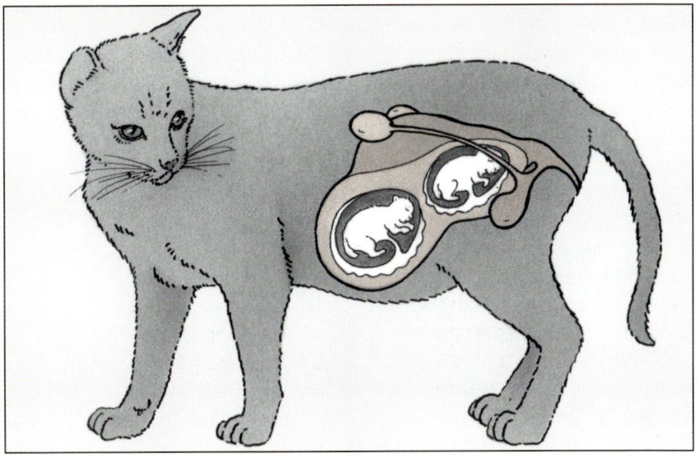

3| *Die ungeborenen Kätzchen (Föten) im Mutterleib: Am Tage ihrer Geburt sind sie etwa dreizehn Zentimeter lang.*

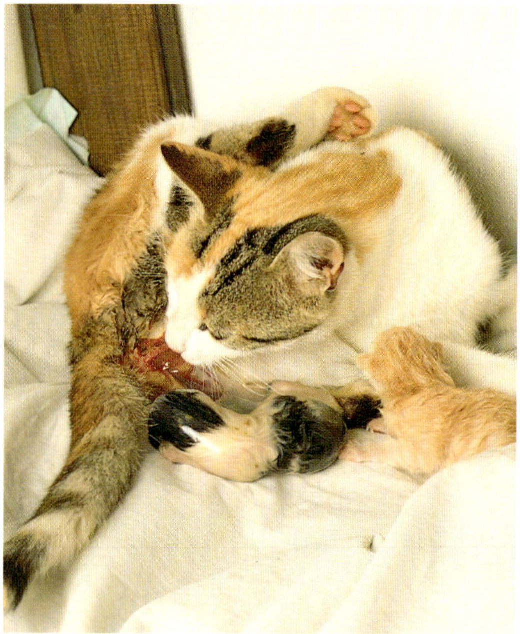

Die Mutter putzt die Geburtsöffnung…

…und befreit das Junge aus der Fruchthülle.

Trächtigkeit

War der Deckakt fruchtbar, hat die Katze also aufgenommen, tritt keine weitere Rolligkeit auf – von seltenen Ausnahmen abgesehen.

Anzeichen der Trächtigkeit: Ab der dritten Woche kann man an den Zitzenveränderungen eine Trächtigkeit erkennen. Sonst eher blaß hautfarben, beginnen sie, sich rosa zu färben, fester zu werden und sich aufzustellen. Erst nach etwa 30 Tagen wird das Bäuchlein sichtlich runder. In den letzten drei Wochen der Trächtigkeit sind oft Bewegungen der Katzenjungen zu ertasten oder sogar zu sehen.

Der Tierarzt kann eine Trächtigkeit durch Abtasten um die dritte Woche feststellen. Durch Röntgen kann er Ihnen ab dem 50. Tag Aufschluß über die Jungen in der Gebärmutter geben (→ Zeichnung, Seite 39).

Die mittlere Trächtigkeitsdauer beträgt 63 bis 64 Tage, Schwankungen bis zu 6 Tagen früher oder später sind noch normal.

Der Geburtsverlauf

Zur Geburt ziehen sich unabhängige Tiere an einen geschützten Ort zurück, während Katzen, die ein inniges Verhältnis zu »ihrem« Menschen haben, seine Hilfe und die bereit gestellte Wurfkiste gerne annehmen (→ PRAXIS-Seiten 38 und 39).

Im Geburtsverlauf kann man ein Vorbereitungs-, Eröffnungs- und Austreibungsstadium sowie eine Nachgeburtsphase unterscheiden.

Die Vorbereitungsphase: Sie ist äußerlich nur an Schwellungen im Scheidenbereich, einer Gesäugeschwellung und an Verhaltensauffälligkeiten der Katze erkennbar. Schon Tage vor der Geburt wird sie unruhig und sucht immer häufiger die Wurfkiste auf. Kurz vor der Geburt scharrt sie darin, legt sich für kurze Zeit hinein, läuft zum

Zielstrebig suchen die Jungen die Zitzen der Mutter.

Katzenklo, ohne es zu benutzen, und wandert anschließend wieder ruhelos umher.
Setzen Sie sich neben die Wurfkiste und reden Sie beruhigend auf die Katze ein.
Beim Streicheln ihres Bauches werden Sie die Bewegungen der ungeborenen Kätzchen deutlich spüren.
Die Eröffnungsphase: Sie kann ein paar Stunden dauern. Der Geburtsweg wird allmählich geweitet und klarer Schleim abgesondert. Zwei bis drei Stunden nach der ersten Wehe ist mit dem ersten Jungen zu rechnen.
Die Austreibungsphase: Bei erstgebärenden Katzen ist die Austreibung des ersten Kätzchens meist beschwerlich und kann eine Stunde dauern. Hockend oder auf der Seite liegend preßt die Katze das Junge heraus. Die weiteren Jungtiere folgen dann leichter. Eine Katze bringt bis zu acht, selten auch mehr Junge zur Welt. Die normale Geburt sollte drei bis sechs Stunden nach Erscheinen des Erstgeborenen beendet sein. Bei alten Katzen und auch einigen Rassekatzen zieht sich der Geburtsverlauf oft länger hin.
Die Nachgeburtsphase: Die Mutter befreit jedes neugeborene Kätzchen sofort von der Fruchthülle und leckt es trokken. Dadurch wird auch Atmung, Darmfunktion und Bewegungsaktivität des Jungtieres angeregt. Wenn die Nachgeburt ausgestoßen wird, beißt die Katze die Nabelschnur des Jungen durch und verspeist sie zusammen mit der Nachgeburt. Darin sind wichtige Nähr- und Mineralstoffe enthalten.
Die Regenerationsphase schließt sich nun an. Die ausgeweitete Gebärmutter bildet sich langsam zurück. Meist ist ein rotbrauner, später hellerer Scheidenausfluß zu beobachten.
Natürlicherweise wird eine weitere Brunst der Mutterkatze durch die Milchproduktion für die saugenden Jungtiere zunächst unterdrückt. Will man vor weiterem Katzensegen sicher sein, sollte eine freilebende Katze etwa drei Wochen nach der Geburt kastriert werden (→ Kastration, Seite 24).

Geburtskomplikationen

Ein verantwortungsbewußter Katzenhalter sollte die Geburt seiner Katze überwachen, um auf Komplikationen sofort reagieren zu können.
Sprechen Sie bereits vor der Geburt mit Ihrem Tierarzt, damit er Ihnen notfalls zur Seite stehen kann.
Geburtskomplikationen kündigen sich meist durch lang anhaltendes erfolgloses Pressen an oder sind an zu langen Abständen (mehrere Stunden) zwischen dem Erscheinen der einzelnen Jungtiere zu erkennen (z. B. bei Wehenschwäche).

• Es kann vorkommen, daß ein Kätzchen sich querlegt oder infolge seiner Größe im Geburtsweg steckenbleibt. Hier hilft nur der tierärztliche Eingriff. Ein Kaiserschnitt oder die Entfernung der gesamten Gebärmutter mit Eierstöcken ist oft der sicherste Weg, der Katze zu helfen.
• Tierärztliche Hilfe ist auch vonnöten, wenn mißfarbener übelriechender Scheidenausfluß beobachtet wird, oder die Mutterkatze nach der Geburt apathisch in der Wurfkiste liegt und sich nicht um ihre Jungen kümmert.
• Normalerweise beißt die Katze die Nabelschnur des Jungen durch. Bei Rassekatzen ist dieses Verhalten manchmal verkümmert. Dann muß der Mensch helfend eingreifen. Damit der Bauch des Neugeborenen nicht verletzt wird, sollten Sie die Nabelschnur nahe am Körper festhalten und das überstehende Stück vorsichtig abreißen oder mit den Fingernägeln abkneifen.

Geschlechtunterschiede bei Katze (links) und Kater (rechts).

Krankhafte Störungen nach der Geburt

Im Anschluß an die Geburt können starke und lang anhaltende Blutungen auftreten. Vor allem nach unerkanntem Zurückbleiben eines Jungtieres oder einer Nachgeburt im Körper der Katze kommt es zu schweren Krankheitszuständen, die sich in anfänglichem Fieber, Nahrungsverweigerung, viel Trinken, Milchmangel und Vernachlässigung der Jungtiere äußern können. In allen Fällen muß der Tierarzt sofort zu Rate gezogen werden.

Eklampsie

Auch bei Katzen kann es mitunter infolge von Calcium-Mangel im Blut zur Eklampsie – plötzlich auftretenden Krämpfen – kommen. Dies kann schon kurz vor der Geburt oder in den ersten vier Wochen nach der Geburt geschehen. Der lebensbedrohliche Zustand muß unverzüglich durch tierärztliche Behandlung (Calcium-Infusionen) behoben werden.

Milchmangel nach der Geburt

Eine ungenügende Milchproduktion kann verschiedene Ursachen haben:
• hormonelle Störungen;
• Infektion nach der Geburt;
• Gesäugeentzündungen.

In allen Fällen ist eine tierärztliche Behandlung nötig. Eine Gesäugeentzündung ist für den Katzenhalter nur daran zu erkennen, daß die Mutterkatze die Jungen mit Tatzenhieben von sich fernhält, wenn die Kleinen an den Zitzen Milch trinken wollen. Gesäugeentzündungen sind bei Katzen allerdings selten.
Oft gelingt es nicht, rechtzeitig eine genügende Milchproduktion bei der Mutterkatze in Gang zu bringen. Die Juntiere müssen dann mit Hilfe einer Amme oder von Ihnen selbst aufgezogen werden (→ PRAXIS-Seite 39).

Aufzucht und Entwicklung der Jungen

Das normale Gewicht der Neugeborenen liegt zwischen 90 und 110 Gramm. Die jungen Kätzchen werden als Nesthocker blind und taub geboren. Sie besitzen aber bereits einen ausgeprägten Geruchssinn. Schon während sie von der Mutter trockengeleckt werden, suchen sie zielstrebig nach der nahrungsspendenden Zitze.
Vor allem bei großen Würfen kämpfen die Säuglinge zäh und ausdauernd um einen guten Platz am mütterlichen Gesäuge und versuchen, die Konkurrenten mit Kopf und Pfötchen wegzudrängen.
Das Geschlecht der Kätzchen können Sie folgendermaßen erkennen: Der Abstand zwischen After und Geschlechtsöffnung ist beim Kater größer als bei der Katze. Die Geschlechtsöffnung ist beim Kater rund, bei der Katze länglich (→ Zeichnung, links).

In den ersten Tagen schließt sich die besonders gebaute Zunge wie ein Rohr um die begehrte Zitze. Die Kleinen lassen sie selbst dann nicht los, wenn sie nicht trinken, sondern nur schlafen. Oft bleiben sie an der Mutter hängen, wenn diese die Wurfkiste verläßt. Der sogenannte »Milchtritt«, ein Treteln mit den Vorderpfötchen, regt beim Saugen den mütterlichen Milchfluß an. Die Katzenmutter massiert mit ihrer Zunge den Bauch und die Analregion ihrer Kleinen und nimmt dabei die Ausscheidungen gleich auf, so daß die Wurfkiste immer sauber bleibt. Erst am zweiten oder dritten Tag verläßt die Mutter für kurze Zeit die Kiste, um Nahrung aufzunehmen und das Katzenklo aufzusuchen. In den nächsten Tagen versucht sie häufig, ihren ganzen Wurf in einer neuen Kinderstube unterzubringen. Sie packt dazu ein Jungtier mit festem Griff im Nacken, ohne es mit den Zähnen zu verletzen. Das Kätzchen fällt dabei in eine Tragstarre und läßt sich so gut transportieren.
Zwischen dem 8. und dem 12. Tag öffnen sich die Lidspalten, und die Jungen blinzeln zum ersten Mal ins Tageslicht. Etwa zur gleichen Zeit spitzen auch schon die ersten Milchzähne aus dem Zahnfleisch hervor.
In der 4. Woche beginnen die Kätzchen noch tolpatschig und unbeholfen mit dem Spielen.
Ab der 4. Woche können die jungen Kätzchen bereits an breiiges und halbfestes Futter gewöhnt werden, das sie zunehmend unabhängiger von der Muttermilch macht. Mit Vorliebe fressen Katzenkinder auch Milchbrei.

- Rezept: Haferflocken-Milchbrei aus 3 Eßlöffeln Instant-Kinderhaferflocken, 1 Teelöffel Heflocken, 1 Eigelb und 1 Tasse warmer Milch (aber ohne Zucker). Achten Sie dabei auf die Verdauung, denn Milch kann Durchfall verursachen (→ Seite 85).

Für die Handaufzucht gibt es Spezial-Milchflaschen.

In der 4. und 5. Woche entwickelt sich der Fallreflex. Fremde werden mit Fauchen und angelegten Ohren begrüßt. Das Spielen entwickelt sich zu ausgelassenem Toben und einfallsreicher Akrobatik. Sobald die Kleinen selbständig die Wurfkiste verlassen, sollten Sie ihnen ein niedriges Katzenklo bereitstellen (→ PRAXIS-Seite 38).
Zwischen der 6. und 9. Woche können die Kleinen schon eine ganze Menge, zum Beispiel einen Buckel machen, sich jagen, springen, sich putzen, das Katzenklo benutzen. Ihr Milchgebiß ist vollständig, und sie fressen bereits selbständig. Manche Katzenmütter wehren Saugversuche jetzt mit Tatzenhieben ab.

Abgabe der Jungtiere
Im Alter von etwa zwölf Wochen sollten die Jungtiere in ihre neue Familie überwechseln. Zu dieser Zeit sind sie entwurmt und haben die notwendigen Schutzimpfungen hinter sich (→ Impfplan, Seite 26).
Kätzchen, die früher von ihrer Mutter getrennt werden, kümmern manchmal ihr Leben lang. Verschenken Sie ein Kätzchen nur an Leute, die Sie gut kennen, die tierlieb und zuverlässig sind. Um Käufer für Edelkatzenbabies zu finden, können Sie Ihre Jungtiere zum Beispiel in Katzenfachzeitschriften anbieten. Oft erweist sich auch die Ortsgruppe des Zuchtverbandes hilfreich als Vermittler (→ Adressen, Seite 126).

Die alte Katze

Einer Katze muß es mit zunehmendem Alter gesundheitlich nicht unbedingt schlecht gehen. Oft stellen sich erst in sehr hohem Alter Symptome ein, die das Lebensende ankündigen (Abmagerung, Apathie, Durchfall oder Verstopfung und Vernachlässigung der Fellpflege). Wenn Ihre Katze alt wird, braucht sie in besonderem Maße Ihre Zuwendung. Ihre Umgebung sollte sich jetzt so wenig wie möglich ändern. Ein neues Kätzchen in der Familie wäre Ihrer alten Katze eher lästig.

Pflege der alten Katze
Alte Katzen brauchen bei der Fellpflege die Unterstützung »ihres« Menschen. Sie putzen sich nicht mehr so ausgiebig, so daß verschmutzte Stellen im Fell mit einem angefeuchteten Tuch gesäubert werden müssen (→ auch PRAXIS-Seiten 14 und 15). Bei der Pflege sollten Sie regelmäßig den Körper nach Knötchen und Tumoren abtasten. Nur frühzeitiges Erkennen macht eine wirksame Hilfe durch den Tierarzt möglich.
Manche alte Wohnungskatzen benutzen ihren Kratzbaum seltener. Man sollte ihre Krallen öfters kontrollieren und gegebenenfalls vom Tierarzt kürzen lassen (→ Fotos, Seite 24).
Auch im Alter sollen regelmäßige Impfung, Entwurmung und Gesundheitskontrolle durch den Tierarzt nicht vergessen werden (→ Seite 23).

Ernährungstips
Es ist völlig normal, daß sehr alte Katzen an Gewicht verlieren. Sie nehmen weniger Nahrung zu sich, können diese auch nicht mehr so gut verwerten wie junge Tiere. Animieren Sie Ihre alternde Katze ruhig mit Leckerbissen zum Fressen. Besorgt sollten Sie allerdings sein, wenn Ihre Katze rapide abnimmt und andere Symptome dazukommen (→ Die abgemagerte Katze, Seite 21). Dann den Tierarzt zu Rate ziehen.
Hier ein paar Tips für die Ernährung Ihrer alten Katze:
- Eine alte Katze (über 15 Jahre) sollte ihre Futterration in 3 bis 4 Portionen über den Tag verteilt bekommen.
- Füttern Sie hochwertiges Eiweiß. Das ist reichlich enthalten in Fertigfutter, Fisch, Fleisch, Innereien und Geflügel.
- Ab und zu 1 Teelöffel Butter oder Margarine unter das Futter gemischt, verschafft der Katze zusätzliche Kalorien.
- Ab und zu etwas Paraffinöl unter das Futter geben, das beugt einer Verstopfung vor. Auch Kleie und fettreicher Fisch wirken verdauungsfördernd.

Hinweis: Da alte Katzen sehr oft schlechte oder gar keine Zähne mehr haben, sollte man ihnen ihr Futter zerkleinert anbieten.
Am besten eignet sich für ihre Ernährung Dosenfutter.

Altersbedingte Krankheiten
Leistungs- und Regenerationsfähigkeit der Organe nehmen im Alter ab. Dies führt zu einer Zunahme der Krankheiten. Manche Sinnesleistungen wie Hören und Sehen können im Alter schlechter werden.
Probleme mit den Zähnen stehen an erster Stelle altersbedingter Probleme. Es bilden sich Löcher in den Zähnen, manchmal dicke Zahnsteinklumpen auf den Zähnen, und es kann zu Zahnfleischentzündungen

kommen (→ Seite 68 und 69). Häufig muß der Tierarzt kranke Zähne ziehen.
Darmprobleme: Alte Katzen leiden häufig unter Darmträgheit und Verstopfung (→ Seite 86). Geben Sie Ihrer Katze mehrmals täglich etwas Paraffinöl ins Maul. Der Tierarzt kann bei schwerer Verstopfung ein Klistier geben (→ Foto, Seite 89). Manche alten Katzen leiden auch unter chronischem Durchfall. Dies ist dann meist das Anzeichen einer schweren Erkrankung.
Gelenksprobleme: Die alte Katze kann aufgrund der Gelenksabnutzung (→ Seite 72) lahmen. In diesem Fall wird der Tierarzt entzündungshemmende Medikamente geben.
Tumoren: Geschwulsterkrankungen werden mit zunehmendem Lebensalter immer häufiger und sind oft Todesursache der alten Tiere. Prinzipiell können Tumorzellen, die aus normalen Körperzellen entstehen, in allen Geweben und Organen des Körpers auftreten. Infektionen, genetische Einflüsse sowie Umwelteinflüsse können Auslöser sein.
Tumorzellen schädigen den Organismus durch Verbrauch lebenswichtiger Stoffe und Abgabe ihrer Stoffwechselprodukte, vor allem aber durch die Zerstörung lebenswichtiger Zellen und Organe. Sie können auch schwerwiegende Störungen im Hormonhaushalt oder der Immunabwehr verursachen. Zeigt ein Tumor ein örtlich begrenztes Wachstum ohne Bildung von Tochtergeschwülsten (Metastasen), so spricht man von einem gutartigen Tumor. Ungehemmtes Wachstum und die Neigung, den Organismus mit Metastasen zu überschwemmen, kennzeichnen einen bösartigen Tumor. Tumoren lassen sich meist nur durch eine mikroskopische Gewebeuntersuchung genau klassifizieren.

Die schmerzlose Tötung

Wenn eine Katze nach einem Verkehrsunfall, infolge einer unheilbaren Krankheit oder altersbedingter Hinfälligkeit nicht mehr schmerzfrei leben kann, sollten Sie sie vom Tierarzt durch Injektion einer narkotisch wirkenden Lösung einschläfern lassen. Die Katze spürt nichts und schläft friedlich ein.
Der Tierarzt wird nur nach Abwägen aller Umstände zur Tötung eines Tieres raten. Ein leichtfertiges Töten ohne zwingenden Grund ist nach dem deutschen Tierschutzgesetz verboten.
Nach so vielen Jahren der innigen Bindung versteht es sich von selbst, daß Sie Ihre Katze zum Tierarzt begleiten und ihr beistehen, wenn sie die erlösende Spritze bekommt.

Bei alten Katzen ist das Fell nicht mehr so glatt und glänzend.

Gefahren der Katzenhaltung

Es gibt eine Reihe von Krankheitserregern, die sowohl die Katze als auch den Menschen befallen können. Wenn die Wohnungskatze entwurmt und geimpft ist, nur mit Gekochtem oder Fertigfutter ernährt wird, dann steckt sie sich selten mit Erregern an, die für Sie gefährlich werden können. Auch die freilebende Katze stellt für die menschliche Gesundheit kaum eine Gefahr dar, wenn einige Vorbeugemaßnahmen getroffen werden.

Infektionen und Parasiten
Einige Infektionserreger und Parasiten können mehrere Tierarten befallen. Wird der Mensch infiziert, spricht man von Zoonosen (→ Fachbegriffe, Seite 119). Im folgenden sind die wichtigsten Krankheiten und Parasiten aufgeführt, die auf den Menschen übertragbar sind (→ Wichtige Hinweise, Seite 127).
Tollwut: Viruserkrankung, die durch den Biß eines tollwutkranken Tieres auf andere Tiere und den Menschen übertragen wird (→ Seite 108). Jede Katze, die freien Auslauf hat, auf Rassekatzen-Ausstellungen gezeigt wird oder mit auf Auslandsreisen geht, muß gegen Tollwut geimpft werden (→ Impfplan, Seite 26). Der Mensch kann auch noch unmittelbar nach einer Infektion durch Impfungen geschützt werden.
Katzenpocken: Sehr seltene Viruserkrankung, die durch Beutetiere auf die Katze und von ihr auf den Menschen übertragen wird (→ Seite 107). Besonders gefährdet sind Kinder, ältere Menschen und Personen mit geschwächtem Immunsystem.
Bakterielle Infektionen: Durch Bakterien (z. B. Chlamydien, Salmonellen) hervorgerufene Krankheiten (→ Seite 110) können in seltenen Fällen von der Katze auf den Menschen übertragen werden. Bei abwehrschwachen Menschen treten mitunter schwere Erkrankungen durch Salmonellen auf. Hat eine Katze Salmonellen, sind strenge Vorsichtsmaßnahmen nötig (z. B. Tragen von Gummihandschuhen beim Reinigen der Katzentoilette).
Pilzinfektionen: Hautpilze können leicht auf den Menschen übertragen werden (→ Seite 76 und 111). Bei einer erkrankten Katze auf Hygiene achten, nach Berührung die Hände waschen. Pilzinfektionen, die Atemorgane, Schleimhäute und Darmtrakt befallen (systemische Mykosen), sind dagegen selten. Die Übertragung dieser schwere Krankheiten auslösenden Pilze auf Menschen ist aber denkbar (→ Seite 111). Die Behandlung mit pilzwirksamen Mitteln ist langwierig.
Toxoplasmose: Wird durch Parasiten ausgelöst, die viele Tierarten und den Menschen als Zwischenwirt benutzen (→ Seite 97). Nach Infektion scheidet die Katze den Erreger 7 bis 14 Tage über den Kot aus. Den Kot sofort beseitigen (Gummihandschuhe anziehen), um Ansteckungsgefahr für den Menschen zu bannen.
Gefährlich kann die Toxoplasmose für schwangere Frauen werden. Bei Erstinfektion verursachen die Erreger mitunter Fehlgeburten oder schädigen das Kind im Mutterleib. Frauen sollten zu Beginn der Schwangerschaft testen lassen, ob sie bereits Toxoplasmose hatten.

Nach überstandener Infektion sind Mensch und Tier immun gegen den Erreger.
Darmwürmer: Hakenwurmlarven (→ Seite 101) dringen durch die Haut ein und lösen beim Menschen Hautreaktionen aus. Gefährdet sind Kinder, die mit nackten Armen und Beinen an feuchten Plätzen spielen.
Spulwurmeier (→ Seite 100) werden von Katzen über den Kot ausgeschieden. Kinder können sich infizieren, wenn sie beim Spielen in Sandkästen mit verscharrtem Katzenkot in Berührung kommen.
Bandwürmer: Von Bedeutung ist der Fuchsbandwurm (→ Seite 102). Der Mensch kann auch durch den Kontakt mit Wurmeiern aus Katzenkot von den gefährlichen Finnen befallen werden.
Flöhe, Milben und Zecken: Katzenflöhe (→ Seite 98) befallen den Menschen nur vorübergehend, lösen aber heftigen Juckreiz aus. Die Katze bei Flohbefall mit Gel oder Puder behandeln, Umgebung mit Parasitenspray desinfizieren und Wohnung gründlich saugen. Floheier können vor allem in Teppichgeweben und Dielenritzen bis zu 12 Monate überleben.
Grabmilben (→ Seite 96) gehen in seltenen Fällen auf den Menschen über und rufen Anzeichen der Räude hervor. Die Katze bei Befall mit entsprechenden Mitteln behandeln, ihre Aufenthaltsorte gründlich reinigen.
Zecken (→ Seite 99) übertragen unter Umständen die Borreliose (→ Fachbegriffe, Seite 114) auf den Menschen (Katzen werden nicht befallen) oder verursachen eine Hirnhautentzündung. Entdecken Sie bei Ihrer Katze eine Zecke, diese sofort mit der Zeckenzange oder Pinzette entfernen (→ Foto, Seite 100).

Kratzverletzungen

Beim Umgang mit Katzen kann es zu Biß- und Kratzverletzungen kommen. Es besteht die Gefahr einer Wundinfektion, aus der sich eine schwere eitrige Entzündung, eine Blutvergiftung (Sepsis) oder Wundstarrkrampf (Tetanus) entwickeln können. Auch die Übertragung der Tollwut durch Biß (→ Seite 108) ist möglich.
Oberflächliche Verletzungen lokal desinfizieren. In allen Zweifelsfällen unbedingt einen Arzt konsultieren. Eine vorbeugende Tetanusimpfung ist beim Menschen empfehlenswert.

Allergien

Viele Menschen leiden an Allergien gegen die unterschiedlichsten Stoffe in ihrer Umwelt. Auch Allergien gegen Katzenhaare kommen vor. Bei nachgewiesener, nicht behebbarer Katzenallergie Kontakt zu Katzen künftig meiden.

Tierhaltung ist gut für die Seele

Die Gesundheitsgefährdung, die von der Katze ausgeht, ist zwar beachtenswert, insgesamt aber als relativ gering einzuschätzen. Demgegenüber sollte man die großen gesundheitlichen Vorteile bedenken, die den Menschen durch Tiere zukommen, mit denen sie zusammenleben. Haustiere, insbesondere Heimtiere wie Hund und Katze, erfüllen in unkomplizierter Weise das Bedürfnis nach

Im Umgang mit Katzen kann es zu Kratzverletzungen kommen.

Körperkontakt und Fürsorge. Medizinische Untersuchungen bestätigen, daß körperliche und seelische Leiden, z. B. Infarktgefährdung oder Depressionen, etwa durch eine Katze als Heimtier entscheidend zum Besseren gewendet werden. Besonders bedeutsam sind Heimtiere für vereinsamte und ältere Menschen und Kinder.

Besuch beim Tierarzt

Nicht erst bei einer offensichtlichen Erkrankung Ihrer Katze, sondern bereits im Rahmen der Gesundheitsvorsorge – bei Schutzimpfungen und Entwurmungen – brauchen Sie die Hilfe des Tierarztes. Suchen Sie sich deshalb einen Tierarzt, der gut mit Katzen umgehen kann und dem Sie Ihr Vertrauen schenken können. Die Wahl des Tierarztes wird Ihnen leichter fallen, wenn Sie andere Katzenhalter fragen.

Der Gang zum Tierarzt
Katzen werden in der Regel in die Tierarztpraxis zur Untersuchung und Behandlung gebracht (➔ Vorsorgemaßnahmen, Seite 23). Hausbesuche durch den Tierarzt stellen eher die Ausnahme dar. Die Katze sollte in einem sicher verschließbaren Behältnis (Transportbox, Korb, Käfig) transportiert werden. Zur Not kann man auch einen festen Pappkarton benutzen. Damit sich die Katze im Transportbehälter geborgen fühlt und sich nicht unnötig aufregt, sollte sie bereits vor dem ersten Gang zum Tierarzt damit vertraut gemacht werden. Die Katze bleibt während der Wartezeit und bis zur Untersuchung und Behandlung in ihrem Behälter. Konflikte mit anderen Tieren in der Praxis werden dadurch vermieden.
Wichtig: Hat Ihre Katze schlimme Verletzungen oder Knochenbrüche (➔ PRAXIS-Seite 54), müssen Sie beim Transport besonders vorsichtig sein.

Angaben, die der Tierarzt braucht
Wichtig für den Tierarzt sind Angaben des Katzenhalters über Alter seines Tieres, Haltung, frühere Krankheiten und Verhalten. Schildern Sie die Krankheitssymptome möglichst genau. Dazu ist es hilfreich, sich

Ohrenkontrolle: Milben können Entzündungen verursachen.

Notizen zu den Beobachtungen zu machen.
Checkliste:
- Hat die Katze einen gesunden Appetit oder verweigert sie die Nahrung?
- Hat sie Durchfall oder Verstopfung?
- Erbricht sie mehr als gewöhnlich? Wie häufig?
- Trinkt sie mehr als sonst?
- Hat sie Fieber (→ Seite 50)?
- Schüttelt sie ständig den Kopf und kratzt sich am Ohr?
- Verhält sie sich anders als sonst, z. B. apathisch?
- Ist sie unsauber und vernachlässigt die Körperpflege?
- Bereiten ihr Berührungen Schmerzen?

Wichtig: Bringen Sie Proben von Kot und Erbrochenem mit. Impfpaß nicht vergessen.
Ist eine Narkose vorgesehen sollte die Katze an diesem Tag noch keine Nahrung aufgenommen haben (→ Vorsorge bei Narkose, Seite 52).
Bei der Untersuchung ist die Mithilfe des Katzenhalters meist nicht nötig, da Fachpersonal die Katze verständnisvoll hält. Auch bei Operationen ist das Beisein des Halters nicht ratsam. Wenn die Behandlung abgeschlossen ist, wird das weitere Vorgehen besprochen, eventuell ein neuer Termin vereinbart, Medikamente und Behandlungsanweisungen mitgegeben.

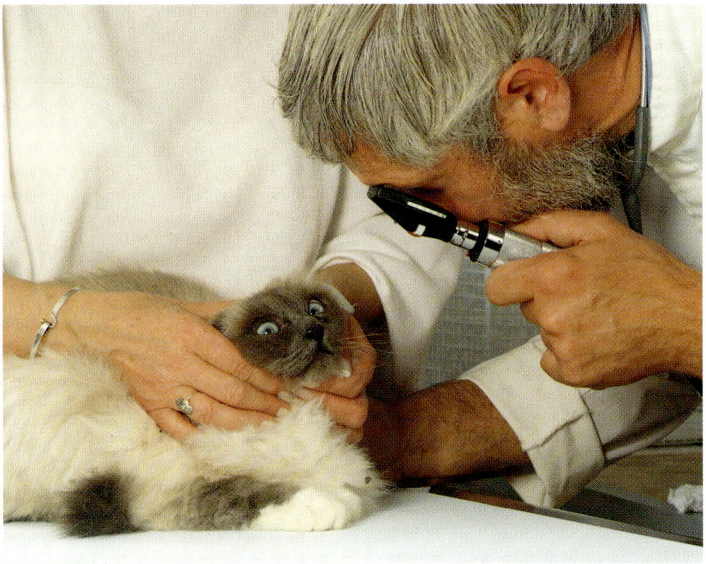

Der Tierarzt betrachtet die Augen mit einem Spezialgerät.

Patient Katze
In der Regel wird der Transportbehälter mitsamt der Katze auf den Behandlungstisch gestellt und die Katze erst herausgenommen, wenn alles für die Untersuchung vorbereitet ist. Die meisten Katzen sind angenehme und geduldige Patienten. Sie lassen sich bei ruhigem Umgang, Halten ohne großen Zwang, Streicheln und Schultergriff leicht behandeln. Sogar Injektionen und Blutentnahme, Untersuchung der Mundhöhle und Ohrbehandlung werden ohne Abwehr hingenommen.
Wenn sich die Katze widersetzt: Hin und wieder kommt es vor, daß sich Katzen nur mühsam oder gar nicht behandeln lassen. Manche widersetzen sich von Anfang an aus Angst (z. B. eingefangene streunende Katzen). Andere werden erst nach unangenehmen Erfahrungen in der Praxis zunehmend ängstlich und mißtrauisch.
Hat sich eine Katze wiederholt als sehr schwierig in der Tierarztpraxis erwiesen, können Sie ihr vor dem geplanten Besuch ein vom Tierarzt erhältliches Beruhigungsmittel ins Futter geben. Mitunter ist die Injektion eines Beruhigungs- oder Narkosemittels nötig, damit der Tierarzt eine Untersuchung und Behandlung überhaupt durchführen kann.

Pflege der kranken Katze

Für die Genesung einer kranken Katze ist die Behaglichkeit ihres Aufenthaltsortes und die verständnisvolle Zuwendung der ihr vertrauten Menschen außerordentlich wichtig. Sprechen Sie deshalb beruhigend auf sie ein und streicheln Sie Ihre Katze zwischendurch immer wieder. Ist eine weiterführende Behandlung zu Hause notwendig, müssen Sie die Anweisungen des Tierarztes unbedingt befolgen.

Das Krankenlager

Bei vielen Krankheiten ist es ratsam, die Katze einige Tage im Hause zu lassen. Kranke Katzen müssen besonders vor naßkalter Witterung geschützt werden. Bereiten Sie Ihrer Katze ein warmes Lager, indem Sie eine Wärmflasche in ihren Schlafkorb oder in einen Karton legen, eine Decke darüberbreiten und die Katze darauf betten (→ Zeichnung, Seite 51). Der Korb oder Karton sollte zugfrei und an einem ruhigen, vertrauten Platz stehen.

Hinweis: Leben noch weitere Katzen in Ihrem Haushalt, müssen Sie Ihr krankes Tier, wenn es eine ansteckende Krankheit hat, isoliert halten (→ Gefahren der Katzenhaltung, Seite 46 und Wichtige Hinweise, Seite 127).

Fütterung der kranken Katze

Bieten Sie der appetitlosen Katze frische, angewärmte Leckerbissen oder wohlschmeckende Nahrungskonzentrate (beim Tierarzt erhältlich) an. Falls Ihre Katze schlecht kauen kann, pürieren Sie die Futterbrocken. Manchmal regt es den Appetit an, wenn Sie ihr Futter auf die Nase streichen. Kann die Katze über längere Zeit nicht selbständig fressen, muß sie gefüttert werden. Träufeln Sie ihr mit Hilfe einer Einwegspritze ohne Nadel (vom Tierarzt) Fleisch- oder Hühnerbrühe (ohne Gewürze) seitlich ins Maul.

Eine Zwangsfütterung ist in der Regel nicht nötig, hilft kaum und bereitet der Katze manchmal sogar Qualen, was zu Mißtrauen gegenüber den Menschen führt.

Frisches Trinkwasser muß immer erreichbar sein, denn die ständige Zufuhr von Flüssigkeit ist bei einer kranken Katze sehr wichtig. Achten Sie darauf, daß Ihre Katze genügend trinkt. Wenn sie es nicht von sich aus macht, müssen Sie ihr mit Hilfe einer Spritze (ohne Nadel) Wasser einflößen.

Hinweis: Bei vielen Krankheiten, vor allem bei Durchfall und Erbrechen, kommt es zu einer Austrocknung des Organismus, die vom Tierarzt mit Infusionen von Elektrolytlösungen (→ Fachbegriffe, Seite 115) behandelt wird.

Fieber messen

Am besten geht es zu zweit: Eine Person hält die Katze an Schulter und Vorderpfoten fest, die andere mißt die Temperatur. Dazu den Schwanz der Katze etwas anheben und das leicht mit Vaseline eingefettete Thermometer möglichst waagerecht in den After einführen (→ Foto, Seite 93). Ein herkömmliches Thermometer muß etwa zwei Minuten im After bleiben. Digitalthermometer zeigen nach einer Minute zuverlässig die Temperatur an. Während des Messens mit der Katze sprechen und sie streicheln. Die Normalwerte liegen zwischen 37,8 und 39,2 °C. Nicht nur Fieber, sondern auch Untertemperatur kann ein Zeichen von Krankheit sein.

Fellpflege

Wenn die Katze so krank ist, daß sie sich nicht mehr selber säubern kann, dann muß ihr Fell nach dem Füttern und nach dem Kotabsatz mit einem angefeuchteten Tuch gereinigt werden. Hat sie keine Schmerzen, dürfen Sie ihr Fell auch vorsichtig bürsten (→ Fellpflege, PRAXIS-Seite 14).

Medikamente verabreichen

Die Eingabe von Medikamenten ist bei Katzen häufig nicht einfach. Wie schwierig sich der Vorgang gestaltet, hängt von der Art des Arzneimittels, vom Charakter der Katze und von der Geschicklichkeit des Halters ab.
Tabletten, Pillen und Kapseln: Hat die Katze noch guten Appetit, so läßt sich die Tablette in einem schmackhaften Futterbrocken verstecken (größere Tabletten zerkleinert auf mehrere Futterhappen verteilen). Hat sie die Sache aber durchschaut, hilft folgende Methode: Halten Sie die Tablette in der einen Hand zwischen Daumen und Zeigefinger parat, während Sie mit der anderen Hand den Kopf hinter den Zähnen mit leichtem Druck fassen. Unwillkürlich öffnet die Katze dabei ihr Maul. Legen Sie nun die Tablette möglichst weit hinten auf den Zungengrund und halten Sie anschließend das Katzenmäulchen zu. Die Kehle mit der einen Hand sanft abwärts massieren, damit die Katze ihre Tablette auch schluckt (→ Fotos, Seite 60).
Flüssige Medikamente: Sie werden am besten mit Hilfe einer Einwegspritze ohne Nadel (vom Tierarzt) eingegeben (→ Zeichnung, Seite 27). Dazu den Kopf der Katze leicht anheben und den Inhalt der Spritze seitlich hinter den Eckzähnen in das Maul entleeren – aber nicht in einem Schwall, sonst verschluckt sich die Katze. Tropfen können auch direkt auf die Pfote geträufelt werden. Die Katze leckt sie dann alleine ab – vorausgesetzt sie schmecken nicht zu bitter.

Augensalben und -tropfen

Bei Augenerkrankungen (→ Seite 64 ff.) ist es oft nötig, die Katze mit Salbe oder Tropfen zu behandeln.
Augensalbe auftragen: Halten Sie den Kopf der Katze mit einer Hand von hinten fest und ziehen Sie gleichzeitig mit dem Zeigefinger das obere Augenlid vorsichtig zurück. Legen Sie nun mit der anderen Hand einen etwa 5 mm langen Salbenstrang unter das Lid. Den Augapfel nie mit der Spitze der Tube berühren (→ Foto, Seite 61).
Augentropfen einträufeln: Beim Träufeln in die Augen den Kopf der Katze von hinten festhalten, anheben und das untere Augenlid mit dem Zeigefinger vorsichtig zurückziehen. Mit der Tropferkanüle 2 bis 3 Tropfen hinter das Lid träufeln. Nie den Augapfel direkt berühren!

Die kranke Katze braucht viel Schlaf und die richtige Pflege.

Ohrentropfen einträufeln
Ziehen Sie die Ohrmuschel der Katze behutsam hoch, damit der Gehörgang offen ist. Danach träufeln Sie 4 bis 5 Tropfen ins Ohr. Nun das Ohr vorne am Ansatz sanft massieren. So verteilt sich die Flüssigkeit im Gehörgang.

Inhalieren
Bei Erkrankungen der Atemwege (→ Seite 90) können Sie Ihre Katze inhalieren lassen, um ihr Linderung zu verschaffen. Bereiten Sie einen heißen Kamillenaufguß (mit Kamillenkonzentrat aus der Apotheke). Setzen Sie die Katze in eine verschließbare Transportbox (→ Foto, Seite 48). Stellen Sie eine Schüssel mit dem Aufguß vor die Boxöffnung und fächeln Sie mit Hilfe eines Handtuches die heißen Dämpfe in das Innere, so daß sie die Katze einatmet.

Insulin spritzen
Ist Ihre Katze zuckerkrank (→ Seite 79), muß der Zuckerspiegel gesenkt werden, indem Sie ihr täglich eine Insulininjektion verabreichen. Die Spritze mit Nadel erhalten Sie vom Tierarzt. Er wird Ihnen auch die Injektionstechnik zeigen.
Geben Sie die Spritze am besten in den Nacken- oder Rükkenbereich. Ziehen Sie mit der einen Hand die Haut zeltartig hoch, mit der anderen Hand nehmen Sie die Spritze und stechen mit der Nadel in den Hohlraum unter der Zeltspitze. Nun die Haut loslassen. Die Nadelspitze muß unter der Haut bleiben. Den Kolben in die Spritze drücken und damit das Insulin unter die Haut spritzen.
Hinweis: Bei jeder Spritze die Einstichstelle wechseln.

Vorsorge und Nachsorge bei Narkose
Vorsorge: Ist eine Narkose nötig, z. B. bei einer Operation oder auch beim Entfernen von Zahnstein, dürfen Sie Ihre Katze 12 Stunden vor dem Termin nicht mehr füttern. Wasser kann sie zu sich nehmen.
Nachsorge: Ist die Katze operiert worden, dürfen Sie sie in der Regel erst mit nach Hause nehmen, wenn sie aus der Narkose erwacht ist. Schläft sie länger nach, was bei alten und dicken Katzen vorkommt, muß sie beim Transport und daheim vor Unterkühlung geschützt werden. Die Katze in eine Decke hüllen und zuhause eine Wärmflasche unterlegen. Atmung und Puls kontrollieren (→ Tabelle, Seite 11).

Bäder bei Hautpilzinfektionen
Wenn Ihre Katze mit Hautpilzen befallen ist, kann sie mit einem Fungizid (→ Fachbegriffe, Seite 115) behandelt werden, das meist in Wasser gelöst wird. Vor dem Bad die Ohren der Katze mit Watte verstopfen, damit kein Wasser hineingelangt. Nun das Fell befeuchten und leicht massieren. Die Augen der Katze mit einer Hand schützen. Mit klarem Wasser nachspülen, dabei aber nicht alles auswaschen, damit das Mittel nachwirken kann. Anschließend die Katze vorsichtig mit einem Handtuch trocknen.
Reinigen Sie auch bevorzugte Liegeplätze der Katze und waschen Sie Decken und Kissen.
Hinweis: Bedenken Sie, daß Bademittel gegen Pilze Wirkstoffe enthalten. Waschen Sie sich also nach dem Bad gründlich die Hände. Bei empfindlicher Haut oder Neigung zu Allergien Einmalhandschuhe tragen (→ Wichtige Hinweise, Seite 127).

Kleine Hausapotheke
Um für den Notfall gerüstet zu sein, sollten Sie Ihrer Katze eine kleine Hausapotheke mit folgendem Inhalt einrichten:
Instrumente:
- 1 Thermometer;
- 1 Pinzette;
- 1 Zeckenzange;
- 1 Krallenzange;
- je 1 Plastikspritze (ohne Nadel) mit 2 ml, 5 ml und 10 ml Füllvolumen, um Medikamente, Futter, Flüssigkeit einzugeben;
- 1 gebogene Schere mit einem stumpfen und einem spitzen Schenkel.

Verbandsmaterial:
- 2 elastische Mullbinden, 4 cm breit, zum Verbinden der Pfote;
- 2 elastische Mullbinden, 8 cm breit, zum Verbinden von Kopf, Brust und Bauch;
- 1 Rolle Leukoplast;
- 1 Packung lose Verbandswatte.

Medikamente:
Ist Ihre Katze zuckerkrank (→

Auch das Kind leidet, wenn seine Katze krank ist. Behutsam wird sie gestreichelt.

Seite 79), Insulin für die tägliche Spritze vorrätig halten (im Kühlschrank aufbewahren).
Hinweis: Bei Medikamenten auf das Verfallsdatum achten. Ist es überschritten, dürfen sie nicht mehr verwendet werden. Solche Mittel in der Apotheke abgeben (Sondermüll).

Sonstiges:

- 1 Flasche Ohrreiniger (vom Tierarzt);
- 1 Tube Babyklistier gegen Verstopfung;
- Puder, Gel und Spray zur Bekämpfung von Flöhen, Milben und Zecken (→ Parasiten, Seite 96).

Hinweis: Diese Mittel mit größter Vorsicht anwenden (→ Wichtige Hinweise, Seite 127).

PRAXIS Hilfe bei Verletzungen und Vergiftungen

Verletzungsgefahren

- Durch Autos oder landwirtschaftliche Maschinen (Mähdrescher, Traktor).
- Durch Raufereien mit Hunden oder anderen Katzen.
- Durch Schlag auf den Kopf, z. B. wenn jemand die Katze verjagen wollte, oder durch aufgestellte Fallen.
- Durch Hängenbleiben (an Kordeln oder Draht) oder Einklemmen (am Kippfenster).
- Durch einen Sturz.
- Schußverletzungen durch Jäger oder Menschen, die eine Schußwaffe besitzen.

Erste Hilfe bei Verletzungen
Zeichnungen 1 und 2
Wenn die Katze nach einer schweren Verletzung noch in der Lage ist, den Weg nach Hause zu laufen, sollten Sie auf folgendes achten:

- Bei kalter Witterung oder Nässe ist das Tier oft unterkühlt. Trocknen Sie die Katze zunächst vorsichtig mit einem Handtuch.

Verhaltensveränderungen wie Aufgeregtheit oder Benommenheit weisen auf einen Schock hin. Nehmen Sie am besten den Korb oder Karton mitsamt Katze, und suchen Sie umgehend den nächsten Tierarzt auf.
Brüche erkennen Sie z. B. daran, daß die Katze lahmt oder Gliedmaßen eine unnatürliche Stellung aufweisen bzw. abnorm beweglich sind (→ Knochenbau der Katze, Zeichnung 1, und Seite 71). Auch hier kann nur der Tierarzt helfen.
Stark blutende Wunden am Körper, etwa nach einem Autounfall, müssen durch einen Druckverband gestoppt werden, damit die Katze nicht verblutet. Dazu die Wunde grob von etwaigen Fremdkörpern (Steinchen, Glassplitter) säubern. Ein Stück Mullbinde oder sauberen Stoff mehrfach zusammenlegen und auf die Wunde drücken. Mit einer Mullbinde oder elastischen Binde alles umwickeln. Prüfen Sie die Festigkeit des Verbandes, indem sie den Finger unter den Verband schieben. Gelingt das leicht, ist der Verband nicht zu fest. Dann die Katze sofort zum nächsten Tierarzt bringen.

1 | *Das Skelett der Katze.*

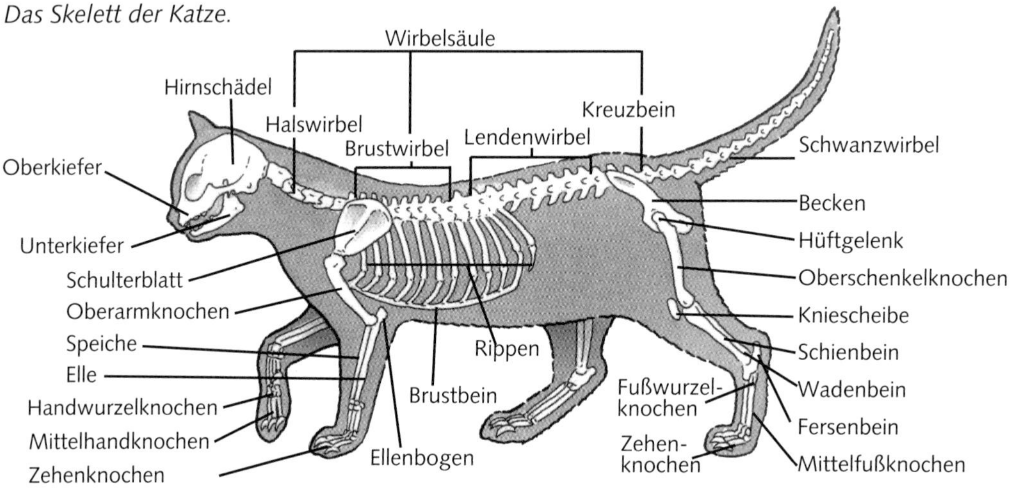

Vergiftungen

Gifte können im Organismus der Katze schwere Schäden verursachen und zum Tod führen. Hochgiftige Stoffe schaden schon in ganz geringen Mengen, während andere Substanzen nur dann zu Schäden führen, wenn sie in sehr großer Menge oder häufig aufgenommen werden.

Gifte gelangen über die Zunge (häufig durch das Lecken des Fells), mit der Nahrung, über die Haut oder die Atemluft in den Körper der Katze.

Vergiftungsanzeichen können sein: Speicheln, Erbrechen, Durchfall, Krämpfe, Apathie, Bewußtlosigkeit.

In jedem Fall muß die Katze sofort zum Tierarzt gebracht werden. Welches Gift sie aufgenommen hat, läßt sich in der Regel nur bei konkretem Verdacht feststellen. Eine gezielte Untersuchung durch ein Speziallabor kann den direkten Nachweis bringen.

Wenn der Tierarzt sicher weiß, um welches Gift es sich handelt, kann er manchmal mit Gegengiften behandeln. In einigen Fällen wird der Katze auch ein Brechmittel verabreicht.

Die häufigsten Gifte

Nagergifte: Um Ratten oder Mäuse zu bekämpfen, werden häufig Gifte eingesetzt, die die Blutgerinnung verhindern (Cumarinderivate). Das bedeutet, wenn Ratten oder Mäuse das Gift aufnehmen, kommt es zu starken Blutungen im Körper,

2| *Bei stark blutenden Wunden Druckverband anlegen.*

die Nager verenden durch innerliches Verbluten. Nehmen Katzen eine größere Menge dieses Giftes auf, können auch sie daran sterben (→ Nasenbluten, Seite 90).

Neben den allgemeinen Krankheitsanzeichen (→ links) ist eine Cumarinvergiftung bei der Katze an Blutungen, die nicht zum Stillstand kommen, Blutergüssen und Blässe der Schleimhäute zu erkennen. Bemerkt der Katzenhalter die Vergiftung seiner Katze rechtzeitig, kann der Tierarzt mit Vitamin-K-Injektionen helfen.

Insektizide: Vor allem auf chlorierte Kohlenwasserstoffe und Phosphorsäureester reagieren Katzen hochempfindlich. Die Giftstoffe können nicht nur über das Maul, sondern auch über die Haut aufgenommen werden. Bei Verdacht muß die Katze sofort von anhaftendem Gift auf dem Fell befreit werden (z. B. mit angefeuchteten Papiertaschentüchern oder durch ein Bad in lauwarmem Wasser). Danach das Fell mit einem Handtuch trocknen. Anschließend unverzüglich zum Tierarzt gehen. Er behandelt die Katze mit speziellen Gegenmitteln, z. B. Atropin, und gibt ihr Infusionen, um die Nierenausscheidung anzuregen.

Frostschutzmittel (Ethylenglycol, Glycol): Katzen schlecken Frostschutzmittel wegen ihres süßlichen Geschmacks oft freiwillig auf. Je nach aufgenommener Giftmenge kann es zu einem schweren Nierenschaden oder sogar tödlichem Nierenversagen kommen. Bei Verdacht die Katze sofort zum Tierarzt bringen. Äthanol und Natriumhydrogenkarbonat werden als Gegenmittel eingesetzt. Das Tier erhält eine Infusion, damit die Nierenfunktion erhalten bleibt.

Mineralöl: Unfälle ereignen sich meist, weil Heizölbehälter nicht richtig abgesichert sind oder die Katze mit Ölflecken von Autos in Berührung kommt. Das Gift dringt nicht nur durch die Haut, sondern auch über das Maul in den Körper, wenn die Katze ihr Fell leckt. Ölverschmierte Teile des Fells sofort mit heißgemachten Papiertüchern oder einem fettlösenden Mittel (z. B. Spülmittel) und Wasser säubern. Die Katze zum Tierarzt bringen.

Pflanzengifte: Viele Zimmerpflanzen enthalten Giftstoffe (→ Seite 10). Vor jedem Pflanzenkauf sollten Sie sich informieren, ob die Pflanze eine Gefahr für die Katze ist (→ Wichtige Hinweise, Seite 127).

Krankheiten erkennen und

Was ist Krankheit?
Wenn der Katzenhalter bei seiner Katze Veränderungen feststellt, kann das ein erster Hinweis auf eine Erkrankung sein. Allgemeine Krankheitsanzeichen sind häufig: Verminderter Appetit, Abmagerung, Umfangsvermehrung, plötzliche Verhaltensveränderungen, Apathie, Vernachlässigung der Körperpflege, stumpfes Haarkleid, Haarausfall, starker Juckreiz, vermehrter Kot- und Urinabsatz, Durchfall, ständiges Erbrechen, vermehrter Durst, plötzliche Unsauberkeit.
Die Krankheitsursachen sind vielfältig. Extreme Temperaturverhältnisse wie Hitze, Kälte, Feuchtigkeit können eine Krankheit begünstigen, ebenso Umweltbedingungen, die der Katze Streß verursachen und ihr körpereigenes Abwehrsystem schwächen. Hier sind vor allem die Haltung von vielen Katzen auf zu engem Raum, Einsamkeit und ungesunde Ernährung, schlechte Pflege und mangelnde Zuwendung zu nennen. Enthält die Umwelt besonders viele Krankheitserreger und ist der Organismus bereits geschwächt, können Krankheiten leicht ausbrechen.
Die Heilung muß der Körper mit Hilfe seiner Abwehr- und Regenerationskräfte bewältigen. Jedes Lebewesen ist grundsätzlich in der Lage, auf Gleichgewichtsstörungen in seinem Organismus, Verletzungen und Infektionen zu reagieren und in vielen Fällen eine Selbstheilung zu erreichen.
Sind diese körpereigenen Regulationsmöglichkeiten erschöpft oder ist der zerstörende Einfluß von außen zu groß, kann oft noch eine gezielte Behandlung durch den Tierarzt eine Wende zur Heilung ermöglichen.
Die heutigen Kenntnisse im Bereich der Biologie und der Medizin haben in vielen Fällen dazu geführt, Ursache und Ablauf einer Krankheit recht gut einzuschätzen und eine gezielte Therapie anzuwenden. Der große

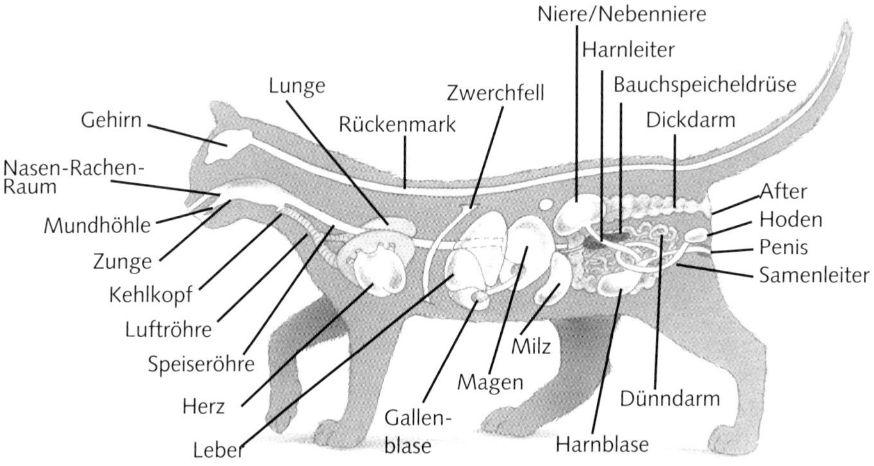

Die inneren Organe der Katze

behandeln

technische Fortschritt bei Diagnose- (Erkennen der Krankheit) und Therapieverfahren ermöglicht es, Ergebnisse zu erzielen, die noch vor kurzer Zeit undenkbar schienen. Trotzdem werden die Grenzen menschlicher Möglichkeiten selbst im Bereich der Humanmedizin immer wieder deutlich.
Naturheilverfahren und die Homöopathie (→ Seite 58) finden auch bei Katzen Anwendung. Als Ergänzung zu anderen Therapiemöglichkeiten kann die Homöopathie sinnvoll sein. Der Einsatz homöopathischer Mittel begünstigt die Selbstheilungskraft des Tieres, indem es seine körpereigenen Reserven mobilisiert.
Obwohl sich die Wirkung der Homöopathie nicht wissenschaftlich erklären läßt, hört man immer wieder von überraschenden Heilungserfolgen. Selbstheilungskräfte des Körpers lassen sich bei Katzen auch durch positive Umwelteinflüsse und Schutz vor negativen Faktoren anregen. So wird zum Beispiel eine Katze, die todkrank mit Symptomen von Schnupfen und Austrocknung des Körpers mit vielen anderen Katzen in einem Raum zusammengepfercht ist, schon dann zur Selbstheilung finden (sofern der Prozeß noch umkehrbar ist), wenn man sie in eine optimale Umgebung ohne Streß bringt.

Aufbau des Krankheitsteiles
Der Krankheitsteil auf den folgenden Seiten ist in 8 Bereiche gegliedert (→ rechts).
Die einzelnen Krankheitsbeschreibungen sind in ein Schema gebracht worden:
Symptome: Beschrieben werden die Krankheitsanzeichen, die der Katzenhalter beobachten kann.
Ursachen: Genannt werden eine oder mehrere Ursachen, wodurch die Krankheit ausgelöst wird.
Folgen: Was die Krankheit nach sich ziehen kann, wenn sie nicht behandelt wird.

● **Behandlung**
Was Sie selbst tun können bzw. wie der Tierarzt behandelt. Ein Pfeilsymbol (▶) markiert, wann Sie unbedingt mit der Katze zum Tierarzt gehen sollten.
Nachbehandlung: Was nach dem Besuch beim Tierarzt zu beachten ist.
Vorbeugung: Was vorbeugend gegen die Krankheit getan werden kann.

■ **Homöopathie**
Wo sinnvoll und wirksam, sind homöopathische Mittel angegeben, mit der die Verfasserin in ihrer Praxis gute Erfahrungen gemacht hat.
Rassenanfälligkeit: Aufgeführt sind Katzenrassen, die für bestimmte Krankheiten erbliche Veranlagungen haben.

Homöopathie bei Katzen

Wer seine Katze mag, möchte nichts unversucht lassen, um ihr zu helfen, wenn sie krank ist. Schon bei ersten Krankheitsanzeichen sollte man mit seiner Katze den Tierarzt aufsuchen. Nur allzu oft stecken hinter harmlosen Symptomen ernsthafte Erkrankungen. Viele Tierärzte beziehen heute Naturheilverfahren wie die Homöopathie in ihre Behandlungsmaßnahmen mit ein.

Das Gebiet der biologischen Therapie oder sogenannten Naturheilverfahren ist breit gefächert. Dazu gehört der Einsatz von klassischen Mitteln der Homöopathie und auch Behandlungsmethoden, wie zum Beispiel die Akupunktur.

Es gibt inzwischen viele Tierärzte, die Naturheilverfahren mit gutem Erfolg anwenden. Aber die Entscheidung, ob man im Einzelfall nicht doch die sonst üblichen Medikamente einsetzen muß, sollten Sie besser Ihrem Tierarzt überlassen.

Grenzen der Naturheilverfahren: Die biologischen Therapiemethoden können in der Regel eine notwendige Operation nicht ersetzen und auch keinen akuten Mangel wie z.B. an Calcium ausgleichen.

Bei vielen Krankheiten jedoch liegt der beste Behandlungsweg sicher in der Mitte, also die sonst übliche Schulmedizin ergänzt durch Naturheilverfahren. Die Homöopathie ist besonders dann gut geeignet, wenn Selbstheilungsvorgänge des Körpers angeregt werden sollen, aber auch bei Störungen im Bereich des Stoffwechsels oder im Hormonhaushalt.

Fieber, Husten und Durchfall sind oft körpereigene Abwehrmaßnahmen oder Entgiftungsvorgänge, die man nicht einfach unterdrücken sollte. Homöopathische Medikamente wirken hier lediglich regulierend. Dennoch kann man von Naturheilverfahren keine Wunderheilungen erwarten, obwohl sie oft auch dann noch helfen können, wenn man mit den sonst üblichen Behandlungsmaßnahmen der Schulmedizin nicht mehr weiterkommt. Sie greifen allerdings nur, wenn sich die Selbstheilungsvorgänge des Körpers noch anregen lassen. Eine geschädigte Zelle kann sich eventuell noch erholen, eine zerstörte dagegen nicht mehr.

Auch daß eine biologische Therapie in der Regel länger dauert, als die »normale« Behandlung, z. B. mit einem Antibiotikum, sollte dem Katzenhalter klar sein. Schließlich muß der Körper ja erst zu einer Reaktion angeregt werden.

Behandlungen mit homöopathischen Mitteln oder anderen biologischen Methoden durch den Katzenhalter selbst können für wenig Erfahrene nur sozusagen als Erste Hilfe, bei leichten Erkrankungen oder als Begleittherapie empfohlen werden.

Auch hinter einer auf den ersten Blick nur leichten Störung kann eine ernste Erkrankung stecken. Spätestens, wenn sich innerhalb eines Tages mit der von Ihnen selbst durchgeführten Behandlung keine wesentliche Besserung einstellt, sollten Sie Ihre Katze einem Tierarzt vorstellen, damit er der Ursache auf den Grund gehen kann.

Homöopathie – was ist das?
Der Arzt Samuel Hahnemann (1755-1843) war der Begründer der Homöopathie, bei der nach dem Prinzip behandelt wird, daß Ähnliches durch Ähnliches geheilt wird (Simile similibus curentur). Das bedeutet, bei bestimmten Krankheiten regen bestimmte durch Potenzieren verdünnte Substanzen die Selbstheilung im Körper an, unverdünnt dagegen bewirken sie einen Ausbruch eben dieser Krankheit.
Dazu ein Beispiel: Nach dem Stich einer Biene entsteht durch das Bienengift eine gerötete, heiße, schmerzhafte Schwellung. Treten ähnliche Symptome entweder nach einem Insektenstich oder aus anderen Gründen auf, kann man das Gift der Honigbiene (Apis) in verdünnter Form einsetzen, um die Symptome zum Abklingen zu bringen.

Herstellung
Zur Herstellung der homöopathischen Mittel werden pflanzliche (z.B. Arnika), tierische (z.B. Lachesis), chemische Substanzen (z.B. Schwefel) oder auch Krankheitsprodukte (sogenannte Nosoden) verwendet. Besonders bei chronischen Störungen kann man auch das Blut oder den Harn der Katze potenzieren.
Potenzierung nennt man die stufenweise durchgeführte Verdünnung und Verschüttelung oder Verreibung einer Substanz. Nach dem Ähnlichkeitsprinzip heilt die so potenzierte Substanz Krankheitssymptome, die sie aber in konzentrierter Form auslösen würde.
Diese Wirkung ist mit den herkömmlichen Methoden bis jetzt nicht zu erklären. Man nimmt an, daß beim Verschütteln Informationen der Substanz auf das Lösungsmittel übertragen werden.
Bei der Potenzierung wird 1 Teil einer Substanz mit 9 Teilen eines Lösungsmittels (z. B. Wasser-Äthanol-Mischung) verdünnt und anschließend kräftig geschüttelt. Diese erste Potenzierungsstufe enthält die Ausgangssubstanz im Verhältnis 1:10 und wird als D 1 bezeichnet (D=Dezimalpotenz oder 10er Potenz; 1=1. Potenzierungsstufe).
Verschüttelt man nun wiederum 1 Teil der D 1-Mischung mit 9 Teilen Lösungsmittel, ist die Ausgangssubstanz im Verhältnis 1:100 enthalten.
D2 verdünnt mit Lösungsmittel ergibt die Potenzierungsstufe D 3 usw.

Potenzwahl
Niedrige Potenzen, etwa bis zur Potenz D 10, setzt man meistens bei akuten Krankheiten ein, höhere Potenzen mehr bei chronischen Störungen.
Die Wirkung verschiedener Potenzen des gleichen Mittels kann etwas unterschiedlich sein, z.B. kann eine mehr bei Durchfall wirken, die andere besser bei Verstopfung.
Hat man nur wenig Erfahrung mit homöopathischen Mitteln, sollte man Potenzen im Bereich von D 6 bis D 12 wählen.
Setzt man mehrere Mittel gleichzeitig ein, sollten sie möglichst die gleiche Potenz haben.

Diese Katze fühlt sich unwohl. Das drückt ihre gesamte Haltung aus. Ihr Haarkleid ist stumpf, und sie wirkt apathisch.

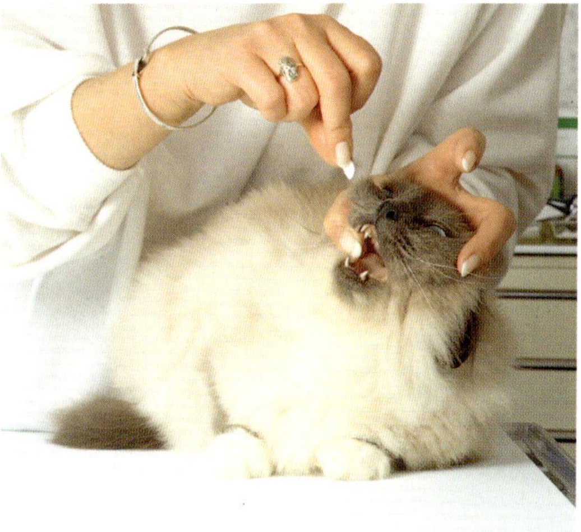

Mit einer Hand das Maul der Katze öffnen. Tablette hinten auf die Zunge legen.

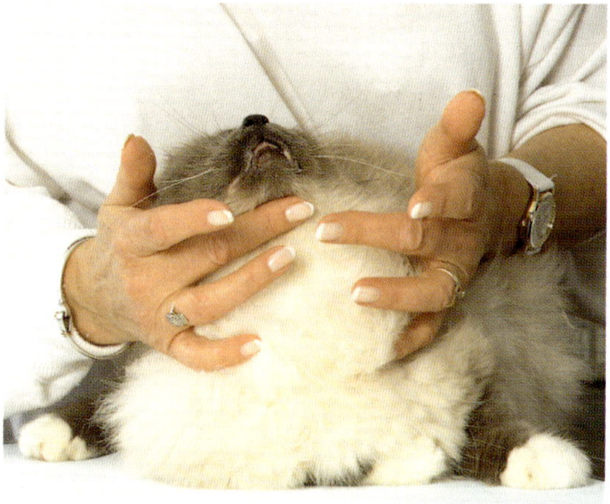

Maul zuhalten und mit den Fingern die Kehle der Katze massieren, bis sie schluckt.

Homöopathische Mittel – Angebotsformen und Dosierung

Die homöopathischen Mittel werden in verschiedenen Formen im Handel angeboten:
- Tropfen
- Tabletten
- Globuli (Zuckerkügelchen)
- Pulver
- Salben
- Zäpfchen.
- Ampullen zur Injektion

Eine Katze bekommt als Einzeldosis:
- 5-10 Tropfen
- 1 Tablette
- 5 Globuli
- 1 Messerspitze Pulver.
- Injektionen verabreicht der Tierarzt.

<u>Eine Überdosierung</u> ist in der Regel nicht möglich und auch nicht nötig – das heißt 10 Tabletten wirken nicht anders als eine Tablette. Wichtig ist dagegen die Häufigkeit der Behandlungen. Bei akuten Zuständen gibt man das Mittel häufig, 3 bis 6 mal täglich, als Stoßtherapie öfter. In chronischen Fällen behandelt man seltener, 1 bis 3 mal täglich, eventuell aber auch nur einmal pro Woche oder noch seltener bei sehr hohen Potenzen. Man kann davon ausgehen, daß es nicht nötig ist, ein Mittel weiterzugegeben, solange die Besserung anhält.

Homöopathische Mittel wirken bereits über die Maulschleimhaut und sollten deshalb unverdünnt eingegeben werden.

<u>Die Verabreichung</u> homöopathischer Mittel ist bei Katzen meist kein Problem. Sie nehmen sie in der Regel sehr gerne. Schwierigkeiten gibt es häufig mit den alkoholhaltigen Tropfen. Für diesen Fall hilft es manchmal, die Tropfen mit etwas Wasser oder Sahne zu verdünnen. Nimmt sie die Katze auch dann nicht, kann stattdessen der Ampulleninhalt (ohne Alkohol) vom Tierarzt injiziert werden .

Das richtige Medikament

Bei der Wahl des passenden homöopathischen Medikaments richtet man sich in erster Linie nach charakteristischen oder ungewöhnlichen Krankheitssymptomen, die die Katze zeigt. Allgemeine Krankheitsanzeichen wie Müdigkeit oder Appetitlosigkeit sind weniger von Bedeutung.
Auch die momentane Verfassung der Katze, ihr Temperament oder ihr Verhalten wird dabei mitberücksichtigt.
Schließlich spielen noch die Ursachen, die eine Krankheit auslösen (z. B. Schock, Zugluft) und die Umstände, unter denen sich Symptome bessern oder verschlechtern (z.B. durch Wärme, Kälte, Bewegung, bestimmte Futtersorten) eine große Rolle bei der Wahl des richtigen homöopathischen Medikamentes.
Wichtig ist die aufmerksame Beobachtung der kranken Katze. Hier kann der Tierhalter durch einen ausführlichen Vorbericht und Berichte über Veränderungen der Symptome während der Behandlung mitarbeiten. Bei jeder länger anhaltenden Verschlechterung sollte sofort der Tierarzt informiert werden.
Bei falsch gewählten Mitteln treten in der Regel keine Schäden auf. Bei richtig gewählten Mitteln kann es kurzfristig zu einer Verschlimmerung der Symptome kommen, allmählich tritt jedoch die Besserung des Zustandes ein.

Komplexpräparate

In diesen Präparaten sind mehrere homöopathische Einzelmittel enthalten, die eine ähnliche Wirkungsrichtung haben. Ein Mittel hilft z.B. bei Verdauungsstörungen, Husten, Verletzungen und Hautkrankheiten. Wer sich in der Homöopathie auskennt, kann Komplexmittel auch entsprechend der enthaltenen Einzelmittel getrennt einsetzen.
Hinweis: In den Homöopathieempfehlungen sind Komplexmittel der Firma Heel mit einem Kreis gekennzeichnet (z. B. Grippheel°), Präparate der Firma Cosmochema mit zwei Kreisen (z. B. Hautfunktionstropfen°°).

Bezug der Mittel und Aufbewahrung

Homöopathische Einzelmittel und Komplexpräparate erhalten Sie in der Apotheke oder Sie bekommen sie von Ihrem Tierarzt, wenn er mit diesen Medikamenten arbeitet, zur Weiterbehandlung mit.
Diese Medikamente halten sich sehr lange, wenn sie an einem trockenen, nicht zu warmen Platz aufbewahrt werden.

Homöopathische Mittel, die häufig verwendet werden

Es ist oft schwierig, die manchmal sehr ausführlichen Arzneimittelbilder kurz zu beschreiben, ohne allzu viel Wichtiges dabei wegzulassen. Wer sich näher mit der Anwendung homöopathischer Medikamente beschäftigen möchte, sollte sich Spezialliteratur besorgen (→ Bücher, die weiterhelfen, Seite 126). Ich habe versucht, neben einigen Leitsymptomen einer Krankheit besonders solche anzugeben, die der Katzenhalter relativ häufig an seinem Tier beobachten kann, z.B. Fieber, Entzündungen oder Verdauungsstörungen.

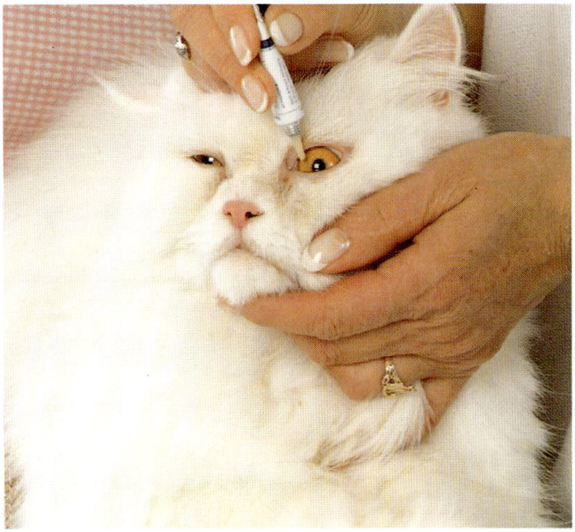

Augensalbe auftragen. Dabei mit einer Hand den Kopf der Katze unter dem Kinn festhalten.

Apis
(Apis mellifica, Honigbiene)
Es wird bei Krankheitsanzeichen verwendet, die den Symptomen eines Insektenstiches ähneln. Plötzliche Anschwellung der Haut oder der Schleimhäute, die betroffenen Hautstellen sind heiß und schmerzhaft.
Ein anderes Anwendungsgebiet sind Wasseransammlungen im Gewebe (Ödeme, → Fachbegriffe, Seite 118).
Wärme verschlechtert die Symptome.

Arnica
(Arnica montana, Bergwohlverleih)
Es hilft bei allen Folgen von Verletzungen jeder Art (Unfall, Operation, Wunden, Blutungen, Schwellungen, Zerrungen, Schock). Die Katze reagiert gleichzeitig sehr empfindlich auf Berührungen.
Auch nach Überanstrengungen schafft Arnica Linderung.

Arsenicum
(Arsenicum album, Arsen)
Dieses Mittel eignet sich gut zur Behandlung von chronischen Erkrankungen.
Typische Symptome sind Entkräftung mit Gewichtsverlust, großer Durst, wobei immer nur kleine Mengen getrunken werden. Die Katze ekelt sich vor dem Futter, erbricht auch Futter und Wasser. Tritt Durchfall auf, wird er in kleinen Mengen abgesetzt und riecht unangenehm. Die Haut ist meist trocken und schuppig.

Belladonna
(Atropa belladonna, Tollkirsche)
Das Medikament wirkt am besten auf dem Höhepunkt einer Entzündung. Die Krankheitsanzeichen treten plötzlich auf mit allen Anzeichen einer Entzündung, also Rötung, Schwellung, die betroffenen Hautstellen sind heiß und schmerzhaft. Die Pupillen der Katze sind weit, die Schleimhäute gerötet und meist trocken. Die Tiere verhalten sich unruhig und überempfindlich.

Calcium carbonicum
(Kalk der Austernschale)
Dieses Mittel wird häufig bei Jungtieren eingesetzt. Sie können an Drüsenschwellungen und chronischen Katarrhen leiden. Erbrochenes und Kot riechen sauer. Milch wird nicht vertragen.
Das Präparat fördert auch den Knochenaufbau.

Hepar sulfuris
(Kalkschwefelleber)
Das Medikament hilft bei akuten Entzündungen mit Neigung zu Eiterungen; die veränderten Stellen sind sehr schmerzhaft. Der Eiter ist gelb und zäh. Durch Kalkschwefelleber wird die Lösung des Eiters gefördert.

Ipecacuanha
(Brechwurzel)
Dieses Präparat wirkt gut, wenn die Katze nüchtern oder gleich nach der Futteraufnahme unverdautes Futter erbricht. Der Durchfall ist gelb-wässrig-schaumig. Husten führt oft zum Erbrechen. Treten Blutungen auf, sind sie hellrot.

Lachesis
(Schlangengift)
Lachesis wird sehr oft bei Katzen eingesetzt, die an Infektionen leiden. Die Schleimhäute sind eher blaß. Morgens geht es den Tieren schlechter. Sie sind empfindlich gegen Berührungen, besonders im Halsbereich. Festes Futter wird besser geschluckt als flüssige Nahrung. Blutungen sind dunkel.

Lycopodium
(Bärlapp)
Es wird bei Leber- und Nierenstörungen eingesetzt. Typisch ist Heißhunger, aber die Tiere sind nach wenigen Bissen satt. Es treten Koliken und Blähungen auf; Kot und Harn riechen schlecht.
Auch bei Erkrankungen im Kopfbereich findet Bärlapp Anwendung. Die Katze hat Schluckbeschwerden und eine mit gelbgrünem Eiter verstopfte Nase. Die Symptome verschlechtern sich abends.

Mercurius solubilis
(Quecksilberverbindungen)
Dieses Mittel wirkt gegen Entzündungen mit starken Schwellungen und Blutungsneigungen, besonders bei Schleimhäuten. Die Blutungsneigung können Sie feststellen, wenn Sie der Katze leicht auf das Zahnfleisch drücken, und es zu bluten beginnt.

Alle Absonderungen sind schleimig-eitrig-blutig. Das Zahnfleisch ist geschwollen, auf der Zunge können sich Geschwüre bilden. Das Tier riecht stark aus dem Maul und speichelt. Bei Durchfall ist der Kot blutig-schleimig, der After wund.

Natrium muriatricum
(Kochsalz)
Kochsalz wird bei folgenden Symptomen eingesetzt: Die Katze magert trotz guten Appetits ab, sie hat starkes Verlangen nach Salz. Auffallend ist der plötzliche Stimmungswechsel des Tieres. Es treten Ekzeme auf mit Juckreiz, Pusteln und Schuppen.

Nux vomica
(Brechnuß)
Es hilft bei Folgen von zuviel, falschem oder verdorbenem Futter. Kommt es zu einer Kolik, krümmt die Katze den Rücken. Häufig hat das Tier eine massive Verstopfung mit vergeblichem Drang. Erbrechen tritt oft morgens auf. Einige Tiere zeigen Anfälle von Heißhunger. Viele Tiere sind nervös und reizbar.

Phosphorus
(Phosphor)
Man wendet es bei Katzen an, die folgende Krankheitsanzeichen zeigen: Die Katze ist schnell erschöpft, erholt sich aber auch schnell wieder. Sie ist sehr geräuschempfindlich und es besteht starke Neigung zu Blutungen. Sie hat Durst auf kaltes Wasser, das kurz danach wieder erbrochen wird.

Pulsatilla
(Kuhschelle)
Dieses Präparat setzt man bei Eiterungen mit dicken, rahmartigen, gelbgrünen Sekreten ein. Die Kotbeschaffenheit der Katze wechselt. Beschwerden treten besonders nach dem Verzehr von Fett auf. Die Tiere sind nicht gern im warmen Raum.

Rhus toxicodendron
(Giftsumach)
Verwendet wird dieses Mittel bei Folgeschäden durch Kälte und Nässe, aber auch nach Überanstrengungen (Muskeln, Sehnen). Bei Erkältungen kann man oft Niesen beobachten, Bindehautentzündung mit Lichtscheue, Schluckbeschwerden und trockenen Husten. Nach Überanstrengungen kann die Katze sich nur »steifbeinig« erheben, nach viel Bewegung wird sie wieder »gelenkiger«.

Silicea
(Kieselsäure)
Silicea wird zur Ausheilung von Eiterungen jeder Art, Fisteln und Wunden verwendet. Die Absonderungen riechen schlecht. Die Katze hat eine Abneigung gegen Fleisch; Milch wird schlecht vertragen.

Sulfur
(Schwefel)
Sulfur ist ein wichtiges Reaktionsmittel bei chronischen Erkrankungen oder schlechter Heiltendenz (1mal Sulfur D 30 geben). Das Fell der Tiere ist rauh, unrein, struppig und riecht. Durchfall und Verstopfung wechseln, die Körperöffnungen sind gerötet.

■ Homöopathie bei Infektionen

Die verschiedensten Krankheiten haben Fieber als eines von mehreren Begleitsymptomen. Deshalb an dieser Stelle die Homöopathieempfehlungen, die für alle Krankheiten mit Fieber gelten. Bitte beachten Sie auch die Homöopathie-Tips zu den einzelnen Kapiteln innerhalb des Krankheitsteils.
Dosierung → Seite 60

Fieber
- Akutes Fieber, plötzliche Schmerzen, Unruhe, gerötete Schleimhäute, weite Pupillen, Fieber ohne Durst: Belladonna.
- Akuter Verlauf, hohes Fieber, Schleimhäute eher blaß, Schmerzempfinden im Halsbereich, morgens schlimmer: Lachesis.
- Mittleres anhaltendes oder immer wiederkehrendes Fieber: Ferrum phosphoricum.
- Beginnende Infektion oder Eiterung, Steigerung der Abwehr: Echinacea.

<u>Komplexmittel</u>
Grippheel° Tabletten

1

Erkrankungen im Kopfbereich

Die scharfen Augen und das feine Gehör sind für die Katze in der Natur lebenswichtig. Nur so kann sie auch noch im dichtesten Pflanzengewirr eine Maus aufspüren und erbeuten. Um das Beutetier zu töten und zu zerkleinern, benutzt die Katze ihr scharfes Fanggebiß.

Krankheiten der Augen, Ohren oder Zähne können deshalb eine Katze in ihrer natürlichen Lebensweise stark beeinträchtigen.

Bindehautentzündung

Symptome: Tränenfluß (→ Foto, unten), wäßrig klarer bis schleimig eitriger Tränenfluß, Lichtscheue, krampfhafter Lidschluß, Rötung und Schwellung der Bindehaut.
Ursachen: Fremdkörper im Auge (Staubpartikel, Sand), Allergien. Selten angeborene Lidmißbildungen und Haare, die reizen. In den meisten Fällen lösen Infektionserreger eine Bindehautentzündung (Konjunktivitis) aus. Einige Viren, Chlamydien (→ Fachbegriffe, Seite 114) und Bakterien treten primär auf. Andere Bakterien siedeln sich sekundär bei schon bestehender Entzündung an. Oft ist die Krankheit eine Begleiterscheinung des Katzenschnupfenkomplexes (→ Seite 108), wobei vor allem Herpesviren schwere Schäden hervorrufen. Bereits im Mutterleib können Chlamydien auf die Ungeborenen übertragen werden. Die Kleinen leiden dann schon bei der Geburt an einer oft schwerwiegenden Augenentzündung und zwar noch bevor sich ihr Lidspalt etwa am 9. Tag öffnet.
Folgen: Die Erkrankung kann auch auf Sklera (→ Fachbegriffe, Seite 119) und Hornhaut übergreifen.

● **Behandlung**
Bei Bindehautreizung mit wäßrig klarem oder schleimig eitrigem Ausfluß Lidränder 2- bis 3mal täglich reinigen. Dazu ein weiches Papiertaschentuch, das in lauwarmem Wasser oder Kamillenlösung getränkt wird, verwenden (→ PRAXIS-Seite 14/15).
► Durch eine klinische Untersuchung muß geklärt werden, ob eine Infektion vorliegt oder andere Ursachen in Betracht

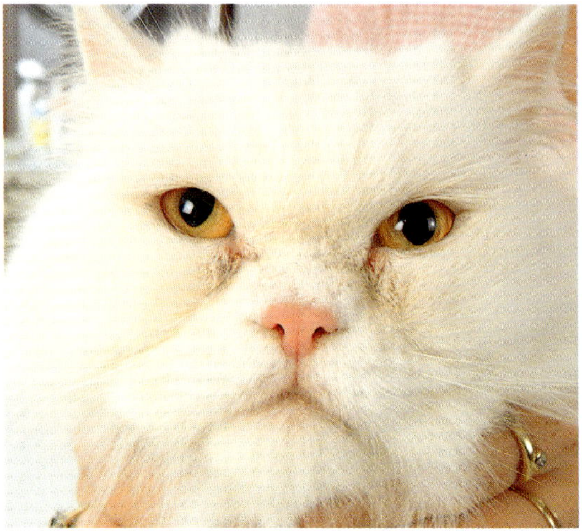

Manche Perserkatzen neigen zu ständigem Tränenfluß. Dies ist aber nicht immer ein Krankheitsanzeichen.

kommen. Vor allem ist es wichtig, eine Allgemeininfektion zu erkennen, wenn die Bindehautentzündung nur eines der Symptome darstellt. In vielen Fällen wird eine Therapie mit antibiotikahaltigen Augentropfen oder Salben durchgeführt.
Bei der häufigen Chlamydieninfektion versprechen Antibiotika-Injektionen den größten Erfolg. In hartnäckigen Fällen kann ein Abstrich von der Hornhaut näheren Aufschluß geben.
Liegt der Bindehautentzündung eine Lidmißbildung zugrunde, muß operiert werden.

Nachbehandlung: Augentropfen 4- bis 6mal, Augensalbe 2- bis 3mal täglich über eine Woche anwenden (→ Pflege der kranken Katze, Seite 51). Regelmäßige Reinigung der sekretverklebten Lidränder.
Vorbeugung: Zugluft (z. B. durch offene Türen und Fenster) und starke Verschmutzung am Kopf vermeiden.
Rassenanfälligkeit: Besonders Perserkatzen mit ihren großen Augen, engem Bindehautsack und kurzem eingedrückten Nasenteil zeigen oft ein dauerndes Tränenträufeln, ohne daß Anzeichen für eine Bindehautentzündung vorliegen.
Stark betroffene Tiere sollten möglichst nicht zur Zucht verwendet werden.

■ **Homöopathie**
→ Seite 67.

Verschiedene Irisfarben

Symptome: Unterschiedlich gefärbte Augen, etwa eine hellgelbe und eine orangefarbene Iris. Auch eine pigmentlose (hellblaue) Irisfarbe kann einseitig auftreten.
Ursachen: Erbliche Veranlagung. Bei albinotischen Katzen (Albino → Fachbegriffe, Seite 113), Siam- und anderen Maskenkatzen entsteht die blaue Irisfarbe durch Pigmentmangel.

Eine Rassekatze mit weißem Fell und hellblauer Irisfarbe kann taub sein.

● **Behandlung**
Keine Behandlung möglich.

Vorbeugung: Katzen mit Erbstörungen von der Zucht ausschließen.

Erkrankungen des Augapfels

Symptome: Verkleinerung, Fehlen oder Schrumpfung des Augapfels.
Ursachen: Erbanlage, Entzündungen, Verletzungen. Bei Prellungen (Unfälle, Kämpfe) kann Blut in die Augenkammer austreten und Verletzungen im Augeninneren auslösen. Nach schweren Schädelverletzungen kann der gesamte Augapfel aus der Augenhöhle hervorquellen.

Hornhauttrübung auf dem rechten Auge kann infolge von Entzündungsprozessen oder Verletzungen entstehen (→ Seite 66).

● **Behandlung**
▶ Nur durch den Tierarzt möglich. Neben einer Therapie mit Antibiotika sind oft chirurgische Maßnahmen nötig.

Nachbehandlung:
Meist werden antibiotikahaltige Salben und Tropfen über einen längeren Zeitraum verabreicht.

Hornhautentzündung

Symptome: Krampfhafter Lidschluß, Tränenfluß, grauer Schleier, Trübung; bei langwierig schwerem Verlauf Einwachsen von Blutgefäßen.
Ursachen: Verletzungen durch Krallen, Schlag oder Fremdkörper als Ausgangspunkt für die Entzündung, Infektionen.
Folgen: Eine Entzündung der Hornhaut (Keratitis) geht häufig mit einer Bindehautentzündung einher.
Bei ungünstigem Verlauf kommt es oft zu einem Hornhautgeschwür.
Bricht das Geschwür durch die Hornhaut, kann das Auge ausfließen.

● **Behandlung**

▶ Nur durch den Tierarzt möglich. Bei Infektionen oder Verletzungen Einsatz von Breitbandantibiotika (→ Fachbegriffe, Seite 114).
In besonderen Fällen wird eine Schutzabdeckung angefertigt (Kontaktlinsen oder Nickhaut-Bindehautplastik).

Nachbehandlung: Antibiotische Augentropfen und Augensalbe je nach Schwere des Falles mehrmals täglich bis zur Heilung verabreichen.
Rassenanfälligkeit: Bei Manx-Katzen kommt eine erblich bedingte Fehlbildung der Hornhaut (Hornhautdystrophie) vor.

■ **Homöopathie**

→ Seite 67.

Nickhautvorfall

Symptome: Die Nickhaut schiebt sich als weiß-rosa Haut vom unteren Lid und Nasenwinkel über den Augapfel hoch.
Ursachen: Viele Allgemeinerkrankungen (auch starker Parasitenbefall (→ Erkrankungen durch Parasiten, Seite 96 bis 103). Hat der Augapfel zu viel oder zu wenig Raum in der Augenhöhle – etwa bei Austrocknung, durch zehrende Krankheiten oder bei einer Schwellung – wird häufig die Nickhaut erkennbar.

● **Behandlung**

▶ Nur durch den Tierarzt möglich. Die Therapie richtet sich nach der Grundkrankheit.

Nachbehandlung: In manchen Fällen Behandlung mit Augentropfen nach Verordnung des Tierarztes.
Augensalbe 4- bis 6mal täglich auftragen.

Nickhautvorfall ist ein Krankheitanzeichen für verschiedene Erkrankungen.

Grüner Star

Symptome: Vorgewölbtes, vergrößertes Auge mit starrer Pupille, durch die der Netzhautgrund grün durchleuchtet; Hornhauttrübung, Linsenveränderung.
Ursachen: Steigt der Innendruck im Augapfel durch vermehrtes Kammerwasser immer mehr an, so spricht man von einem Glaukom. Ein Glaukom kann ohne äußeren Einfluß oder nach Verletzungen, Entzündungen und Tumoren im Augapfel entstehen.

● **Behandlung**

▶ Nur durch den Tierarzt möglich. Im Anfangsstadium werden entwässernde Medikamente eingesetzt, die den Augendruck senken (Diuretika → Fachbegriffe, Seite 114). Dauerhaft hilf nur eine Operation, die der Tierarzt vornehmen kann.

Linsenveränderung

Symptome: Milchig-weiße Trübung der Linse.
Ursachen: Erbanlage, Verletzungen, Infektionen, Degenerationserscheinung im hohen Alter.
Folgen: Sehschwäche bis hin zur Blindheit.

● **Behandlung**

▶ Nur durch den Tierarzt möglich. Eine Operation, die der Tierarzt vornehmen kann, bewahrt in vielen Fällen die Sehkraft.

■ Homöopathie bei Augenkrankheiten

Dosierung → Seite 60

- Lider geschwollen: Apis, Arsenicum, Causticum, Hepar sulfuris, Rhus toxicodendron
- Lider geschwollen, krampfhaft geschlossen: Mercuris solubilis
- Tränenfluß: Cepa, Euphrasia
- Bindehautentzündung: Arsenicum, Calcium carbonicum, Causticum, Hepar sulfuris, Ipecacuanha, Rhus toxicodendron, Sulfur

Komplexmittel (→ Seite 61) Oculoheel° Tabletten, Mercurius-Heel° Tabletten, Traumeel° Tabletten.

Augenzittern

Symptome: Zittern der Augäpfel.
Ursachen: Erbliche Veranlagung; Hirnschäden, die durch Verletzungen oder durch Infektionen des Zentralnervensystems hervorgerufen wurden.

● Behandlung

Bei erblicher Veranlagung keine Behandlung möglich.

▶ Tritt das Augenzittern als Begleitsymptom bei Hirnschäden auf, muß der Tierarzt nach der Ursache forschen. Nur in Einzelfällen kann erfolgreich behandelt werden. Die Prognose ist meist hoffnungslos.

Netzhauterkrankungen

Symptome: Sehschwäche bis hin zur Blindheit.
Ursache: Fortschreitende Auflösung der Netzhaut, die erblich bedingt ist (Feline progressive Retinaatrophie, PRA); im Rahmen von Infektionen können Blutungen, Netzhautablösungen und Entzündungen vorkommen; ernährungsbedingte Netzhauterkrankungen durch Taurinmangel (→ Seite 21).

● Behandlung

▶ Nur durch den Tierarzt möglich. Der Augenfundus (hinterer Bereich) wird mit einer Speziallampe (Ophthalmoskop → Fachbegriffe, Seite 118) durch die Linse hindurch betrachtet.
– Liegt der Netzhauterkrankung eine Infektion zugrunde, muß zunächst die Grundkrankheit herausgefunden werden. Danach richtet sich die Therapie.
– Ernährungsbedingte Netzhauterkrankungen können durch eine vollwertige Ernährung (→ Seite 16) behoben werden.
– PRA ist unheilbar.

Nachbehandlung: Medikamente nach Anweisung des Tierarztes verabreichen.
Vorbeugung: An PRA erkrankte Tiere von der Zucht ausschließen. Auf eine vollwertige Ernährung der Katze achten.
Rassenanfälligkeit: PRA wurde bei Persern, Siamesen und Abessiniern festgestellt.

Verletzung der Ohrmuschel

Symptome: Wunden; Verkrüppelung der Ohrmuschel.
Ursachen: Kratz- und Bißwunden durch Kämpfe, erbbedingte Verkrüppelung.
Folgen: Eitrige Entzündung, Bluterguß.

● Behandlung

Kleine Wunden und Kratzer heilen von selbst.

▶ Größere Wunden und eitrige Entzündungen muß der Tierarzt versorgen. Ein Bluterguß kann solche Ausmaße annehmen, daß er operativ entfernt werden muß.

Nachbehandlung: Antibiotikahaltige Salbe 2- bis 3mal täglich auftragen.
Rassenanfälligkeit: Bei der Faltohrkatze tritt eine erblich bedingte Verkrüppelung der Ohrmuschel auf (→ Seite 128).

■ Homöopathie

→ Seite 73.

Bißwunde an der Ohrmuschel.

Äußere Gehörgangsentzündung

Symptome: Kratzen im Ohrbereich, Schütteln und Schiefhalten des Kopfes, schmutzig braune Absonderungen im Gehörgang.
Ursachen: Ohrmilben (→ Parsiten, Seite 96); Fremdkörper; Bakterien und Pilze verursachen Infektionen, die meist im Verlauf eines Ohrmilbenbefalls auftreten.
Folgen: Durch das Kratzen können eitrige Hautentzündungen und Abszesse entstehen.

● **Behandlung**

▶ Der Tierarzt betrachtet den Gehörgang mit einem Spezialgerät (Otoskop, → Fachbegriffe, Seite 118 und Foto Seite 48). Ohrmilben werden mikroskopisch nachgewiesen.
– Behandlung von Ohrmilben (→ Seite 96).
– Fremdkörper im Ohr entfernt der Tierarzt.
Der Gehörgang wird gründlich mit einer Ohrreinigungsflüssigkeit und einem Watteträger gesäubert. Anschließend Behandlung mit antibiotikahaltiger Salbe. Bei seltenen, therapieresistenten Bakterien- und Pilzformen müssen weitere Untersuchungen vorgenommen werden.

Nachbehandlung: → Ohrmilben, Seite 96. Wöchentliche Kontrolle beim Tierarzt, bis zur Ausheilung.
Vorbeugung: Regelmäßige Kontrolle der Ohren.

■ **Homöopathie**

→ Hautkrankheiten, »Eiterungen« und »Ekzeme«, Seite 78.

Mittelohrentzündung

Symptome: Gestörtes Allgemeinbefinden, Schiefhalten des Kopfes zur erkrankten Seite hin. Gleichgewichtsstörungen können auftreten, wenn das Innenohr in Mitleidenschaft gezogen ist.
Ursachen: Eine schwere, nicht richtig behandelte Gehörgangsentzündung (Otitis externa) kann, wenn das Trommelfell zerstört wird, zu einer Entzündung des Mittelohres führen. Ansteckung des Mittelohres auch infolge einer Entzündung der Kopfhöhle möglich.
Folgen: Eine schwere Mittelohrentzündung zieht manchmal auch das Innenohr in Mitleidenschaft.

● **Behandlung**

▶ Nur durch den Tierarzt möglich. Neben einer sorgfältigen Reinigung des Gehörganges mit Ohrreinigungsflüssigkeit und einem Watteträger werden Antibiotika-Injektionen verabreicht.
Trommelfellverletzungen verheilen in der Regel recht gut.

Nachbehandlung: Ohren regelmäßig kontrollieren und nach Anweisung des Arztes Salben oder Tropfen verabreichen.

■ Homöopathie

bei Erkrankungen der Maulschleimhaut und des Rachens

Dosierung → Seite 60
– Bläschen, Geschwüre: Lycopodium, Sulfur, Thuja, Mercurius, Apis, Lac caninum
– Roter Saum an den Zähnen: Natrium nitricum, Mercurius.
– Schmerz beim Maulöffnen: Argentum nitricum.
– Starkes Speicheln: Mercurius, Natrium muriatricum, Phytolacca.
– Trockene Schleimhäute: Belladonna, Cimifuga, Carbo vegetabilis.

Komplexmittel
Traumeel ° Tabletten
Mercurius-Heel° Tabletten
Angin-Heel° Tabletten

Plaque und Zahnstein

Symptome: Dicker bräunlich grauer Belag auf den Zähnen, manchmal Mundgeruch. Färbende Substanzen (z. B. Natrium-Fluorescin) können den Belag deutlich machen.
Zahnstein ist leicht zu erkennen, wenn man die Mundhöhle der Katze inspiziert (→ Foto, rechts). Er ist meist an der Außenseite der großen Backenzähne am stärksten ausgeprägt.
Ursachen: Die Oberfläche der Zähne wird von Mikroben be-

siedelt. Sie bilden einen Belag, greifen die Zahnsubstanz an. Nach einer gewissen Zeit entsteht aus diesen Belägen durch Verkalkung Zahnstein, der sich immer mehr ausdehnt.
Folgen: Zahnfleischentzündung, -taschenbildung, -wucherungen, Zahnwurzelvereiterungen.

● **Behandlung**

▶ Zahnstein wird vom Tierarzt mechanisch oder mit Ultraschall unter Narkose entfernt. Örtliche Desinfektion und eine vorangehende und nachfolgende Antibiotikabehandlung erhöhen den Erfolg der Behandlung.

Nachbehandlung: Zur Heilung und Vorbeugung mindestens 2mal wöchentlich Zähne und Zahnfleischränder mit 2%iger Wasserstoffsuperoxydlösung desinfizieren (mit Wattestäbchen auftragen). Viele Katzen lassen sich allerdings solch eine Behandlung nicht gern gefallen. Möglich ist auch eine Bekämpfung der Beläge durch Antibiotika. Die Dosis wird vom Tierarzt pro kg Körpergewicht der Katze errechnet.
Vorbeugung: Eine reinigende Funktion haben hartes Trockenfutter und rohe knorpelige Futterbestandteile, ebenso natürliche Beutetiere.
Regelmäßiges Zähneputzen mit einer Minizahnbürste und Schlämmkreide ist nicht bei jeder Katze realisierbar.

■ **Homöopathie**

→ Seite 68.

Zahnfleischentzündung

Symptome: Zahnbelag, Entzündung des Zahnfleischrandes, Schwierigkeiten bei der Futteraufnahme, Speicheln, Mundgeruch.
Ursachen: Produktion von Schadstoffen durch Zahnbelag.
Folgen: Dicke Zahnsteinklumpen, Zahnfleischtaschen, Lockerung und Vereiterung einzelner Zähne.

● **Behandlung**

▶ Der Tierarzt entfernt Beläge. Dabei wird das Tier narkotisiert. Wucherndes Zahnfleisch und Zahnfleischtaschen werden operativ behandelt, lockere und geschädigte Zähne gezogen; Antibiotika-Behandlung.

Nachbehandlung: Antibiotika etwa über eine Woche geben.
Vorbeugung: → Plaque und Zahnstein, links.

■ **Homöopathie**

→ Seite 68.

Gebißanomalien

Gebißstellungsfehler sind erbbedingt. Vor allem bei »typvollen« Perserkatzen treten sie durch einen zu kurzen Oberkiefer auf. Einen zu langen Ober- und zu kurzen schwachen Unterkiefer kann man seltener bei langschädeligen Schlankformen (z. B. Siamesen) beobachten. Katzen mit ausgeprägten Gebißanomalien sollte man von der Zucht ausschließen.

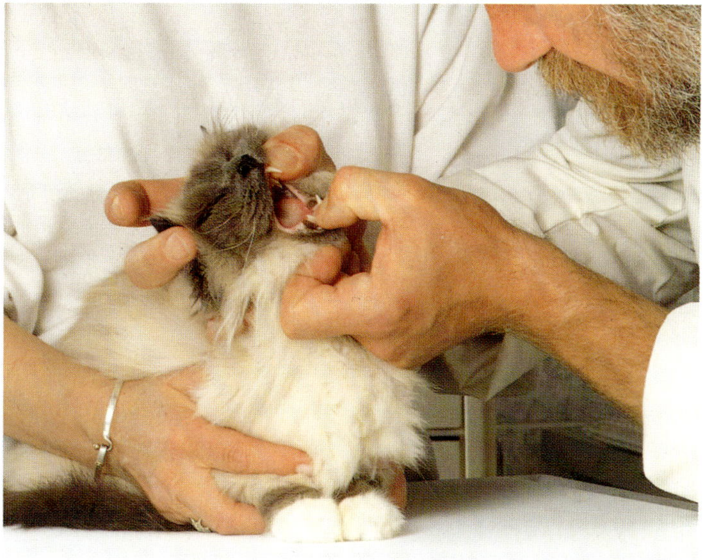

Der Tierarzt kontrolliert das Gebiß der Katze.

2 Erkrankungen des Bewegungs-apparates und Nervensystems

Das Skelett (→ Zeichnung, Seite 54) schützt empfindliche Organe vor äußeren Verletzungen und gibt der Katze ihre Gestalt. Über die Gelenke wird das starre Skelettsystem beweglich. Eng verbunden mit dem Bewegungsapparat ist das im ganzen Körper verbreitete Nervensystem. Das Gehirn stellt in Verbindung mit dem Rückenmark das Zentralnervensystem dar.

Knochenschwammigkeit

Symptome: An Osteoporose leiden nahezu ausschließlich Jungtiere, die schwach und unterernährt aussehen.
Ursachen: Unterernährung; chronische Darmentzündung durch starken Wurmbefall (→ Seite 100).
Eine erbliche Veranlagung scheint bei einigen Katzenrassen vorzukommen.
Folgen: Skelettdeformation, Kümmerwuchs, Bruchgefahr der Knochen.

● **Behandlung**

▶ Der Tierarzt empfiehlt eine hochwertige, eiweißreiche Ernährung (→ Seite 16). Von Würmern befallene Katzen müssen entwurmt werden (→ Entwurmen, Seite 23).
Nachbehandlung und Vorbeugung: → Richtige Ernährung, Seite 16.

Konservative Behandlung oder Knochenchirurgie?

Unter konservativer Behandlung versteht man alle heilungsfördernden Maßnahmen, z.B. Verbände, Schienen, Eingipsen. Die Knochenchirurgie wird nicht angewandt.
Die moderne Knochenchirurgie kennt Techniken wie Nagelung, Verschraubung, Verplattung, Resektion (Entfernen von störenden Fragmenten), Einsetzen künstlicher Teile.
Vor- und Nachteile haben beide Behandlungsmethoden. Die konservative Behandlung ist bei manchen Frakturen der Katze auch heute noch sinnvoll. Dazu gehören: Beckenbrüche, viele Oberschenkel- und Oberarmfrakturen, Schulterblatt- und Rippenfrakturen. Sie heilen gut aus.
Bei bestimmten Verletzungen kann der Verzicht auf eine Operation unter Umständen Fehlheilungen verursachen. Es kommt zur Verkürzung, Versteifung oder Fehlstellung von Gliedmaßen, Ausbildung von Scheingelenken oder bleibenden Gelenkschäden.
Hinweis: Bei beiden Behandlungsmethoden ist immer zu bedenken, daß Katzen auf Stützverbände nach Nagelung oder ähnlichen Verfahren, auf Halskragen (damit die Katze die Operationswunde nicht beleckt und beknabbert) und vor allem auf Einsperren in einen Klinikkäfig sehr empfindlich reagieren. Sie verfallen in einen depressiven Zustand und verweigern die Nahrung. Die Erfahrung hat gezeigt, daß Katzen oft sehr gut in der Lage sind, auch ohne Behandlung bleibende Behinderungen zu kompensieren und dabei ihrer gewohnten Lebensweise nachzugehen.

Dysplasien von Gelenken

Symptome: Bei stark ausgebildeter Fehlbildung lahmt die Katze.
Ursachen und Folgen: Unter einer Dysplasie versteht man eine angeborene oder erworbene Fehlbildung des Gelenkes, bei der die Gelenkflächen nicht genau aufeinanderpassen. Die anlagebedingte Dysplasie kann durch verschiedene Einflüsse (Ernährung, Belastung) sehr unterschiedlich zur Ausprägung kommen. Auch infolge von Verletzungen und schmerzbedingten Schonhaltungen des Gelenks, können Gelenkveränderungen auftreten. Besonders bedeutsam ist die Hüftgelenksdysplasie (HD) bei Hunden. Auch bei Katzen tritt HD auf, hat aber für sie eine geringere Bedeutung, weil sie nur durch schwere Formen der HD in ihrer Lebensweise beeinträchtigt wird. Erblich bedingt sind auch Kniescheibenluxation (Luxation → Fachbegriffe, Seite 117) und Knorpelschäden.

● Behandlung

▶ Die Diagnose ist nur durch Röntgenaufnahmen möglich. Betroffene Katzen müssen in der Regel nicht behandelt werden. In schweren Fällen kann eine Operation Hilfe bringen.

Vorbeugung: Bei Rassekatzen sollten erblich bedingte Dysplasien durch Zuchtauswahl verhindert werden.

Verletzungen des Bewegungsapparates

Symptome: Lahmheit, Schmerzempfindlichkeit, Schwellungen, unnatürliche Stellungen oder abnorme Beweglichkeit des betroffenen Körpergliedes.
Ursachen: Unfallverletzungen; es kommt zu Verrenkungen der Gelenke, meist mit Rissen in der Gelenkkapsel; Sehnen- und Bänderrisse; Zusammenhangstrennungen an Muskeln und Nerven, Brüche (Frakturen).

● Behandlung

▶ Der Tierarzt kann in vielen Fällen durch Betrachten und Befühlen (Adspection und Palpation, → Fachbegriffe Seite 113 und Seite 118) des Tieres und aufgrund des Verhaltens der Katze die Diagnose stellen. Röntgenbilder geben Aufschluß über Art und Lage von Frakturen und Luxationen. Vor dem Röntgen erhält die Katze eine Narkose.
In manchen Fällen kann eine Operation Hilfe bringen (→ Konservative Behandlung oder Knochenchirugie?, Seite 70). Operationen nimmt entweder der Tierarzt selbst vor oder er überweist die Katze in eine Tierklinik.

■ Homöopathie

→ Seite 73.

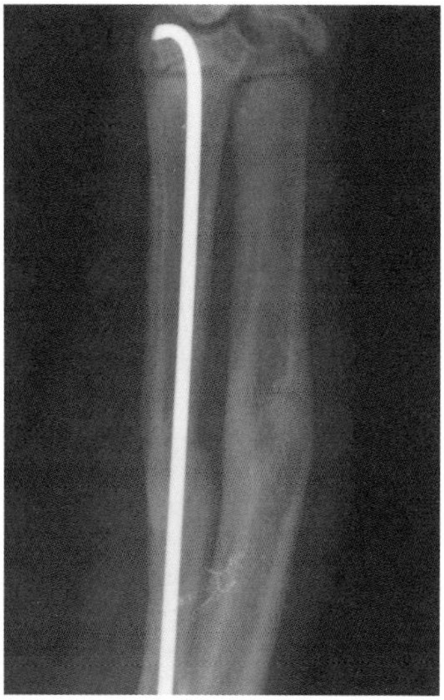

Röntgenaufnahme einer Marknagelung eines Röhrenknochens.

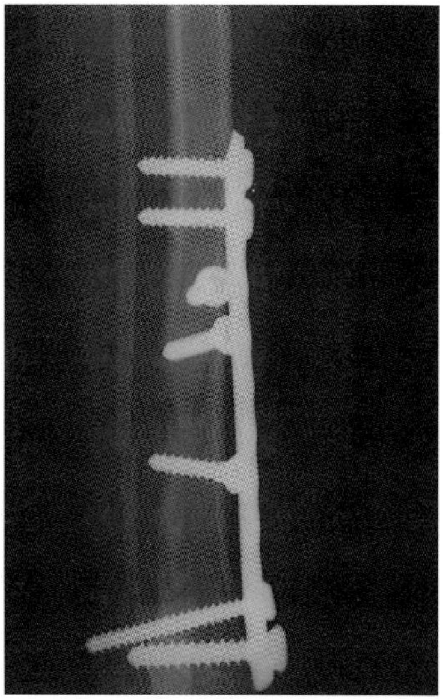

Eine Metallplatte stabilisiert den gebrochenen Röhrenknochen.

Vitamin-A-Vergiftung

Symptome: Schmerzempfinden beim Bewegen, Bewegungsunlust.
Ursache: Zu hohe Vitamin-A-Mengen im Futter (→ Seite 22).
Folgen: Im Verlauf der Vergiftung (A-Hypervitaminose) kommt es zu Gelenkschäden, anormalen Verknöcherungen, Versteifung von Gelenken.

- **Behandlung**

▶ Die Diagnose stellt der Tierarzt. Röntgenbilder geben Aufschluß über den Stand der Gelenkschädigung.
Ernährungsberatung durch den Tierarzt.

Nachbehandlung und Vorbeugung: Vermeiden von Vitamin A Überangebot im Futter (→ Ernährungsbedingte Krankheiten, Seite 22). Besonders durch eine häufige Fütterung mit Leber kann es zu einer Vitamin-A-Vergiftung kommen.

Gelenkentzündungen

Ein Gelenk ist eine bewegliche Verbindung zwischen zwei Knochen. Dabei gleiten die genau aufeinander passenden, glatten Gelenkknorpelflächen – von Gelenkschmiere in der Reibung vermindert – gegeneinander. Die fasrige Gelenkkapsel stabilisiert und grenzt das Gelenk vom umgebenden Gewebe ab. Unterliegen ein oder mehrere dieser Funktionsteile Veränderungen, so entsteht eine Gelenkentzündung. Bei akuten Prozessen spricht man von Arthritis, bei chronischen von Arthrose.
Symptome: Schmerzempfinden bei Bewegung; die Katze versucht, das betroffene Gelenk zu schonen. Sie lahmt mehr oder weniger ausgeprägt.
Ursachen: Prellungen oder Zerrungen, Infektionen.

- **Behandlung**

▶ Nur durch den Tierarzt möglich. Das Gelenk müßte ruhig gestellt werden, doch Katzen schonen das Gelenk von sich aus. Wärme kann die Heilung fördern.
Bei Infektionen oder infektionsgefährdeten Prozessen (z. B. durch Biß ins Gelenk) muß eine Antibiotikabehandlung in der Regel durch Injektionen durchgeführt werden.

Nachbehandlung: Antibiotika-Injektionen durch den Tierarzt. Unterstützen Sie den Heilungsprozeß, indem Sie der Katze ein warmes, trockenes Lager herrichten (→ Zeichnung, Seite 51), sie viel ruhen lassen und ihr Wasser, Futter und Toilette in der Nähe des Ruheplatzes anbieten.

■ **Homöopathie**

→ Wunden und Verletzungen, Seite 73.

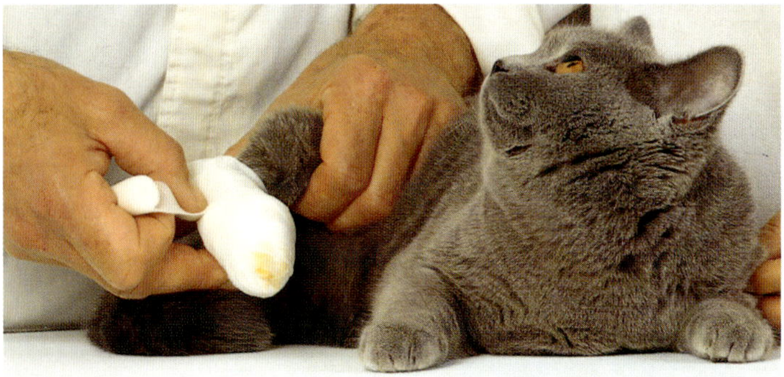

Katzen reißen sich Verbände oft schnell wieder ab.

Infektionen des Zentralnervensystems

Symptome: Verhaltensveränderungen (z.B. Schläfrigkeit, Zittern, Zwangsbewegungen, Gleichgewichtsstörungen, Ängstlichkeit oder Aggression).
Ursachen: Viele Virusinfektionen der Katze betreffen das Zentralnervensystem und das Gehirn (→ Infektionskrankheiten, Seite 104 bis 111). Eine bakterielle Gehirnentzündung kann im Verlauf von Allgemeininfektionen und bei eitrigen Erkrankungen im Kopfbereich entstehen.

■ Homöopathie bei Wunden und Verletzungen

Dosierung → Seite 60
– Akute Verletzungen jeder Art, Blutungen, Schwellungen, Schock: Arnica
– Folgen von Überanstrengungen: Arnica
– Frische und infizierte Wunden: Calendula
– Verletzungen der Bänder und Sehnen: Rhus toxicodendron.
– Knochenverletzungen: Symphytum
– Verzögerte Wundheilung, zu starke Narbenbildung: Silicea

Komplexmittel
Traumeel° Tabletten, Tropfen, Salbe
Zeel° Tabletten bei Gelenkschäden
Hinweis: Beachten Sie dazu auch die Homöopathieempfehlungen für Hautkrankheiten, »Eiterungen«, Seite 78.

● **Behandlung**

► Der Tierarzt muß die Ursache abklären.
Ist das Gehirn von Viren der Tollwut, FIP, FeLV, FIV oder Aujeszkyschen Krankheit befallen (→ Infektionskrankheiten, Seite 104), kann keine Therapie Heilung bringen. Die Katze sollte eingeschläfert werden (→ Seite 45).
Bakterielle Infektionen können durch rechtzeitigen Einsatz geeigneter Antibiotika und Corticoide (→ Fachbegriffe, Seite 114) manchmal noch gebessert werden.

Nachbehandlung: Bei bakteriellen Infektionen werden etwa 2 Wochen Antibiotika gegeben.

Vitamin-B-Mangel

Symptome: Verhaltensstörungen, Schiefhalten des Kopfes, Bewegungsauffälligkeiten, Anfälle.
Ursachen: Mangelernährung (→ Seite 21), Infektion des Zentralnervensystems (→ links), Begleiterscheinung des Katzenschnupfens (→ Seite 108), starker Darmparasitenbefall (→ Seite 100).
Folgen: Vitamin-B-Mangel über einen längeren Zeitraum kann zu bleibenden Hirnschäden führen.

● **Behandlung**

► Ursachen beim Tierarzt abklären lassen. Neben der Behandlung der Begleiterkrankung müssen Vitamin-B-Injektionen gegeben werden.

Nachbehandlung und Vorbeugung: Medikamente nach Anweisung des Tierarztes verabreichen. Bei Mangelernährung auf eine ausgewogene Zusammensetzung des Futters achten.

Verletzungen des Gehirns

Symptome: Bewußtlosigkeit, Benommenheit, Augenveränderungen.
Ursachen und Folgen: Unfälle, Schläge auf den Kopf; infolgedessen Gehirnerschütterung, Gehirnquetschungen, Zerreißen und Blutung des Gehirns.

● **Behandlung**

► Die Katze muß auf dem schnellsten Wege zum Tierarzt gebracht werden. Er entscheidet, ob die Katze geröntgt wird.
– Bei Gehirnerschütterungen und Benommenheit erholt sich die Katze meist von selbst wieder.
Eine Therapie mit schmerzstillenden, ruhigstellenden Medikamenten und B-Vitaminen kann hilfreich sein.
– Wenn Blutgefäße im Gehirn zerreißen, verursacht das austretende Blut Druckschäden im Gehirn (Bluterguß). Der Tierarzt verordnet Diuretika (fördern die Wasserausscheidung), um den Druck zu senken.
– Je nach Verletzung ist ein chirurgischer Eingriff oder eine Antibiotika-Behandlung nötig.

Nachbehandlung: Ein bequemes Lager (→ Zeichnung, Seite 51) und Ruhe fördern den Heilungsprozeß. Diuretika und Antibiotika nach Anweisung des Tierarztes verabreichen.

■ **Homöopathie**

→ oben.

Erkrankungen der Haut und der hormonbildenden Drüsen

Die Haut mit ihrem Fell umgibt den Körper der Katze wie ein schützender Mantel. Sie reguliert außerdem Temperatureinflüsse und übermittelt Informationen. Im Frühjahr und im Herbst wechselt die Katze ihr Fell. Wenn es draußen kälter wird, wächst das Fell dichter, bei wärmeren Temperaturen verliert sie Haare. Über eine Vielzahl von Nervenenden, die in der Haut verbreitet sind, werden dem Gehirn zum Beispiel Schmerzempfinden oder Temperaturveränderungen gemeldet.

Haarausfall

Symptome: Es bilden sich örtlich begrenzte Kahlstellen bis hin zur Kahlheit am ganzen Körper.
Ursachen: Erbliche Veranlagung; Hormonstörungen (→ Seite 77), Fehlverhalten (ständiges Lekken), chronische Hautkrankheiten (z.B. Parasitenbefall, Pilze, Allergien).

● **Behandlung**

▶ Eine spezifische Diagnose kann der Tierarzt am Erscheinungsbild und durch spezielle Laboruntersuchungen stellen. Krankheiten wie zum Beispiel Parasiten, Allergien, Infektionen oder hormonelle Erkrankungen müssen gezielt behandelt werden (→ nachfolgende Seiten).

Nachbehandlung und Vorbeugung: Ausgewogenes Futter und artgerechte Haltungsbedingungen. Achten Sie darauf, daß die Katze frei von Parasiten bleibt (→ Seite 96).
Rassenanfälligkeit: Angeborene Haarlosigkeit kommt bei der Nacktkatze (Sphinx) vor.

■ **Homöopathie**

→ Seite 78.

Haarausfall zeigt sich oft nur an einer Stelle im Fell, kann sich aber schnell ausbreiten.

Abszesse

Symptome: Harte Anschwellung im Unterhautbereich, die später durch Eiterbildung weicher wird. Durchbricht der Abszeß die Haut, fließt der Eiter ab.
Ursachen: Abszesse entstehen meist infolge von Kratz- und vor allem Bißverletzungen. Deswegen bilden sie sich besonders häufig im Kopf-Halsbereich und am Schwanzansatz.

● **Behandlung**

▶ Nur durch den Tierarzt möglich. Er verabreicht zunächst eine Antibiotika-Injektion. Ist der Abszeß reif, wird er durch einen Einschnitt gespalten. Die Wunde wird anschließend desinfiziert.

Nachbehandlung: Heilungsprozeß regelmäßig kontrollieren. Krusten, die den Abfluß des Eiters behindern, können Sie vorsichtig selbst entfernen oder vom Tierarzt entfernen lassen.

■ **Homöopathie**

→ Seite 78.

Bakterielle Hauterkrankungen

Auch die gesunde Katzenhaut ist von Bakterien besiedelt. Mit dieser normalen Hautflora steht das Tier im Gleichgewicht. Unter bestimmten Umständen aber, etwa weil das Tier an einer Abwehrschwäche leidet oder die Haut bereits durch eine Verletzung vorgeschädigt ist, kann es zu einer bakteriell bedingten Hautentzündung (Pyodermie) kommen.

Symptome: Starke Hautrötungen, nässende Ekzeme, eitrig-krustige Schädigungen der Haut (→ Exsudat, Seite 115).

Ursachen: Kratz-, Schürf- und Bißwunden, starke Verschmutzungen, Parasitenbefall, Verbrennungen, Verätzungen. Eine besondere Erkrankungsform ist die Krallenbettentzündung.

Gefährdung des Menschen: Einige seltene bakterielle Erreger können auch Menschen befallen. Im Einzelfall den Tierarzt fragen (→ Seite 110).

● **Behandlung**

▶ Die genaue Diagnose stellt der Tierarzt. Er nimmt Hautproben durch Abschaben (Hautgeschabsel, → Fachbegriffe, Seite 115), die mikrobiologisch untersucht werden.
Viele Bakterien werden je nach Ausdehnung 3 bis 6 Wochen äußerlich mit Antibiotika behandelt. Oft ist auch eine Injektionsbehandlung sinnvoll.

Nachbehandlung und Vorbeugung: Antibiotika nach Anweisung des Tierarztes. Artgerechte Haltung, ausgewogene Ernährung und vor allem Zuwendung fördern den Heilungsprozeß.

■ **Homöopathie**

→ Seite 78.

Hauttumoren

Wie in allen Körpergeweben können auch in der Haut Zellen entarten und Tumoren bilden. Aber nicht alle Verdickungen sind bösartig.

● **Behandlung**

▶ Ob ein Tumor gutartig oder bösartig ist, klärt eine mikroskopische Gewebeuntersuchung ab. Rechtzeitig erkannte Tumoren können, oft mit guten Erfolgsaussichten, operativ entfernt werden.

Nachbehandlung: Vernähte Operationswunden müssen je nach Heilungsverlauf täglich bis 2-wöchentlich kontrolliert werden. Das bei Katzen sehr seltene Anknabbern oder starke Lecken der Wunde kann eventuell durch einen Halskragen vermieden werden.

■ **Homöopathie**

Behandlungen mit verschiedenen biologischen Mitteln sind möglich, sollten aber einem erfahrenen Therapeuten überlassenen werden.

Akne

Symptome: Schmierige Talgstopfen am Kinn, kleine Eiterherde, Schmerzempfindlichkeit bei Berührung.

Akne bekommen auch Katzen.

Ursachen: Talgdrüsen und Haarfollikel (→ Fachbegriffe, Seite 115) entzünden sich durch Verunreinigungen (Futterbrei).

● **Behandlung**

▶ Der Tierarzt reinigt mit Desinfektionslösung und behandelt mit Salbe. Bei Komplikationen durch Eiterbildung auch Antibiotikabehandlung mit Injektionen.

Nachbehandlung und Vorbeugung: Kinn der Katze wöchentlich kontrollieren und mit einem Papiertaschentuch, das in milder Desinfektionslösung (z. B. Acridin, Cutasept vom Tierarzt) getränkt wurde, reinigen.

■ **Homöopathie**

→ Seite 78.

Fettschwanz

Symptome: Schmierige Talgstopfen am oberen Schwanzansatz; kleine Eiterherde; die Schwanzhaare erscheinen fettig verklebt und gelblich-braun.
Ursachen: Die Drüsen auf der Schwanzoberseite sondern zuviel Fett ab.
Durch Verunreinigung können sich Talgdrüsen und Haarfollikel entzünden.
Betroffen sind vor allem Zuchtkater, aber auch Kastraten und weibliche Tiere.

● Behandlung

Euformal ® Puder an mehreren Tagen hintereinander in das Fell am Schwanz einreiben, gut einwirken lassen und vorsichtig ausbürsten.
In leichten Fällen Schwanz mit Babyshampoo, warmem Wasser und einer weichen Zahnbürste solange behandeln, bis die Haut und das Fell sauber sind.
▶ In schweren Fällen Behandlung nur durch den Tierarzt möglich. Er behandelt mit desinfizierender Salbe oder Gel. Bei Komplikationen durch Eiterbildung Antibiotikabehandlung mit Injektionen.

Vorbeugung: Wöchentlich einmal Talkumpuder in die Schwanzhaare einreiben, über Nacht einwirken lassen und am folgenden Tag gründlich ausbürsten.

■ Homöopathie

→ Seite 78.

Hautpilzinfektionen

Symptome: Örtlich begrenzte runde Hautveränderungen; die Haare werden an dieser Stelle brüchig und fallen aus; Haut gerötet und schuppig; Juckreiz oft nur schwach ausgeprägt; bei Krallenbettinfektion ist das Krallenbett gerötet, entzündet und geschwollen.
Ursachen: Hautpilze (→ Seite 111). Da die Pilzsporen in der Umgebung jahrelang infektiös bleiben, ist eine Infektion ohne direkten Körperkontakt mit erkrankten Tieren auch über Pflege-Utensilien, Gegenstände oder Zwischenträger (Vektoren) möglich. Die Inkubationszeit (→ Fachbegriffe, Seite 116) beträgt mindestens 2 Wochen. Manche Katzen sind Träger von Hautpilzen, ohne zu erkranken, können aber andere Tiere anstecken.
Gefährdung des Menschen: Hautpilze sind auf den Menschen übertragbar. Achten Sie deswegen auf sorgfältige Hygiene, und waschen Sie sich nach jeder Berührung mit Ihrer Katze die Hände (→ Wichtige Hinweise, Seite 127)!

● Behandlung

▶ Der Tierarzt muß abklären, um welchen Pilzbefall es sich handelt. Manche Pilze werden durch UV-Licht (Wood-Lampe) erkennbar, andere durch mikroskopisches Untersuchen der Haare. Das sicherste Diagnoseverfahren ist die Anzüchtung einer Pilzkultur aus Haut- und

Hauterkrankungen sind bei Katzen häufig.

Haarproben. Leider dauert es mindestens eine Woche, bevor sich ein Ergebnis abzeichnet. Als Sofort-Hilfe-Maßnahme behandelt der Tierarzt mit einer Salbe oder Lösung, die das Wachstum von Pilzen hemmen (Antimykotika, → Fachbegriffe, Seite 113). Dazu erhält die Katze Tabletten mit dem Wirkstoff Griseofulvin über mindestens 6 Wochen.
– Bei einer Krallenbettentzündung ist die gleiche Behandlung über 5 Monate erforderlich.

Nachbehandlung: Behandlung der erkrankten Hautstelle mit Salbe, Lösung und Tabletten nach Anweisung des Tierarztes. Die Umgebung muß desinfiziert werden (Fungizide → Fachbegriffe, Seite 115).
Vorbeugung: Optimale Haltung. Bei der Fellpflege auf Hautveränderungen achten.

■ Homöopathie

→ Seite 78.

Allergien

Symptome: Allergien können sehr vielfältige Krankheitsanzeichen hervorrufen.
Am auffälligsten für den Katzenhalter zu beobachten sind starker Juckreiz, Haarausfall und Ekzembildung.
Ursachen: Allergien beruhen auf fehlgerichteten Abwehrmechanismen (Antigen-Antikörperreaktion). Als Allergene (→ Fachbegriffe, Seite 113) kommen in Betracht:
– Proteine (Eiweiß) im Futter. Futterallergien treten manchmal sogar auf, wenn die Katze das Futter bereits jahrelang gewöhnt ist (→ Futterallergien, Seite 23).
– Flohallergien (→ Parasiten, Seite 96).
– Eine genetisch bedingte allergische Hautentzündung (Dermatose) wird auch als Atopie bezeichnet.

● **Behandlung**

► Nur durch den Tierarzt möglich. Er muß die Ursache klären. Das Ausschalten vermuteter Allergene (→ Fachbegriffe, Seite 113) kann die Verdachtsdiagnose erhärten und ist dann auch gleichzeitig wichtigste Behandlungsmaßnahme.
– Bei Futterallergien werden spezielle Diäten eingesetzt, erst zur Klärung der Ursache, später zur Behandlung.
– Bei Flohallergien muß der Parasit bekämpft werden (→ Parasiten, Seite 96).
– Bei allergischer Dermatose wird Cortison (→ Fachbegriffe, Seite 114) eingesetzt, um die Beschwerden zu lindern. Erst nachdem die Ursache klar erkannt ist, kann sie ausgeschaltet werden und ein dauerhafter Heilungserfolg eintreten.

■ **Homöopathie**

→ Seite 78.

Zärtlich leckt die eine Katze der anderen das Fell. Diese beiden Katzen mögen sich.

Der folgende Text behandelt nur einige wichtige Hormonstörungen, deren Symptome auffällig und für den Tierhalter relativ leicht zu erkennen sind.
Bei einigen Erkrankungen hormonbildender Drüsen ist der Einsatz von homöopathischen Mitteln möglich. Die Behandlung sollte jedoch einem erfahrenen Therapeuten vorbehalten bleiben.

Funktionsstörungen der Schilddrüse

Eine Schilddrüsenunterfunktion (Hypothyreoidismus) tritt bei Katzen selten auf, häufiger ist eine Überfunktion.
Symptome bei Unterfunktion: Kümmerwuchs, Verstopfung, Untertemperatur, geminderte Herzfrequenz.
Symptome bei Überfunktion: Übererregbarkeit, Rastlosigkeit, Futtergier, Abmagerung, Herzfrequenz und Herzleistung sind erhöht (→ Normalwerte, Seite 11), vergrößerte Schilddrüse (vorwiegend bei alten Katzen).
Ursachen:
– Unterfunktionen können angeboren sein oder durch Entzündungen, Verletzungen, tumorige Wucherungen hervorgerufen werden.
– Überfunktionen bewirken einen erhöhten Stoffwechsel durch Überproduktion von Schilddrüsenhormonen. Es kann auch ein Tumor zugrunde liegen.

■ Homöopathie bei Hauterkrankungen

Dosierung → Seite 60

Eiterungen, Abszesse
– Akute Rötung, Wärme, Schmerz: Hepar sulfuris.
– Nach der akuten Phase: Myristica sebifera.
– Chronische Eiterungen, Fisteln, schlecht heilende Wunden: Silicea.
– Harte Schwellung, dünnflüssiges, übelriechendes Sekret: Mercurius sol.
– Dickflüssiger, rahmartiger Eiter: Pulsatilla.

Komplexmittel
Traumeel ° Tabletten, Mercurius-Heel ° Tabeletten, Entzündungstropfen °°.
Hinweis: → auch »Wunden und Verletzungen«, Seite 73.

Ekzeme
– Trockene Ekzeme: Arsenicum, Sulfur, Causticum, Natrium muriatricum.
– Nässende Ekzeme: Arsenicum, Cantharis, Mercurius soll, Silicea, Rhus toxicodendron.
– Chronische Ekzeme: Lycopodium, Arsenicum, Acidum formicidum.

Komplexmittel
Schwef-Heel° Tropfen, Sulfur-Heel° Tabletten, Hepeel° Tabletten, Traumeel° Tablettten, Hautfunktionstropfen°°.

Verschiedenes
– Fell struppig: Sulfur.
– Verfilzte Haare: Acidum fluoricum.
– Fell sehr trocken: Calcium carbonicum, Sulfur.
– Fell fettig: Natrium muriatricum, Sulfur.
– Brüchige Krallen: Silicea.
– Flohallergie: Acidum formicicum.
– Insektenstiche: Apis.
– Verbrennungen: Causticum.

Komplexmittel
→ »Ekzeme«, links.

● Behandlung

▸ Die Diagnose stellt der Tierarzt.
– Bei einer Unterfunktion wird ein Bluttest gemacht, der nachweist, ob ein Hormonmangel vorliegt. Gegebenenfalls muß das fehlende Hormon (Thyroxin) in Form von Tabletten zugeführt werden.
– Bei einer Überfunktion läßt sich die vergrößerte Schilddrüse ertasten. Als Therapie wird Radiojod oder Methimazol (zur Hemmung der Hormonproduktion) eingesetzt. Hilft das nicht, wird die Schilddrüse entfernt.

Nachbehandlung: Bei einer Unterfunktion braucht eine Katze lebenslang Hormonersatztabletten, die täglich in das Futter gegeben werden. Bei einer Überfunktion Medikamente nach Anweisung des Tierarztes.

Überfunktion der Nebennierenrinde

Symptome: Übermäßiges Trinken und vermehrter Harnabsatz, vermehrter Appetit, Muskelschwund, Hängebauch, stumpfes Haarkleid, Haarausfall am Rumpf.
Ursachen: In der Nähe der Nieren liegen die ebenfalls paarig angelegten kleinen Nebennieren. Man unterscheidet Nebennierenmark und Nebennierenrinde. Im Nebennierenmark werden wichtige Hormone wie das Adrenalin produziert.
Ihr äußerer Bereich (Rinde) produziert Hormone (Corticosteroide), die wichtige Funktionen im Stoffwechsel erfüllen.
Eine Überproduktion kann durch einen Tumor der Nebennierenrinde, oder durch Überproduktion von ACTH, einem Hormon, das in der Hirnanhangdrüse (Hypophyse) produziert wird und auf die Nebennieren einwirkt, entstehen.
Diese seltene Krankheit geht häufig mit einer Zuckerkrankheit einher.

● Behandlung

▸ Die genaue Diagnose erfordert aufwendige Labortests. Kleinere Tumoren können heute erfolgversprechend vom Tierarzt operiert werden.

Unterfunktion der Nebennierenrinde

Symptome: Apathie, Austrocknung des Körpers, Futterverweigerung, häufiges Erbrechen.
Ursachen: Durch Verletzungen bei Unfällen, Infektionen, Tumoren oder Schrumpfung der Nebennierenrinde (Atrophie) ist die Funktion gestört. Eine Unterfunktion kann auch nach einer lang ausgedehnten Cortison- oder Geschlechtshormonbehandlung (Progestagen, → Fachbegriffe, Seite 118) auftreten.
Folgen: Akute Kreislaufprobleme, die auch zu Schockzuständen und plötzlichem Tod führen können.

● **Behandlung**

► Für die genaue Diagnose setzt der Tierarzt spezielle Hormonnachweisverfahren ein. Die Austrocknung des Körpers wird mit Infusionen kompensiert, fehlenden Hormone in Tablettenform oder durch Injektionen zugeführt .

Nachbehandlung: Tabletten täglich nach Anweisung des Arztes ins Futter geben. Meist ist eine lebenslange Therapie notwendig. Es ist wichtig, daß die Katze viel trinkt, deshalb dem Futter eine Prise Kochsalz beimischen (0,1 Gramm Kochsalz pro kg Körpergewicht der Katze).

Zuckerkrankheit

Auch Katzen können an der Zuckerkrankheit (Diabetes mellitus) leiden. Allerdings tritt sie bei Katzen wesentlich seltener auf als etwa beim Menschen.
Symptome: Übermäßiges Trinken und vermehrter Harnabsatz, zunehmender Appetit, Gewichtsverlust. Die Krankheitsanzeichen können aber auch auf andere Erkrankungen hinweisen.
Ursachen: Insulin, ein Hormon, das in der Bauchspeicheldrüse produziert wird, fehlt bzw. kann nicht mehr in ausreichendem Maße abgesondert werden.
Folgen: Durch Insulinmangel steigt der Zuckergehalt im Blut enorm an und es kommt zur Zuckerausscheidung über die Niere. Der Urin enthält Zucker. Wird die Krankheit nicht behandelt, treten schwere Folgeschäden an Leber und anderen Organen auf, die schließlich zum Tod führen.

● **Behandlung**

► Nur durch den Tierarzt möglich. Um eine genaue Diagnose stellen zu können, wird anhand einer Blut- und Urinprobe der Zuckerspiegel festgestellt.
In den meisten Fällen ist eine lebenslange tägliche Insulin-Injektion nötig. Die genaue Dosis, für die einzelne Katze, muß in unfangreichen Untersuchungen ermittelt werden.
Eine spezielle Diät ist nicht erforderlich, jedoch sollte man die tägliche Futterration auf 2mal verteilen.

Nachbehandlung: Lebenslange tägliche Insulin-Injektionen nach Anweisung des Tierarztes (→ Insulin spritzen, Seite 52).

Mangel an Sexualhormonen

Störungen in den empfindlichen hormonellen Regelkreisen haben immer schwerwiegende Krankheitsprozesse für die Katze zur Folge.
Eine Ausnahme bildet der Mangel an Sexualhormonen. Bei Katzen und Katern kommt die Produktion von Geschlechtshormonen praktisch zum Erliegen, wenn die Tiere kastriert sind. Im Hinblick auf Wohlbefinden und Lebenserwartung des Einzeltieres erweist sich die Kastration sogar als sehr vorteilhaft (→ Kastration, Seite 24).
Bei Zuchtkatzen tritt infolge eines Mangels an Sexualhormonen hin und wieder eine unerwünschte Brunstlosigkeit auf. Durch eine Hormonbehandlung kann die Brunstlosigkeit behoben werden.
Bei freilebenden Katzen ist eine brunstlose Ruhepause während der unwirtlichen Winterzeit normal.

Erkrankungen des Harnapparates und der Geschlechtsorgane

Harn wird von den Nieren produziert. Im Harn sind viele schädliche Stoffe enthalten, die die Nieren aus dem Blut gefiltert haben. Über die Harnleiter sammelt sich der Urin in der Blase und wird über die Harnröhre ausgeschieden. Die Nieren regulieren den Elektrolyt- und Wasserhaushalt und regeln wichtige Bluteigenschaften. Zudem entstehen in den Nieren einige Hormone.

Akutes Nierenversagen

Symptome: Verminderter Harnabsatz, vermehrter Durst, Futterverweigerung, Apathie, Magen-Darmstörungen, Erbrechen. Die Symptome sind sehr vielfältig.
Ursachen:
- Schock, etwa nach einem Unfall mit hohem Blutverlust.
- Verschluß der harnableitenden Wege durch Harnröhren- und Blasensteine.
- Harnstau durch Harnröhrenverletzungen und Blasenriß.
- Niereninfektion.
- Vergiftungen durch Schwermetalle (Qecksilber, Blei, Kadmium, Thallium, Arsen), Frostschutzmittel (Glykol) oder Medikamente.

Folgen: Akutes Nierenversagen kann tödlich enden.

● **Behandlung**

▶ Sofort zum Tierarzt. In dieser Notfallsituation wird die Katze zunächst mit Infusionen und harntreibenden Mitteln behandelt, um die Nieren wieder in Gang zu bringen. Danach muß die genaue Ursache herausgefunden werden.

Nachbehandlung: Ausheilung der Grundkrankheit, z. B. eine Infektion durch eine Antibiotikatherapie über einige Wochen. Sinnvoll ist in vielen Fällen eine Nieren-Diät (→ Seite 22).

■ **Homöopathie**

→ Seite 82.

Chronischer Nierenschaden

Symptome: Vermehrter Durst und Harnabsatz (hell-wässriger Urin), urinöser Mundgeruch, Erbrechen.
Ursachen: Viele Schädigungen des Nierengewebes, z.B. durch Infektionen gehen einer chronischen Niereninsuffizienz voraus. Betroffen sind vor allem ältere Katzen.
Folgen: Schrumpfniere führt zur Harnvergiftung (Urämie, Fachbegriffe → Seite 119). Hochgradige Urämie hat den Tod zur Folge.

● **Behandlung**

▶ Nur durch den Tierarzt möglich. Er untersucht die Katze durch Abtasten der Nieren von außen (Palpation). Urin- und Blutuntersuchungen ergeben verläßliche Informationen über den Krankheitsstand. Infusionen mit Elektrolytlösungen (Wasser, Salze, Traubenzucker) leiten die Behandlung ein. Eine protein- und phosphorreduzierte Diät (→ Seite 22) wird nötig. Alle genannten Maßnahmen verzögern den Krankheitsprozeß lediglich. Beginnt die Katze zu leiden, sollte sie eingeschläfert werden (→ Seite 45).

Nachbehandlung: Lebenslange Nieren-Diät. Die Katze muß viel trinken. Geben Sie eine Prise Kochsalz zum Futter.

■ **Homöopathie**

→ Seite 82.

Harnsteine

Symptome: Harnabsatz häufig unter Schmerzen; Urin manchmal mit Gries und Blut vermischt; Anschwellen und blaue Verfärbung der Penisspitze, Belecken der Penisspitze.
Ursachen: Bildung von feinem, sandartigem Gries oder größeren Steinen (Konkremente) im Blasenurin.
Diese unlöslichen Gebilde können in der Harnröhre Entzündungen sowie durch einen Verschluß der Harnröhre einen Harnstau hervorrufen.
Auch infektiöse Ursachen und erbliche Veranlagungen sind möglich.
Begünstigt wird die Erkrankung durch zu hohen Magnesiumgehalt im Futter und durch Nahrungsüberangebot. Es sind vor allem Kater wegen ihrer längeren, engen Harnröhre stark betroffen.
Folgen: Der Harnrückstau kann bei totalem Verschluß der Harnröhre über akutes Nierenversagen (→ Seite 80) und Harnvergiftung (Urämie) bis hin zum Tod führen.

● **Behandlung**

► Nur durch den Tierarzt möglich. Er tastet zunächst die Blase von außen ab (Palpation) und untersucht die Harnöffnung. Bestätigt sich die Diagnose, wird der narkotisierten Katze behutsam ein elastischer Katheter über die Harnröhre in die Blase vorgeschoben.
Kleinere Harnsteine lassen sich in den meisten Fällen durch eine Spülung mit einer sauren Lösung entfernen. Danach bekommt die Katze Antibiotika und Spasmolytika (krampflöse Mittel).
Ist die Harnröhre völlig verschlossen und besteht Gefahr, daß die Blase platzt, muß sofort operiert werden.
Auch nach erfolgreicher Behandlung können sich wieder Harnsteine bilden.

Nachbehandlung: Meist ist eine lebenslange spezielle Harnsteindiät nötig (beim Tierarzt sind Fertigdiäten erhältlich).
Für ausreichende Flüssigkeitszufuhr sorgen. Dem Futter eine Prise Kochsalz zusetzen.
Vorbeugung: Immer für ausreichend Trinkwasser sorgen. Futterration auf 1- bis 2mal täglich beschränken. Futterüberangebot vermeiden.

■ **Homöopathie**

→ Seite 82.

Bakterielle Harnröhren- und Blaseninfektion

Symptome: Verminderte Futteraufnahme, vermehrtes Trinken, vermehrter Harndrang, Blut im Harn, Schmerzreaktionen bei Berühren am Bauch, die Katze wirkt apathisch.
Ursachen: Die Infektion, durch Bakterien bedingt, beginnt meist von der Harnröhre in die Blase aufsteigend.

Bei Erkrankungen des Harnapparates muß die Katze viel trinken.

● **Behandlung**

▶ Sofort zum Tierarzt gehen. Er stellt anhand einer Harnuntersuchung, gegebenenfalls auch nach einer mikrobiologischen Anzüchtung der jeweiligen Krankheitserreger die Diagnose. Gegen eine Harnröhren- und Blasenentzündung helfen Antibiotika.

Nachbehandlung: Etwa 3 Wochen Antibiotika (ist das Nierenbecken mitbetroffen, längere Therapie). Damit die Katze viel trinkt, eine Prise Kochsalz ins Futter geben.

■ **Homöopathie**

→ rechts oben.

■ Homöopathie bei Erkrankungen der Nieren und der Blase

Dosierung → Seite 60

– Vergeblicher Harndrang, Harn nur tropfenweise, zum Teil blutig: Sabal serrulata.

– Förderung der Nierenfunktion: Berberis, Solidago.

– Harndrang, Schmerz, Harn unwillkürlich: Cantharis.

– Harnabsatz mit unterbrochenem Strahl, Harnträufeln: Causticum.

– Chronische Störungen: Arsenicum album.

Komplexmittel
Berberis Homaccord ° Tabletten
Reneel° Tabletten
Traumeel° Tabletten

Hinweis: Bei Nieren- und Blasenerkrankungen immer sofort den Tierarzt aufsuchen!

Die paarigen Eierstöcke der Katze liegen in der Bauchhöhle. Neben der Bereitstellung von Geschlechtszellen haben Eierstöcke und Hoden die Aufgabe, über die Produktion von Geschlechtshormonen die Fortpflanzung zu regeln.

Gebärmutterentzündung

Symptome: Bei einem Teil der Fälle eitrig-schleimiger Ausfluß, der die Hinterschenkel verschmutzt; häufiges Sauberlecken an diesen Stellen. Apathisches Verhalten, Appetitlosigkeit, Fieber, vermehrtes Trinken, Erbrechen, Austrocknung des Körpers, stumpfes Fell; langsame Anschwellung des Bauches.

Ursachen: Eine Gebärmutterentzündung (Pyometra) kann zunächst entstehen, ohne daß auslösende Erreger (Bakterien) gefunden werden. Häufig sind aber schon zu Beginn oder im Laufe der Erkrankung bakterielle Erreger im eitrigen Ausfluß nachzuweisen.
Begünstigt wird eine Gebärmutterentzündung anscheinend durch Hormonbehandlungen, die die Rolligkeit unterdrücken.
Folgen: Lebensbedrohliche Blutveränderungen und Organschäden; der Eiter kann in die Bauchhöhle durchbrechen, Unfruchtbarkeit.

● **Behandlung**

▶ Bei allen Krankheiten der Eierstöcke und Gebärmutter, ist die sicherste Behandlungsmethode die chirurgische Entfernung von Eierstöcken und Gebärmutter. In Ausnahmefällen kann bei jungen, als züchterisch besonders wertvoll angesehenen Kätzinnen eine beginnende Pyometra mit Antibiotika und speziellen Gewebshormonen (Prostaglandinpräparaten) behandelt werden.

Nachbehandlung: Antibiotika und Gewebshormone (Prostaglandine → Seite 118) bis zur Ausheilung verabreichen.
Vorbeugung: Bei Zuchtkatzen möglichst wenig Hormonbehandlungen. Jede nicht zur Zucht verwendete Katze kastrieren lassen.

■ **Homöopathie**

→ Hauterkrankungen, »Eiterungen«, Seite 78.

Wie an anderen Organen, können Infektionen, Tumoren und Degenerationen auch an den Hoden auftreten. Mit Ausnahme der wenigen Rassezuchtkater werden fast alle gut betreuten Tiere im jugendlichen Alter kastriert (→ Seite 24). Deshalb kommt nur den Fehllagen von Hoden eine Bedeutung zu.

Schwache Ausbildung der Hoden

Symptome: Die Hoden sind kleiner als bei Katern vergleichbaren Alters.
Ursachen: Erbliche Veranlagung. Von einer Fehlbildung der Hoden sind in der Regel die sehr seltenen schildpatt oder dreifarbigen Kater betroffen (Chromosomenbestand, → Fachbegriffe, Seite 114). Der zu schwachen Ausbildung der Hoden kann auch eine Katzenseuche-Infektion vor oder kurz nach der Geburt (→ Seite 107) zugrunde liegen.
Folgen: Verminderte Fruchtbarkeit.

Fehllagen der Hoden

Im Laufe der Entwicklung verlagern sich die Hoden von ihrem Ursprungsort in der Bauchhöhle über den Leistenkanal in den Hodensack, der dicht unter der Afteröffnung angelegt ist.
Symptome: Bleiben ein oder beide Hoden im Bauchraum oder im Leistenkanal stecken, so spricht man von einer Verborgenhodigkeit (Cryptorchismus). Es ist nur ein oder kein Hoden im Hodensack tastbar.
Ursache: Erbliche Veranlagung. Liegen beide Hoden in der Bauchhöhle, ist der Kater unfruchtbar, zeigt aber normales oder sogar übersteigertes Sexualverhalten. Befindet sich nur ein Hoden an seinem normalen Ort im Hodensack, so ist der Kater weder in seinem Sexualverhalten noch in der Zeugungsfähigkeit beeinträchtigt. In seltenen Fällen ist überhaupt nur ein Hoden vorhanden.
Folgen: Bauchhoden sollen eine Tumorentstehung begünstigen.

● **Behandlung**

► Der Tierarzt empfiehlt eine Kastration (→ Seite 24).

Vorbeugung: Betroffene unkastrierte Kater nicht für die Zucht verwenden.

Paarungsunvermögen und Unfruchtbarkeit

Nur in der Rassekatzenzucht hat für den Züchter die Paarungs- bzw. Zeugungsunfähigkeit eines Katers Bedeutung. Einem gestörten Paarungsverhalten können verschiedene Krankheiten zugrunde liegen oder psychische Ursachen eine Rolle spielen (z. B. wenn der Kater in eine für ihn fremde Umgebung gebracht wird, um eine Katze zu decken).
Die Zeugungsunfähigkeit kann ebenfalls krankheitsbedingt, aber auch anlagebedingt sein. Bei Paarungsunvermögen ist eine Verhaltenstherapie möglich. Unfruchtbare Kater sollte man kastrieren lassen (→ Kastration, Seite 24).

Verwachsungen am Penis

Symptome: Verminderter Harnabsatz, der mit ähnlichen Symptomen einhergehen kann wie bei Harnwegsinfektionen (→ Seite 81).
Ursache: Möglicherweise begünstigt eine Kastration des Katers vor Eintritt seiner Geschlechtsreife Verwachsungen zwischen dem Penis und seinen Hüllen (Präputium). Deshalb sollten Kater erst mit 8 bis 10 Monaten kastriert werden.
Folgen: Verwachsungen am Penis können zu chronischen Entzündungen führen.

● **Behandlung**

► Zum Tierarzt gehen.
– Bei Verwachsungen kann der Tierarzt chirurgisch behandeln.
– Entzündungen (→ Bakterielle Harnröhren- und Blaseninfektion, Seite 81).

■ **Homöopathie**

→ Hauterkrankungen, »Eiterungen«, Seite 78.

Erkrankungen des Verdauungsapparates

Krankheiten, die den Magen-Darm-Kanal, die Leber und die Bauchspeicheldrüse betreffen, äußern sich in der Regel in einem oder mehreren der folgenden Symptome: Durchfall, Verstopfung, Erbrechen und Appetitmangel. Diese Störungen sagen zunächst nichts über den Schweregrad der Erkrankung aus. Oft sind sie leicht zu beheben oder verschwinden ohne Behandlung wieder. Manchmal aber zeigen sie den Beginn einer ernsthaften, lebensbedrohenden oder sogar unheilbaren Krankheit an.

Störungen durch Fremdkörper

Symptome: Je nach Lage der Fremdkörper krampfhafte Kieferbewegungen, Würgen und Wischen mit den Vorderpfoten, starkes Speicheln, Erbrechen; bei Schmerzempfinden Einstellung der Futteraufnahme.
Ursachen:
– In der Mundhöhle hat sich ein Knochen- oder Grätenstück zwischen den Zähnen verkeilt.
– In Zunge oder Schlundkopf können sich Nadeln einspießen. Meist wurden sie über den anhängenden Faden hineingezogen.
– Andere Fremdkörper (Knöpfe, Plastikteile) werden in den Magen abgeschluckt, gelangen wegen ihrer Größe jedoch nicht weiter in den Darm.
– Manche Fremdkörper (Murmeln, Lametta) können zwar den Magenausgang passieren, bleiben dann aber stecken und verursachen einen lebensbedrohlichen Darmverschluß.

● Behandlung

▶ Bei Verdacht sofort zum Tierarzt. Entfernung von Fremdköpern in der Mundhöhle meist nur unter Narkose möglich. Bei verschluckten Gegenständen kann eine Röntgenaufnahme Aufschluß geben. In vielen Fällen muß der Tierarzt eine Operation durchführen.

Vorbeugung: Darauf achten, daß nichts Gefährliches für die Katze herumliegt.

Erbrechen

Symptome: Gelegentliches Erbrechen ist häufig von hustenartigen Geräuschen und scheinbaren Krämpfen begleitet.
Ursachen: Die Katze erbricht von Natur aus sehr leicht. Viele Katzen nehmen dazu Gras- oder Pflanzenteile auf. Durch das Erbrechen von Mageninhalt wird die Katze Unbekömmliches oder Unverdauliches auf dem kürzesten Wege wieder los.

● Behandlung

Gelegentliches Erbrechen ist bei Katzen völlig normal.
▶ Tritt Erbrechen gehäuft auf, etwa nach jeder Nahrungsaufnahme, liegt eine ernsthafte Erkrankung vor; die Katze muß vom Tierarzt untersucht werden.

■ Homöopathie

→ Seite 86.

Der Tierarzt tastet den Bauch der Katze ab.

Durchfall

Fühlt sich die Katze wohl, besteht bei Durchfall zunächst kein Grund zur Bersorgnis.

Symptome: Dünnflüssiger Kot, häufig zunächst kein gestörtes Allgemeinbefinden, Apathie, bei länger anhaltendem Durchfall Austrocknung des Körpers, stumpfes Fell.
Ursachen: Dem Durchfall kann eine Schutzfunktion zukommen, wenn schädlicher Darminhalt damit rasch wieder nach außen befördert wird. In vielen Fällen aber ist er Folge eines Krankheitsprozesses. Als Ursachen kommen Aufnahme unverträglicher Nahrung, akute oder chronische Entzündungen, Parasitenbefall oder Infektionskrankheiten (z. B. Katzenseuche → Seite 107) in Betracht.
Folgen: Anhaltender Durchfall bewirkt immer eine Austrocknung des Katzenkörpers (Exsikkose, → Fachbegriffe, Seite 115), die man z. B. daran erkennen kann, daß eine zwischen den Fingern gebildete Falte im Fell der Katze nach dem Loslassen nicht sofort verstreicht. Der Verlust von Wasser, gelösten Salzen (Elektrolyte) sowie Eiweiß kann zum Tod führen.

● Behandlung

Sind Allgemeinbefinden und Verhalten der Katze normal, besteht zunächst kein Grund zur Besorgnis.
Ein sofortiger Futterentzug über 1 bis 2 Tage führt in vielen Fällen zur Heilung. Wichtig ist, daß der Katze immer sauberes, frisches Trinkwasser zur Verfügung steht. Nach dem Nahrungsentzug die Katze auf Diät setzen. Vor allem bei jungen Katzen äußert sich eine Störung der Darmtätigkeit leicht in Durchfall.
Diät-Rezept: 2 Teile Quark (Hüttenkäse) und 1 Teil gekochter Reis oder milchlos zubereiteter Kartoffelbrei. Nur sehr kleine, jeweils frisch zubereitete Portionen (1 gehäufter Eßlöffel) 4mal am Tag anbieten. Nach einigen Tagen kann der Hüttenkäse z. B. durch gekochtes Geflügel- oder Schaffleisch ersetzt werden. Die Umstellung auf das gewohnte Futter allmählich vornehmen.
Wichtig: Versuchen Sie nie, den Durchfall der Katze durch Trinkwasserentzug zu bekämpfen. Bei Durchfall und Erbrechen verliert der Organismus viel Flüssigkeit. Der Wasserverlust muß ausgeglichen werden, sonst kann die Katze sterben. Nimmt sie offensichtlich zu wenig Wasser auf, dem Diät-Futter eine Prise Kochsalz zusetzen.
▶ Stellt sich trotz aller Bemühungen der Durchfall wieder ein, sollte umgehend der Tierarzt hinzugezogen werden, damit er die Ursachen abklären und behandeln kann.
Bei Austrocknung des Körpers wird der Katze sofort eine Infusion verabreicht.

■ Homöopathie

→ Seite 86.

Magenschleimhautentzündung

Symptome: Teilnahmslosigkeit, Futterverweigerung, Erbrechen.
Ursachen: Eine Gastritis kann durch Fremdstoffe (unverträgliche Medikamente, Fremdkörper im Magen, Vergiftungen, verdorbenes Futter) oder verschiedene Infektionskrankheiten verursacht werden. Eine besondere Form stellt die Magenschleimhautentzündung bei Nierenversagen dar.
Meist ist eine Gastritis mit Entzündungen im Darm gekoppelt.
Folgen: Durch Elektrolyte- und Flüssigkeitsverlust (Elektrolyte → Seite 115) kann ein lebensbedrohlicher Zustand eintreten.

● **Behandlung**

► Nur der Tierarzt kann die genaue Ursache feststellen.
– Bei einer akuten Gastritis → Nachbehandlung, unten.
– Chronische Magenschleimhautentzündung erfordert eine spezielle Untersuchung.

Nachbehandlung: Hat der Tierarzt eine akute Gastritis festgestellt, die Katze 1 bis 2 Tage hungern lassen. Danach bekommt sie als Schonkost gekochten Reis mit einer 5%igen Traubenzuckerlösung (vom Tierarzt).
Vorbeugung: Nie zu heißes oder zu kaltes Futter geben.

■ **Homöopathie**

→ rechts.

Verstopfung

Symptome: Kein Kotabsatz, erfolgloses Pressen, Unruhe, Apathie, der Bauchumfang nimmt allmählich zu.
Ursachen: Infektionen, Darmlähmung, Haarverballungen (Bezoare → Seite 113), Wurmknäuel und Tumoren. Bei besonders ballaststoffarmer Nahrung wird das Krankheitsbild begünstigt (→ Ernährung, Seite 16).

■ Homöopathie bei Erkrankungen der Verdauungsorgane

Dosierung → Seite 60
– Folgen von falschem Futter, zuviel oder verdorbenem Futter: Nux vomica.
– Verstopfung, vergeblicher Drang: Nux vomica.
– Darmträgheit: Nux vomica zusammen mit Carbo vegetabilis.
– Saurer Durchfall, Milch unverträglich: Calcium carbonicum.
– Empfindlicher Magen, Erbrechen von unverdautem Futter: Ipecacuanha.
– Starker wässriger Durchfall: Podophyllum.
Erbrechen nach Futter- oder Wasseraufnahme: Phosphor.
Wechsel Durchfall-Verstopfung: Sulfur.
Komplexmittel
Nux vomica Homaccord° Tropfen
Magen-Darm-Tropfen°°

Manchmal blockieren Kotverklebungen am After (vor allem bei vernachläßigten Langhaarkatzen und Jungtieren) den Kotabgang.
Folgen: Darmverschluß → Seite 87.

● **Behandlung**

Bei Kotverklebungen am After (→ PRAXIS-Seite 15).
► Die genauen Ursachen einer Verstopfung muß der Tierarzt abklären. Er kann durch Abtasten die Kotmassen fühlen. Um sie zu erweichen und zum Abgang zu bringen, bekommt die Katze Paraffinöl und Klistiere (handelsübliche Babyklistiere). Als Klistier darf bei der Katze kein reines Wasser verwendet werden, da dies eine Blutauflösung (Hämolyse) verursachen kann.
Bringt die Behandlung keinen Erfolg, muß der Bauch geöffnet werden, um durch direkte Massage des Darmes Abhilfe zu schaffen und Haarverballungen, Wurmknäuel oder Tumoren zu entfernen. Als Vorbeugung gegen Infektionen erhält die Katze mehrere Antibiotika-Injektionen.

Nachbehandlung: In einigen Fällen nach Anweisung des Tierarztes Klistiere bis zum Kotabgang geben. Nach Operationen Kontrolluntersuchungen durch den Tierarzt..
Vorbeugung: Ballaststoffe im Futter (etwa Kleie zumischen).

■ **Homöopathie**

→ links.

Darmentzündung

Symptome: Teilnahmslosigkeit, Futterverweigerung, Erbrechen, Durchfall, Austrocknung des Körpers.
Ursachen: Besonders häufig ist bei Jungtieren eine Darmentzündung (Enteritis) infolge Parasitenbefalls (→ Parasiten, Seiten 100 bis 103).
Ernährungsbedingte Darmentzündungen vor allem bei freilebenden Katzen. Auch Allergien und zum Teil unheilbare Virusinfektionen können Ursachen sein (→ Infektionskrankheiten, Seite 104 bis 111).
Folgen: Chronische Darmentzündung → rechts.

● **Behandlung**
Mindestens eintägiger Nahrungsentzug, Diät (→ Durchfall, Seite 85).
▶ Tritt keine Besserung ein, erbricht die Katze häufig, hört der Durchfall trotz Diät nicht auf, ist die Katze apathisch, muß sie sofort zum Tierarzt gebracht werden.
Um den Flüssigkeitsverlust auszugleichen, erhält sie zunächst eine Infusion. Der Tierarzt verordnet krampflösende Medikamente (Spasmolytika) und Antiemetika (→ Fachbegriffe, Seite 113).
– Bei schweren Infektionen Behandlung mit Antibiotika.
– Bei allergischen Prozessen Einsatz von Corticoiden (→ Fachbegriffe, Seite 114).

Vorbeugung: Kein kaltes oder verdorbenes Futter anbieten. Darauf achten, daß die Katze frei von Parasiten bleibt.

■ **Homöopathie**
→ Seite 86.

Chronische Darmentzündung

Symptome: Wechselnde Kotbeschaffenheit (meist flüssig oder dünnbreiig mit Schleim oder Blut) über längeren Zeitraum, wechselnder Appetit, Abmagerung, Austrocknung des Körpers, Apathie. In manchen Fällen auch außer Durchfall keine Störung des Allgemeinbefindens.
Ursachen: Als Folge einer akuten Darmentzündung. Schwere unheilbare Formen beruhen oft auf spezifischen Virusinfektionen. Leber- und Bauchspeichelerkrankungen lösen ebenfalls chronische Störungen aus.

● **Behandlung**
Ist die Ursache herausgefunden worden, so richtet sich die Therapie danach. Allgemeine diätetische Maßnahmen wie bei akuter Erkrankung.
Bei Austrocknung und Abmagerung entsprechende Unterstützungstherapie. Hat sich eine Erkrankung als unheilbar herausgestellt, sollte die Katze eingeschläfert werden.

■ **Homöopathie**
→ Seite 86.

Darmlähmung

Symptome: Verminderter Kotabsatz, Kotstauung im Darm, Appetitmangel, Erbrechen, Austrocknung des Körpers.
Ursachen: Nerven- und Blutgefäßschäden, unheilbare Krankheiten (z. B. Leukose → Seite 106).
Folgen: Eine unbehandelte Darmlähmung führt zum Tod.

● **Behandlung**
▶ Der Tierarzt stellt die Diagnose. Um den Flüssigkeitsverlust auszugleichen, erhält die Katze Infusionen und darmanregende Medikamente.

Darmverschluß

Symptome: Störungen des Allgemeinbefindens, Appetitlosigkeit, fehlender Kotabsatz, Erbrechen.
Ursachen: Ein Darmverschluß kann infolge aller bisher in diesem Kapitel beschriebenen Krankheitsprozesse auftreten.
Folgen: Ein unbehandelter Darmverschluß führt zum Tod.

● **Behandlung**
▶ Der Tierarzt stellt die Diagnose. Dabei können Röntgenaufnahmen (nach Eingabe eines Kontrastbreies) hilfreich sein.
Ein Darmverschluß muß operativ behandelt werden.

Nachbehandlung: Kontrolle der Operationswunde durch den Tierarzt.

Erkrankung der Leber

Die Leber ist unersetzlich für den Stoffwechsel, dient als Entgiftungs- und Speicherorgan und setzt Vitamine und Hormone um. Daher äußern sich Erkrankungen und Schäden der Leber vielfältig.
Symptome: Die Katze wirkt matt und lustlos, Futterverweigerung, glanzloses Fell; Speicheln, Erbrechen, Durchfall.
Leitsymptome: Gelbsucht (→ Ikterus, Seite 116), vergrößerte Leber, heller, gelblich-fahler Kot, dunkelbrauner Urin.
Ursachen:
– Entzündungen (infektiöse und nichtinfektiöse). Dabei können akute Leberentzündungen durch Infektionserreger (Viren, Bakterien, Pilze, Parasiten) oder Giftstoffe ausgelöst werden.
– Die Fettleber tritt vor allem bei Übergewicht auf.
– Selten Tumoren der Leber, die dann meist bösartig sind. Es handelt sich überwiegend um Metastasen (→ Fachbegriffe, Seite 117) von verschiedenen-Tumoren (z. B. Leukosetumoren).
Eine Lebererkrankung verläuft akut oder chronisch. Chronische Leberschäden können von Infektionen, Stauung infolge Herzinsuffizienz (→ Seite 94), allmählicher Vergiftung des Blutes, Hormonstörungen oder Tumoren ausgehen.
Folgen: Das Endstadium vieler Lebererkrankungen ist die Zirrhose (Degeneration des Lebergewebes).

Mit dem Korken darf die Katze spielen. Aber Unverdauliches, das sie schluckt, kann einen Darmverschluß verursachen.

● **Behandlung**

▶ Nur durch den Tierarzt möglich. Die genaue Diagnose wird durch Blutuntersuchung (Leberwerte, Anstieg spezifischer Enzyme) oder eine Gewebeentnahme gestellt.
Als Notmaßnahme künstliche Ernährung durch Infusionen.
Danach Behandlung der Grundkrankheit, z. B. bei bakteriellen Infektionen über 3 Wochen Antibiotikatherapie.
Bei akuter und chronischer Erkrankung muß, sobald die Katze wieder selbst frißt, eine hochwertige, schadstofffreie und eiweißreiche Leber-Diät angeboten werden. Geeignet ist zum Beispiel Quark (Hüttenkäse) und gekochter Reis angereichert mit einer Vitamin-Mineralstoff-Mischung. Fertigdiäten sind auch beim Tierarzt erhältlich (→ Diäten, Seite 22).

Nachbehandlung: Antibiotika bis zu 3 Wochen, strikte Leber-Diät, regelmäßige Kontrollen der Leberwerte durch den Tierarzt.

■ **Homöopathie**

Carduus marianus, Chelidonium, Lycopodium, Sulfur, Phosphor, Flor de Pieda,
Nux vomica.
Komplexmittel
Hepeel° Tabletten
Nux vomica Homaccord°
Tropfen

Erkrankung der Bauchspeicheldrüse

Neben der Hormonproduktion ist die wichtigste Aufgabe der Bauchspeicheldrüse die Produktion, Bereithaltung und Abgabe von Verdauungsenzymen (→ Enzyme, Seite 115).
Symptome: Appetitmangel, Schwäche, vermehrtes Trinken, häufiger Harnabsatz, Durchfall, Verstopfung und Erbrechen.
Ursachen: Infektionen, die vom Darm ausgehen, und Verletzung (nach schwerem Unfall).
Entzündungen der Bauchspeicheldrüse (Pankreatitis) sind bei der Katze nicht häufig. Es gibt eine chronische Verlaufsform, die vom Gerüstgewebe ausgeht und oft lange ohne auffallende Krankheitsanzeichen bleibt.
Im Verlauf einer akuten Entzündung werden die Verdauungsenzyme vorzeitig aktiviert, und es kommt zu einer Selbstverdauung des Organs.

● **Behandlung**

▶ Nur durch den Tierarzt möglich. Anhand von Blutuntersuchungen stellt er eine genaue Diagnose. Bei Versagen der Bauchspeicheldrüse kann Fett im Kot nachgewiesen werden. Im akuten Fall darf das Tier ,keine Nahrung mehr aufnehmen, es wird künstlich durch Infusionen ernährt.
– Bei chronischer Entzündung kann man nur die Symptome bekämpfen. Eine spezielle fettarme Diät (beim Tierarzt erhältlich) unterstützt die Behandlung.

Analbeutelentzündung

Diese Erkrankung tritt bei Katzen sehr selten auf.
Symptome: Gerötete und geschwollene Analbeutel, die von der Katze häufig geleckt und beknabbert werden.
Ursachen und Folgen: Die Analbeutel des Afters können sich durch eindickendes Sekret (Sekretion → Fachbegriffe, Seite 119) verstopfen, dadurch entzünden und nach außen links oder rechts des Afters aufbrechen.
Durch das Belecken und Beknabbern bilden sich häufig Ekzeme oder Eiterfisteln.

● **Behandlung**

▶ Nur durch den Tierarzt möglich. Das Ausdrücken und Spülen der Analbeutel mit 2%iger Wasserstoffsuperoxydlösung ist häufig nur bei der narkotisierten Katze möglich. Danach mehrwöchige Antibiotikabehandlung.

Nachbehandlung: Antibiotika nach Anweisung des Tierarztes.

■ **Homöopathie**

→ Hautkrankheiten, »Eiterungen, Ekzeme«, Seite 78.

Aftervorfall

Symptome: Die Schleimhaut des Mastdarms stülpt sich als sulzig-blauroter Wulst aus der Afteröffnung hervor.

Ursachen: Bedingt durch eine Schließmuskelschwäche im Verlauf von Entzündungsprozessen.

● **Behandlung**

▶ Sofort zum Tierarzt. In leichten Fällen kann die Schleimhaut des Mastdarms in den After zurückgedrückt werden. In manchen Fällen ist eine Operation nötig.

Nachbehandlung: Mehrmals wöchentlich Kontrolluntersuchungen beim Tierarzt. In den ersten Tagen dafür sorgen, daß der Kot der Katze weich ist (rohe Leber oder etwas Milch geben). Beim Tierarzt ist auch eine energiereiche Paste erhältlich, mit der die Katze vorübergehend ernährt werden kann.

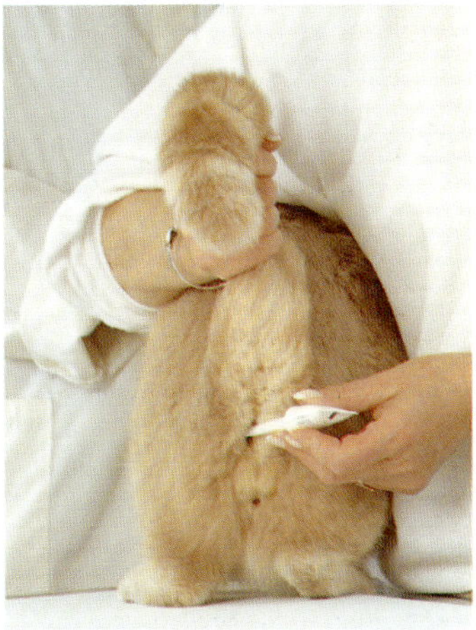

Bei Verstopfung bekommt die Katze Klistiere, damit der angestaute Kot abgeht.

Erkrankungen des Atmungs- und Kreislauf-apparates

Beim Einatmen gelangt die Luft über Maul- und Nasenhöhle, Kehlkopf, Luftröhre und Bronchien in die Lunge. Hier reichert sich das Blut mit Sauerstoff an, fließt zum Herzen und wird über die Hauptschlagader und die Arterien in den Körper gepumpt. Das verbrauchte, sauerstoffarme Blut fließt über die Venen zum Herzen zurück und von dort wieder zur Lunge, wo es sich erneut mit Sauerstoff anreichert. Über den Blutkreislauf werden Nährstoffe, Wasser und Hormone transportiert.

Erkrankungen im Nasenbereich

Symptome: Häufiges Niesen, Nasenausfluß.
Ursachen: Der Nasen-Rachenraum wird bei der Katze häufig von infektiösen Entzündungsprozessen betroffen, die im weitesten Sinne dem »Katzenschnupfenkomplex« und anderen Infektionen zugeordnet werden können (Katzenschnupfen → Seite 108).
– Selten sind Reizungen durch Fremdkörper oder Allergien.
– Bei Tieren mit geschwächtem Immunabwehrsystem kann mitunter auch eine gefährliche Pilzinfektion vorkommen (Cryptococcose).
– Im Einzelfall auch durch gutartige Neubildungen oder noch seltener durch bösartige Tumoren im Nasenbereich.

● **Behandlung**

► Jedes Tier mit Symptomen einer Schnupfenerkrankung sollte dem Tierarzt vorgestellt werden. In unklaren Fällen kann eine mikrobiologische Untersuchung des Nasenausflusses weiterhelfen.
Therapie bei
– Infektionskrankheiten (→ Seiten 104 bis 111),
– Allergien (→ Seite 77),
– Pilzbefall (→ Seite 111),
– Tumoren (→ Nasenbluten, rechts).

■ **Homöopathie**

→ Seite 78 und rechts.

Nasenbluten

Ursache: Als Folge von Unfällen (Autounfall, Sturz aus großer Höhe), schweren Infektionen oder Störungen der Blutgerinnung (z.B. Cumarinvergiftung), mitunter auf einen Fremdkörper oder einen Tumor in der Nase zurückzuführen.

● **Behandlung**

► Der Tierarzt muß die Ursache abklären.
– Bei unfallbedingten Blutungen wird das Tier mit Medikamenten ruhig gestellt. Kompressen mit kaltem Wasser oder Eiswürfeln können die Blutung zum Stillstand bringen.
– Infektionen (→ Infektionskrankheiten, Seite 104).
– Bei Cumarinvergiftung, Gabe von Vitamin K.
– Fremdkörper und Tumoren müssen chirurgisch entfernt werden.

Nasenbluten durch eine Unfallverletzung.

Kehlkopfentzündung

Symptome: Husten, heisere Stimme.
Ursachen: Virusinfektion (→ Katzenschnupfen, Seite 108), Reizstoffe oder Fremdkörper. Unaufhörliches Miauen (z.B. bei Dauerrolligkeit → Seite 36) kann auch zu einer Kehlkopfentzündung führen.

● **Behandlung**

▶ Der Tierarzt stellt die Kehlkopfentzündung (Laryngitis) durch Adspektion (→ Fachbegriffe, Seite 113) des hinteren Rachenraums fest. Er erkennt Rötung, Schwellung oder Auflagerungen. Je nach Schwere des Falls, setzt er schleimfördernde Mittel, Cortison (→ Fachbegriffe, Seite 114) oder Antibiotika zur Behandlung ein.

Nachbehandlung: Die Katze muß bis zur Genesung in einem ruhigen Raum untergebracht werden (→ Zeichnung, Seite 51).
Medikamente nach Anweisung des Tierarztes verabreichen.

■ **Homöopathie**

→ unten.

Brust- und Rippenfellentzündung

Symptome: Atemnot, Fieber, Apathie.
Ursachen: Entwickelt sich ein Entzündungsprozeß an den feinen Häuten, zwischen denen eine Gleitbewegung des Atemorgans möglich ist, so spricht man von einer Pleuritis. Ursachen können bakterielle Infektionen, Verletzungen der Brustwand und Risse im Schlund durch Fremdkörper sein.
Folgen: Bleibende Schäden mit Atembeschwerden, Tod. Eine besondere, unheilbare Form kann sich infolge einer FIP-Infektion entwickeln (→ Seite 104).

● **Behandlung**

▶ Der Tierarzt muß die Ursache abklären. Hilfreich sind Röntgenaufnahmen (→ Fachbegriffe, Seite 118), Blutuntersuchungen und Punktion der Brusthöhle. Bei bakterieller Ursache werden neben der Unterstützungstherapie (Infusionen, Ruhigstellung) Antibiotika eingesetzt. Die Krankheit ist schwerwiegend und hat keine guten Heilungsaussichten.

■ **Homöopathie**

→ Infektionen, Seite 63 und links.

■ Homöopathie bei Erkrankungen der Atemwege

Dosierung → Seite 60

Nase
– Nase verstopft, Sekret löst sich kaum: Hepar sulfuris
– Tränende Augen, Niesen, wässriger Schnupfen: Cepa
– Nasenausfluß dick, cremig: Pulsatilla
– Nasenausfluß hellgelb, zäh: Kalium bichromicum
– Nasenausfluß gelbgrün: Lycopodium
– Chronische Störungen: Silicea

Komplexmittel
Euphorbium comp.° Nasenspray
Grippheel° Tabletten

Hinweis: → auch Hauterkrankungen, »Eiterungen und Ekzeme«, Seite 78).

Husten
– Krampfhusten: Belladonna, Drosera, Cuprum, Ipecacuanha
– Husten, der in warmen Räumen schlimmer wird: Pulsatilla, Natrium muriatricum
– Husten, besonders nach Aufregung: Chamomilla
– Husten, bis zum Erbrechen: Ipecacuanha, Cuprum, Drosera, Belladonna

Komplexmittel
Husteel° Tabletten
Grippheel° Tabletten

Entzündung von Luftröhre und Bronchien

Perserkatzen haben oft Atembeschwerden wegen ihrer kurz gezüchteten Nasen.

Symptome: Tiefer, oft pfeifender Husten, die Katze ist kaum belastbar, ermüdet schnell und leidet bei fortschreitender Erkrankung an Atemnot, vor allem beim Ausatmen.
Ursachen: Meist mit einer Entzündung des Kehlkopfes und Rachenraumes geht eine akute oder chronische Entzündung von Luftröhre und Bronchien einher. Häufig ist die Ursache eine bakterielle Infektion.
In den Bronchien sammelt sich vermehrt Schleim an, der in Verbindung mit einer Schleimhautschwellung zum Verschluß einzelner Bronchien führen kann. Der charakteristische Husten dient vor allem dazu, durch das Hinausbefördern von Schleim, die Atemwege frei zu bekommen.
Folgen: Aus einer akuten Erkrankung kann sich eine chronische Tracheobronchitis (Luftröhren-Bronchienentzündung) entwickeln.

● **Behandlung**

► Nur durch den Tierarzt möglich. Die bakterielle Infektion wird mit Breitbandantibiotika bekämpft (wirkt gegen viele Arten von Bakterien). Dazu Medikamente, die die Bronchien erweitern und den zähen Schleim verflüssigen. Vor allem bei chronischem Krankheitsverlauf auch Einsatz von Cortison.

Nachbehandlung: Medikamente nach Anweisung des Tierarztes bis zur Heilung. Lassen Sie die Katze einmal täglich mit Kamillenlösung inhalieren, das fördert den Heilungsprozeß. Dazu das Tier in eine Transportbox setzen und Türchen schließen. Kamillenlösung mit heißem Wasser zubereiten, in ein Schüsselchen geben und vor die Transportbox stellen. Die Dämpfe der Kamillenlösung mit Hilfe eines Handtuchs in die Box fächeln. Die Kamillendämpfe verschaffen der Katze Linderung bei Entzündungen der Atemwege.

■ **Homöopathie**

→ Seite 91.

Bronchialasthma

Symptome: Plötzliche Atemnot, angestrengtes Husten, mitunter werden die Schleimhäute infolge Blutsauerstoffmangels blau.
Ursachen: Allergische Reaktion auf verschiedene Stoffe (z. B. Pollen, Hausstaub) kann zu einem krampfhaften Zusammenziehen der Bronchien führen.

● **Behandlung**

► Nur durch den Tierarzt möglich. Zur Behandlung wird Cortison eingesetzt. Bei allergischen Reaktionen ist oft eine lebenslange Therapie nötig.

■ **Homöopathie**

→ Seite 91.

Luft in der Brusthöhle (Pneumothorax)

Symptome: Pumpende Atmung, beschleunigter Puls, bläulich verfärbte Zunge und Schleimhäute.
Ursachen: Luft kann in den Zwischenraum zwischen Lungenfell und Brustfell eindringen, wenn entweder ein Loch in der Lunge und im Lungenfell entstanden ist oder eine Öffnung des Brustkorbes nach außen besteht. Ursachen sind kleine Risse im Lungengewebe, die oft von selbst wieder verkleben, oder unfallbedingte Durchstoßung des Brustkorbes.

- **Behandlung**

▶ Sofort zum Tierarzt. Er stellt anhand von Röntgenaufnahmen fest, wieviel Luft sich im Brustraum angesammelt hat. In leichten Fällen wird nichts unternommen, weil der Körper die eingedrungene Luft innerhalb von 10 Tagen aufnimmt.
Bei Durchstoßung des Brustkorbes wird die Wunde luftundurchlässig verschlossen und die Luft abgesaugt, damit sich die Lunge wieder ausdehnen kann. Manchmal ist eine Operation nötig. Als Entzündungsvorbeugung erhält die Katze Antibiotika.

Nachbehandlung: Die Katze in einem ruhigen Zimmer auf einem warmen Lager unterbringen (→ Seite 51).

Risse im Zwerchfell

Symptome: Atemnot mit angestrengter Bauchatmung, Erbrechen möglich.
Ursachen: Zwerchfellrisse meist infolge von Autounfällen. Je nach Rißlage und -größe können verschiedene Organe der Bauchhöhle (Darmteile, Leber, Magen, Milz) durch diese Öffnung in die Brusthöhle vorfallen.

- **Behandlung**

▶ Sofort zum Tierarzt. Anhand von Röntgenaufnahmen kann Art und Ausmaß der Verletzungen festgestellt werden. Je nach Lage des Einzelfalles muß operiert werden.
Während der Operation wird die Katze künstlich beatmet, weil die Brusthöhle geöffnet werden muß. Entzündungsvorbeugend: Antibiotikabehandlung.

Nachbehandlung: Antibiotika über einen etwa einwöchigen Zeitraum.

Lungenentzündung

Symptome: Hohes Fieber, Apathie, Nahrungsverweigerung.
Ursachen: Von einer Lungenentzündung (Pneumonie) spricht man, wenn das Lungenfunktionsgewebe, die kleinsten Verästelungen des Bronchialbaumes oder das zwischengelagerte Stützgewebe vom Krankheitsprozeß betroffen sind. Ursache können Viren, Bakterien, Pilze und Parasiten sein. Die bakteriellen Erkrankungen haben die größte Bedeutung bei Katzen. Eine Lungenentzündung entwickelt sich meist aus einer Bronchitis.
Folgen: Bleibende Lungenschäden, Tod.

- **Behandlung**

▶ Der Tierarzt stellt durch Abhören der Katze, mit Hilfe von Sekretuntersuchungen und eventuell Röntgenaufnahmen Ausmaß, Art und Ursache der Lungenentzündung fest. Antibiotikabehandlung. Unterstützend werden Infusionen gegen

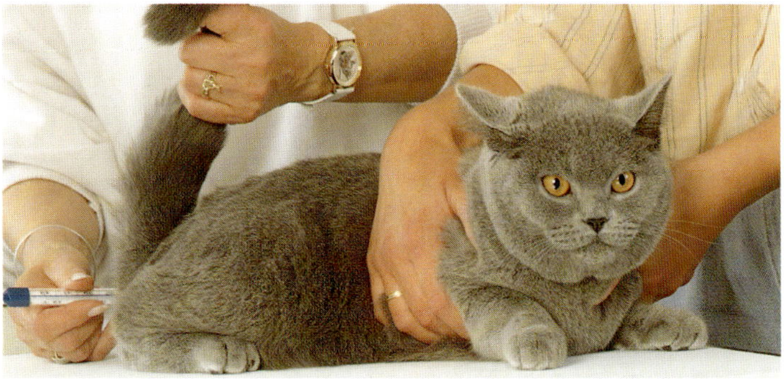

Fieber mißt man bei Katzen am besten zu zweit (→ Seite 50).

die Austrocknung und zur Verflüssigung des Bronchialsekretes eingesetzt. Weitere Behandlung → Entzündung von Luftröhre und Bronchien, Seite 92.

Nachbehandlung: Wie bei Entzündung von Luftröhre und Bronchien (→ Seite 92).

■ Homöopathie

→ Seite 63 und Seite 91.

Lungenödem

Symptome: Kurzatmigkeit, Husten, weißer Schaum, der durch die Nase herausquillt, bläulich verfärbte Schleimhäute, unregelmäßiger, beschleunigter Puls.
Ursache: Austritt von Flüssigkeit in den Luftraum der Lunge. Ursache ist meist ein Herzfehler, kann aber auch eine Allergie oder chemische Reizung sein.
Folgen: Tod durch Ersticken.

● Behandlung

► Der Tierarzt behandelt mit beruhigenden Medikamenten, herz- und kreislaufstärkenden Mitteln sowie Diuretika (→ Seite 114). Eventuell Beatmung mit Sauerstoff.

Nachbehandlung: Medikamente nach Anweisung des Tierarztes.
Vorbeugung: Bei Herzschwäche Aufregung, Anstrengung, Übergewicht, Hitze meiden.

■ Homöopathie

→ rechts oben.

Lungentumoren

Lungentumoren gehen meist nicht von der Lunge selbst aus, sondern es handelt sich um Metastasen (→ Fachbegriffe, Seite 117).
Ab einer bestimmten Größe (5 mm Durchmesser) sind Tumoren der Lunge im Röntgenbild erkennbar. In der Regel wird nicht mehr operiert. Solange es der Katze noch relativ gut geht und sie noch nicht unter schwerer Atemnot leidet, kann man sie mit aufbauenden Mitteln (vom Tierarzt) unterstützen. Quält sich die Katze aber nur noch, sollte man Sie vom Tierarzt einschläfern lassen (→ Seite 45).

Herz-Kreislauf-Erkrankungen

Symptome: Apathisches Verhalten, Futterverweigerung, bei Belastung schwere Atemnot, bläuliche oder bleiche Verfärbung der Schleimhäute.
Ursachen: Herzmuskelschäden und Rhythmusstörungen oder Folge von Funktionsausfällen der Ventilklappen.
Eine allmählich zunehmende Herzinsuffizienz (ungenügende Herzleistung) kann die Katze oft lange Zeit vom Menschen unbemerkt kompensieren, denn zunächst reicht die Herzleistung noch aus, wenn die Katze körperliche Beanspruchung meidet. Betroffen sind vor allem übergewichtige und alte Katzen.

■ Homöopathie zur Stärkung des Kreislaufes

Dosierung → Seite 60
Zur Kreislaufunterstützung bei schweren Erkrankungen, nach Operationen, zur Untestützung bei alten Tieren: Crataegus.

Komplexmittel
Cralonin° Tropfen

Folgen: Schädigung verschiedener Organe und des Gewebes z. B. Rückstau in Lunge oder Leber, Lungenödem (→ links).

● Behandlung

► Nur durch den Tierarzt möglich. Er stellt Herzfehler durch Abhören, Beurteilung des Pulses, mit Hilfe von Röntgenaufnahmen und mittels eines Elektrokardiogramms fest. Eine Heilung ist in den meisten Fällen nicht möglich. Das Herz kann aber durch Medikamente gestärkt werden. Bei Herzmuskelschwäche und Klappenschäden werden Digitalisglykoside (→ Fachbegriffe, Seite 114) eingesetzt, die die Herzmuskelleistung erhöhen. Diuretika (entwässernde Medikamente) fördern die Ausschwemmung von Stauungsödemen (Rückstau von Blutflüssigkeit meist in Bauch oder Lunge).
Eine natriumarme Diät schont das Herz (Diät beim Tierarzt erhältlich).

Nachbehandlung: Medikamente müssen lebenslang verabreicht werden. Darauf achten, daß sich die Katze körperlich nicht überanstrengt. Diät immer in kleinen Portionen, etwa 4mal über den Tag verteilt anbieten.
Vorbeugung: Ausgewogene Ernährung (→ Seite 16), Wohnungskatzen zu ausreichender Bewegung animieren.

■ **Homöopathie**
→ Seite 94.

Angeborene Herzfehler

Herzfehler können einen frühen Tod bewirken oder äußern sich zunächst in Entwicklungsstörungen, Kümmern und Inaktivität. Operationen sind möglich, werden aber in der Regel wegen ihres hohen Aufwandes bei Katzen nicht durchgeführt.

Thrombose

Symptome: In schweren Fällen Atemnot, Schock, Lähmung.
Ursache: Blutgerinsel (Thromben) in den Blutgefäßen. Werden diese losgerissen und mit dem Blutstrom in das nächste Kapillargebiet befördert, entsteht durch den Verschluß der zu engen Gefäße eine Embolie.
Folgen: Gehirnschlag, Niereninfarkt, Beinlähmung, Tod.

● **Behandlung**
Keine Behandlung möglich.

Blut

Das Blut besteht aus der Blutflüssigkeit und den Blutzellen. Die meisten Blutzellen sind kernlose, rote Blutkörperchen, die mit ihrem Farbstoff (Hämoglobin) den Sauerstoff transportieren. Die weißen Blutkörperchen sind in viel geringerer Zahl vorhanden. Sie dienen der Abwehr von Krankheitserregern. Das Blut ist »Transportmittel« für alle lebenswichtigen Stoffe.

Anämie (Blutarmut)

Unter Anämie versteht man einen Mangel an roten Blutkörperchen bzw. rotem Blutfarbstoff (Hämoglobin) im Blut.
Symptome: Blasse Schleimhäute, geringe Belastbarkeit.
Ursache: Starker Blutverlust nach Unfällen, Abbau roter Blutkörperchen durch Infektionen, Parasiten, Vergiftungskrankheiten und Autoimmunbedingte Krankheiten (→ Seite 109); mangelnder Nachschub an roten Blutkörperchen durch Eisenmangel, schwere Leber- und Nierenschäden oder Knochenmarksschädigung durch Tumoren, Hormone und Medikamente, erbliche Veranlagung.
Folgen: Anämie kann zum Tod führen.

● **Behandlung**
Starken Blutverlust nach Unfällen als Erste-Hilfe-Maßnahme durch Druckverband (→ Seite 54) oder Abbinden des betroffenen Gliedes verhindern.
▶ Anschließend sofort zum Tierarzt.
– Bei starkem Blutverlust → unten.
– Chronische Anämien werden anhand von Blutuntersuchungen analysiert. Die Behandlung richtet sich nach der Grundursache.

Nachbehandlung und Vorbeugung: Eisenmangel durch gesunde Ernährung (→ Seite 16) vermeiden. Bei erblicher Veranlagung Tiere von der Zucht ausschließen.

Blutverlust

Symptome: Blasse Schleimhäute, Apathie, Schock (Ohnmacht).
Folgen: Eine normale Katze (3,5 kg) besitzt etwa 250 ml Blut. Ein Blutverlust von 10 % (25 ml) wird ohne Schaden kompensiert. Erst ab einem Verlust von etwa 50 ml entwickeln sich deutliche Anzeichen für eine Anämie (→ links). Bei akuten unfallbedingten Blutverlusten treten allerdings Erscheinungen eines möglichen Schocks häufig in den Vordergrund.

● **Behandlung**
▶ »Anämie« , links.
Hoher Blutverlust wird durch Bluttransfusionen (Blutspender: andere Katzen, deren Blut vorher getestet wurde) oder Blutersatzinfusionen in die Vene ausgeglichen.

7 Erkrankungen durch Parasiten

Parasiten sind Lebewesen, die auf Kosten ihrer Wirtstiere leben, deren Organismen benutzen, um leben und sich fortpflanzen zu können. Man findet die Ektoparasiten (Außenparasiten) auf dem Körper, die Endoparasiten (Innenparasiten) im Körper ihres Wirtes. Im folgenden Text sind nur die häufigsten Außenparasiten und Innenparasiten der Katze genannt.

Ohrmilben

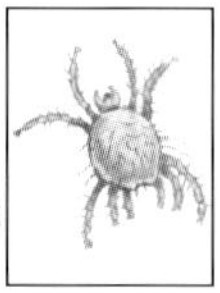

Die Weibchen der Ohrmilben werden bis 0,5 mm groß, Männchen bleiben kleiner. Milben leben im äußeren Gehörgang ihrer Wirtstiere und verschaffen sich durch Stiche in die Haut Zugang zu Blut und Lymphflüssigkeit. Ihr dreiwöchiger Entwicklungszyklus entspricht dem der Grabmilben → rechts.
Ansteckung: Meist durch direkten Kontakt. Ohrmilben gehen nicht auf den Menschen über.
Nachweis: Ohrmilben legen ihre Eier in den Gehörgang der Katze. Dort bilden sie mit Sekreten, Milbenkot und Milbenleichen einen krümelig-borkigen Inhalt. Die Katze wird von einem schlimmem Juckreiz geplagt, der sie zu ständigem Kopfschütteln und Kratzen im Ohr veranlaßt. Durch das Kratzen wiederum können eitrige Hautentzündungen oder sogar Abszesse entstehen.
Folgen: Es kommt zu Entzündungen im Gehörgang, die bei Jungkatzen so schwer verlaufen können, daß die Gehörgänge durch Pfropfen völlig verschlossen sind. Der schmierige Gehörgangsinhalt oder der Pfropfen bilden einen Nährboden für Pilze oder Bakterien, die den Entzündungsprozeß weiterführen können. Als Komplikation einer starken Entzündung kann in Einzelfällen auch das Mittel- oder sogar das Innenohr in Mitleidenschaft gezogen werden (→ Seite 68).

● Behandlung

▶ Der Tierarzt schaut sich die Gehörgänge mit Hilfe eines Otoskops (→ Seite 118) an und kann so den Milbenbefall feststellen. Im Zweifelsfall wird eine Probe genommen und unter dem Mikroskop betrachtet. Die Borken im Ohr werden mit einer Ohrreinigungsflüssigkeit erweicht und der Gehörgang mit einem Watteträger gereinigt. Der Tierarzt verordnet eine milbentötende und entzündungshemmende Salbe.

Nachbehandlung: Die Salbenbehandlung in etwa wöchentlichen Abständen mindestens 3mal jeweils 2 bis 3 Tage lang durchführen. Wer mehrere Katzen hält, muß alle Tiere mitbehandeln. In durch Kopfschütteln hinausgeschleuderten Borken sind die Milben noch wochenlang lebensfähig und können auf diesem Wege eine neue Ansteckung verursachen.
Vorbeugung: Regelmäßige Kontrolle der Ohren.

■ Homöopathie

→ Hauterkrankungen, Seite 78.

Grabmilben

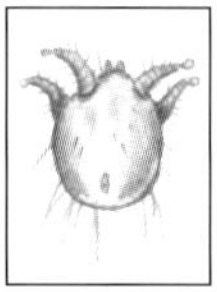

Grabmilbenweibchen werden bis zu 0,3 mm lang, Männchen 1,5 mm. Der gesamte Entwicklungszyklus der Grabmilben läuft in der Haut der Katze ab. Aus den in der Haut abgelegten Eiern entwickelt sich in etwa

drei Wochen über ein Larven- und zwei Nymphenstadien eine neue Generation von Geschlechtstieren.
Ansteckung: Durch direkten Tierkontakt; geschwächte Tiere mit gestörter Immunabwehr sind besonders anfällig.
Nachweis: Fortgeschrittene Räude ist an den unten beschriebenen Symptomen zu erkennen. Die genaue Diagnose stellt der Tierarzt im Anfangsstadium durch Hautproben, die mikroskopisch auf Milben und Milbeneier untersucht werden.
Symptome und Folgen: Grabmilben verursachen tiefgreifende Hautzerstörungen und schwere Entzündungen durch ihre Grabgänge in der Haut und durch ausgeschiedene Stoffwechselprodukte.
Zunächst entstehen Rötungen, Knötchen und Pusteln, am Ende stehen graue, rissige Krusten und blutig-eitrige Ausschwitzungen (Exsudate → Fachbegriffe, Seite 115). Man unterscheidet zwischen einer Kopfräude und einer allgemeinen Räude, die den gesamten Körper befallen kann. Unbehandelte Tiere werden immer schwächer und gehen schließlich elend zu Grunde.
Gefährdung des Menschen: Grabmilben können in seltenen Fällen auch auf Menschen übergehen und Symptome der Räude hervorrufen.

● **Behandlung**
Leicht befallene Katzen mit milbentötenden Mitteln (im Zoofachhandel und beim Tierarzt erhältlich) baden und einreiben. Die Behandlung muß mindestens dreimal im Abstand von einer Woche durchgeführt werden, um sicher zu gehen, daß auch die Jungmilben abgetötet sind. Wichtig ist auch eine gute Pflege und Fütterung der Katze, damit ihre Kondition gestärkt wird. Bei starkem Befall erhält die Katze vom Tierarzt 1 bis 2 Injektionen, die ein milbenabtötendes Präparat enthalten. Die betroffenen Hautstellen täglich mit Salbe einreiben, dabei die Borken vorsichtig entfernen.

Toxoplasmose

Diese Krankheit wird durch einzellige tierische Lebewesen (Toxoplasma gondii) hervorgerufen. Fast alle Säugetiere, Vögel, Reptilien und Menschen dienen dem Parasiten als Zwischenwirt (→ Zoonose, Seite 119).

Nur die Katze scheidet nach einer Infektion eiähnliche Dauerformen des Erregers, die sogenannten Oozysten, mit dem Kot aus. Bei allen anderen Tierarten und beim Menschen setzen sich Zysten des Erregers nach einer Infektion im Körpergewebe fest und verbleiben dort.
Nach einer überstandenen Infektion sind Mensch und Tier immun gegen Toxoplasmose-Erreger (→ Prämunität, Fachbegriffe, Seite 118).
Ansteckung: Katzen können sich über die Oozysten im Kot, durch den Verzehr von zystenhaltigem rohem Fleisch (Schwein, Ziege, Schaf) und ihre infizierten Beutetiere (Mäuse) anstecken.
Symptome und Folgen: Bei gesunden erwachsenen Tieren verläuft die Toxoplasmose meist unerkannt. Außer einem leichten Durchfall treten keine

Katzen infizieren sich häufig über Mäuse mit dem Toxoplasmose-Erreger. Bei gesunden erwachsenen Katzen verläuft die Krankheit meist völlig unerkannt. Jungtiere dagegen können an Toxoplasmose sterben.

Anzeichen auf. Vor allem bei Jungtieren können aber nach massiven Infektionen Allgemeinstörungen, Atemnot, Husten, Durchfall, Gelbsucht oder Lähmungen auftreten. Sehr junge Tiere sterben mitunter.
Gefährdung des Menschen: Er kann sich über die Oozysten im Katzenkot und durch den Verzehr von rohem zystenhaltigen Fleisch anstecken. Rohes Fleisch ist bei weitem die häufigste Infektionsquelle für den Menschen. Durch Kochen, Braten oder Tiefgefrieren werden die Erreger abgetötet.
Vor allem Schwangeren wird oft empfohlen, die Katze abzuschaffen, um die Gefahrenquelle Katzenkot auszuschalten. Toxoplasmose-Erreger können nämlich bei einer Erstinfektion Fehlgeburten verursachen oder das Kind im Mutterleib schädigen. Doch diese Maßnahme ist nicht gerechtfertigt. Die meisten Menschen sind immun gegen Toxoplasmose, weil sie bereits eine Infektion überstanden haben und über genügend Antikörper verfügen. Frauen, die schwanger sind, sollten deshalb zunächst von ihrem Arzt testen lassen, ob sie bereits eine Toxoplasmose hatten.
Außerdem kann sich eine Wohnungskatze, wenn sie zudem kein rohes Fleisch bekommt, kaum anstecken. Stellt sich anhand einer Kotuntersuchung heraus, daß sie Oozysten ausscheidet, besteht kein Grund zur Panik. Oozysten werden nach einer Infektion der Katze nur 7-14 Tage ausgeschieden. Werden alle Hygieneregeln befolgt und der Kot sofort beseitigt (Gummihandschuhe anziehen!) ist die Ansteckungsgefahr gering.

● **Behandlung**

▶ Den Nachweis von Oozysten im Katzenkot erhält der Tierarzt mittels Flotationsverfahren (→ Fachbegriffe, Seite 115). Serologische Verfahren können auch bei der Katze zum Nachweis einer bereits stattgefundenen Infektion dienen. Nur lebende Krankheitserreger im Darm können mit Sulfonamiden (→ Fachbegriffe, Seite 119) behandelt werden.

Nachbehandlung: Sulfonamide über 2 bis 3 Wochen.
Vorbeugung: Bei freilebenden Katzen nicht möglich. Wohnungskatzen kein rohes Fleisch geben.

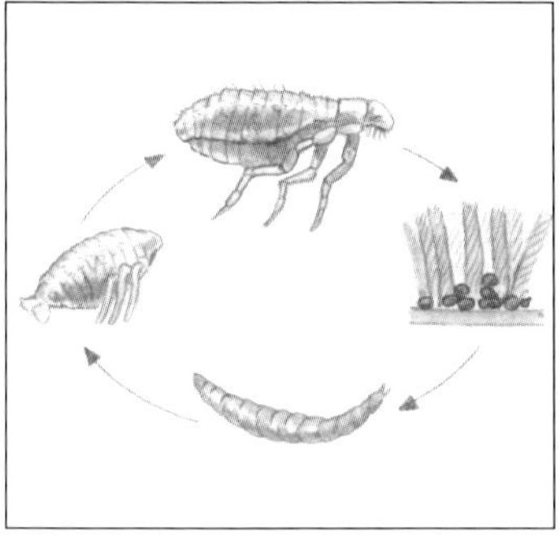

Entwicklungszyklus des Katzenflohs: Über die Eier im Katzenfell, die zu Boden fallen und die Larven, die sich von Schmutzstoffen ernähren, entwickelt sich der Katzenfloh.

Katzenfloh

Männliche Katzenflöhe sind etwa 2,5 mm, weibliche 3,5 mm lang, haben ein braunschwarzes Chitin-Außenskelett, sind seitlich abgeplattet und besitzen sprungkräftige Hinterbeine. Sie durchstechen die Haut der Katze und saugen Blut. Dabei scheiden sie Blut, nur teilweise verdaut, als kommaförmige Kotkrümel aus.
Flohweibchen legen täglich 20 bis 30 Eier. Die klebrigen Eier haften im Fell, fallen aber nach und nach ab. 4 bis 14 Tagen später schlüpfen aus den Eiern Larven. Die reife Larve verpuppt sich in einem Kokon zum Jungfloh.
Der Entwicklungszyklus der Katzenflöhe kann schon nach 20 Tagen beendet sein, aber unter Umständen auch ein Jahr dauern. Im Spätsommer ist die Flohpopulation am größten.
Ansteckung: Durch direkten Kontakt von Tier zu Tier; an Flohbrutstätten; auch Hunde und Menschen können Überträger sein.
Nachweis: Mit bloßem Auge: beim Durchkämmen des Fells mit einem engzinkigen Flohkamm (→ Zeichnung, Seite 23). Nachweis auch folgendermaßen möglich: Vermeintliche Kotkrümel auf ein Papiertaschentuch legen und einige Tropfen Wasser dazugeben. Bildet sich eine rotbrauner Hof um die Krümel,

handelt es sich um Flohkot (hämolysiertes Katzenblut).
Folgen: Häufig Flohallergien, die zu schweren Hautentzündungen führen können (→ Hautkrankheiten, Seite 74). Der Blutentzug kann bei Massenbefall eine erwachsene Katze stark schwächen. Bei Jungkätzchen kann er eine Blutarmut (Anämie → Seite 95) zur Folge haben und zum Tod führen. Flöhe fungieren auch als Zwischenwirte für Bandwürmer (→ Seite 102).
Gefährdung des Menschen: Den Mensch befallen Katzenflöhe vorübergehend und lösen bei ihm einen Juckreiz aus.

● **Behandlung**

– Die Katze wird 1 mal wöchentlich mit einem Insektizid-Puder behandelt (Insektizide, → Fachbegriffe, Seite 116), erwachsene Tiere auch alle 6 Wochen mit flüssigem Flohbekämpfungsmittel (Tiguvon®), das ins Fell geträufelt wird und durch die Haut dringt.
– Umgebung gründlich reinigen, Decken und Schlafhöhlen waschen oder verbrennen. Mit speziellen Sprays, die die Flohlarven abtöten (beim Tierarzt oder im Zoofachhandel erhältlich), Umgebung desinfizieren.

Vorbeugung: Anlegen eines Flohhalsbandes (Zoofachhandel) bei Katzen mit Freilauf. Es dünstet 3 bis 4 Monate Insektizide aus, hat aber den Nachteil, daß die Katze ständig mit Gift in Kontakt ist und sich an dem Halsband strangulieren kann. Regelmäßige Kontrolle des Tieres mit einem Flohkamm.

■ **Homöopathie**

→ Hautkrankheiten, Seite 78.

Haarlinge

Haarlinge gehören wie die Flöhe zu den Insekten. Mit einer Körperlänge von 1,3 mm sind die hellgelben Katzenhaarlinge kaum halb so groß wie die braunschwarzen Flöhe. Haarlinge stechen ihren Wirt nicht an, um Blut zu saugen. Sie begnügen sich mit Hautschuppen und aus Kratzwunden austretenden Sekreten, die sie sich mit Hilfe ihrer breiten Kiefer einverleiben. Die Entwicklung der Haarlinge verläuft über drei Larvenstadien. Ihre Eier kleben die Haarlinge einzeln an die Haare ihres Wirtstieres. Sind sie von »ihrer Katze« getrennt, gehen die Haarlinge innerhalb von 14 Tagen zugrunde. Im Gegensatz zum Floh läuft also der gesamte Lebenszyklus der Haarlinge auf der Katze ab.
Ansteckung: Von Tier zu Tier; selten über Pflege-Utensilien (Bürste, Kamm). Vor allem schlecht gepflegte, geschwächte Tiere sind gefährdet. Menschen werden nicht befallen.
Nachweis: Mit bloßem Auge; eine Lupenvergrößerung von ausgezupften Fellhaaren oder ausgekämmten Haarlingen bringt in jedem Fall Klarheit.
Folgen: Hautschäden durch Kratzen und Knabbern. Haarausfall, Ekzeme und Infektionen können als Folgeerscheinung bei starkem Befall auftreten. Haarlinge können als Bandwurmzwischenwirte fungieren (→ Seite 102).

● **Behandlung**

Befallenes Tier mehrmals im Abstand von 10 Tagen mit Insektizid-Puder behandeln.

Vorbeugung: Flohhalsband (→ Katzenfloh, links), regelmäßige Fellpflege.

■ **Homöopathie**

→ Hautkrankheiten, Seite 78.

Zecken

Die Katze wird vor allem vom Gemeinen Holzbock und von anderen Schildzecken befallen. Die Entwicklung einer Zecke verläuft über ein Larvenstadium zur sogenannten Nymphe bis hin zur voll entwickelten Zecke. Während die unscheinbaren Larven kaum 1 mm groß sind, erreichen ausgewachsene Zeckenweibchen vollgesogen mehr als 1 cm Körperlänge und fast 0,5 g Gewicht. Die großen, prallen Weibchen entwickeln etwa 3000 Eier, die an einer geschützten Bodenstelle zur neuen Larvengeneration heranwachsen. Alle Entwicklungsstadien der Zecke suchen Tiere zum Blutsaugen auf.

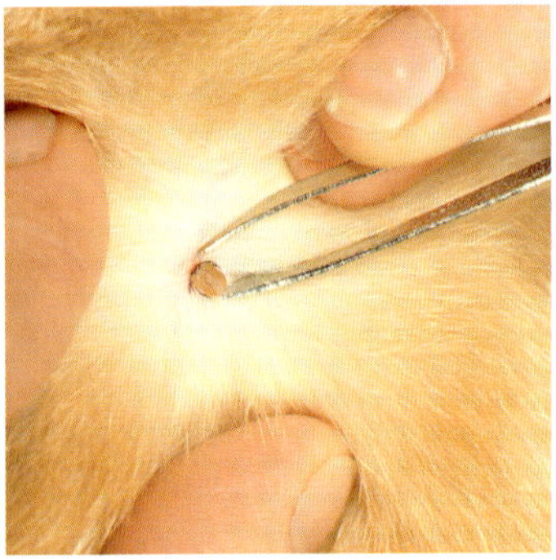

Zecke mit Hilfe einer Pinzette herausdrehen.

Befall: Vor allem im Frühjahr und Spätsommer läßt sich die Zecke von Pflanzenstengeln oder Büschen auf die Katze herabfallen und bohrt sich in die Haut. Sie bleibt solange haften, bis sie sich mit Blut vollgesogen hat (3 bis 14 Tage lang). Erst dann läßt sie sich von der Katze herabfallen. Katzen werden vor allem von Nymphen und ausgewachsenen Zecken als Wirtstiere genutzt.
Befall erkennen: Zecken sitzen vorwiegend an Hals und Kopf, können stecknadelkopfgroß und in vollgesogenem Zustand bis erbsengroß sein (→ Foto oben).
Folgen: Die Ansitzstelle der Zecke auf der Katzenhaut kann sich entzünden und Ausgangspunkt für bakterielle Infektionen sein.
Gefährdung des Menschen: Zecken befallen auch Menschen. Spezielle Arten können die Borreliose oder Lymekrankheit (Borreliose → Fachbegriffe, Seite 114) sowie Viren, die eine Hirnhautentzündung verursachen, übertragen.

● Behandlung

Zecken lassen sich am besten mit einer speziellen Zeckenzange (Zoohandel) herausdrehen. Die Drehrichtung ist dabei egal. Reißt in Einzelfällen der Zeckenkopf ab, so löst dies in der Haut eine Entzündung aus, die aber selten dramatische Ausmaße annimmt. Im Zweifelsfall den Tierarzt zu Rate ziehen.
Bei starkem Befall kann die Katze mit Insektiziden behandelt werden.
Hinweis: Häufig wird empfohlen, die Zecke vorher mit Öl oder Nagellack zu betupfen. Nach neuesten Untersuchungen ist davon abzuraten. Die Zecke wird nämlich dadurch veranlaßt, ihren oft infektionserregerhaltigen Inhalt in die Wunde zu erbrechen.

Vorbeugung: Regelmäßige Fellkontrolle nach jedem Aufenthalt im Freien und Zeckenhalsbänder (aus dem Zoofachhandel), die Insektizide ausströmen (→ Katzenfloh, Seite 98).

■ Homöopathie

→ Hautkrankheiten, Seite 78.

Würmer gehören zu den sogenannten Endoparasiten (→ Fachbegriffe, Seite 115) und kommen im Darm und anderen Organen der Katze vor. Im folgenden Text sind die häufigsten Wurmarten, die die Katze befallen können, beschrieben.

Spulwürmer

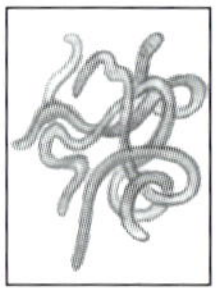

Spulwürmer leben im Dünndarm der Katze und ernähren sich vom Nahrungsbrei. Weibliche Würmer werden bis 10 cm lang und produzieren fortwährend eine große Anzahl Eier, die mit dem Katzenkot ins Freie gelangen. Spulwürmer brauchen keine Zwischenwirte.
Ansteckung: Sie erfolgt entweder über die Aufnahme von Eiern durch Berührung mit infiziertem Kot oder über Mäuse als Zwischenträger. Auch rohes Fleisch kann Larven enthalten. In den widerstandsfähigen Spulwurmeiern entwickeln sich innerhalb von 4 Wochen Larven. Nimmt die Katze die Eier auf, werden die Larven im Darm freigesetzt. Manche Larven durchbohren die Darmwand und gelangen über den Blutkreislauf in die Lunge und von dort aus in die Luftröhre. Die Larven werden hochgehustet, abgeschluckt und landen wieder im Darm, wo sie sich zum ausgewachsenen Spulwurm entwickeln. Larven können sich auch jahrelang in der Muskulatur der Katze ein-

kapseln, ohne ihr Beschwerden zu verursachen. Erst wenn eine Katze trächtig wird, nehmen die Larven ihre Aktivität wieder auf, wandern in das Gesäuge der Katze und gelangen über die Muttermilch in den Darm neugeborener Kätzchen.
Symptome und Folgen: Geringer Spulwurmbefall, wie er bei Katzen häufig vorkommt, verursacht keine auffallenden Symptome. Gelegentlich werden Spulwürmer erbrochen oder mit Durchfall ausgeschieden. Katzen mit starkem Befall haben häufig eine mit Durchfall einhergehende Darmentzündung, magern ab, fressen nicht richtig, und ihr Fell wird glanzlos. Jungkätzchen können rachitisch werden. Selten kommt es zum Darmverschluß (→ Seite 87) oder zum Durchbruch von Würmern in die Bauchhöhle.
Gefährdung des Menschen: Gelegentlich können sich auch Menschen über infektiöse Spulwurmeier mit Larven infizieren. Gefährdet sind vor allem Kinder, die in Sandkästen spielen und mit verscharrtem Katzenkot in Berührung kommen. Der Befall verläuft meist ohne Krankheitserscheinungen. Die Infektion kann durch Blutuntersuchungen festgestellt werden.

● **Behandlung**

▶ Den Nachweis erbringt eine mikroskopische Kotuntersuchung. Heute gibt es mehrere Wirkstoffe gegen Spulwürmer, die gut von der Katze vertragen werden.

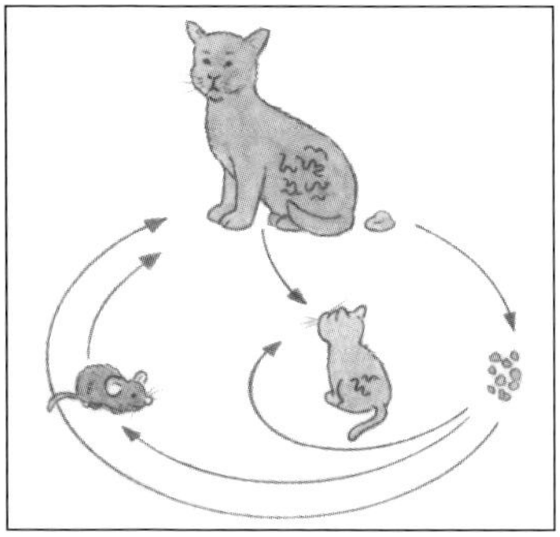

Kreislauf Spulwurm: Erwachsene Katzen infizieren sich vor allem durch Spulwurmeier. Auf Jungkätzchen wird eine Spulwurminfektion durch die Muttermilch übertragen.

Nachbehandlung: Wurmmittel sind beim Tierarzt erhältlich. Wie sie verabreicht werden → Zeichnung, Seite 27. Jungkätzchen nach dem Entwurmungsplan → Seite 27 entwurmen. Ältere Katzen je nach Infektionsrisiko etwa 1 bis 2mal im Jahr entwurmen. Empfehlenswert ist eine regelmäßige tierärztliche mikroskopische Kotuntersuchung, um Befall und Behandlungserfolg zu kontrollieren.
Vorbeugung: Bei freilebenden Katzen nicht möglich.
Bei Wohnungskatzen, frischen Kot immer gleich entfernen, da Spulwurmeier etwa 4 Wochen brauchen, um infektiös zu werden. Der Katze kein rohes Fleisch zu fressen geben.

Hakenwürmer

Die ausgewachsenen Hakenwürmer leben im Dünndarm der Katze. Sie ernähren sich von Darmschleimhaut und saugen Blut. Unter gemäßigten Klimabedingungen ist ein Befall allerdings selten.
Ansteckung: Die dünnschaligen Hakenwurmeier gelangen mit dem Kot infizierter Tiere ins Freie. Die schlüpfenden Larven entwickeln sich optimal bei hohen Umgebungstemperaturen und Feuchtigkeit. Die infektiösen Larven können aktiv durch die Haut oder die Schleimhaut in ein Tier eindringen. Der Infektionsweg über Zwischenträger (z. B. Mäuse) ist auch bei Hakenwurminfektionen möglich. Hakenwurmlarven durchwandern den Organismus der Katze und können ebenso wie Spulwürmer über die Muttermilch neugeborene Kätzchen anstecken.
Symptome und Folgen: Katzen mit starkem Hakenwurmbefall leiden unter Durchfall, der häufig Blut und Schleim enthält. Das Fell wird stumpf, die Tiere magern ab und werden schwach. Durch den ständigen Blutverlust (ein einziger Hakenwurm verbraucht schon 0,1 ml täglich) kommt es zur Blutarmut (Anämie → Seite 95). Vor allem Jungtiere können daran sterben.
Gefährdung des Menschen: Hakenwurmlarven können durch die Haut eindringen. Meist werden nur Hautreaktio-

nen ausgelöst – in seltenen Fällen auch Lungenerkrankungen und Bronchitis. Infektionsgefährdet sind vor allem Kinder, die mit nackten Armen und Beinen an feuchten Plätzen spielen.

● **Behandlung**

▶ Mikroskopischer Nachweis der dünnschaligen ovalen Eier mittels Kotflotation (→ Fachbegriffe, Seite 116). Der Tierarzt verordnet Anthelminthika (→ Fachbegriffe, Seite 113), die meist vom Besitzer über das Maul der Katze verabreicht werden können (z.B.: Benzimidazole, Ivermectin). Geschwächte anämische (→ Anämie, Seite 95) Katzen müssen außerdem zusätzlich Eisen, Mineralstoffe und Proteine bekommen.

Magenwürmer

Der Katzenmagenwurm ist nur 1 mm lang, weltweit verbreitet und befällt auch andere Kleinkatzen- und Großkatzenarten, manchmal auch Füchse, Hunde und Schweine. Die winzigen Würmer leben in der Magenschleimhaut verborgen.
Ansteckung: Die Würmer vermehren sich im Magen der Katze. Durch sie erbrechen befallene Tiere häufig. Mit diesem Erbrochenen gelangen jeweils Würmer und Larven hinaus. Ein neues Wirtstier wird infiziert, wenn es den erbrochenen Mageninhalt wieder frißt. Besonders streunende Katzen nehmen dieses »Nahrungsangebot« gerne an.
Symptome und Folgen: Meist verursacht der Befall außer einem häufigeren Erbrechen keine erkennbaren Symptome. Bei starkem Befall kann eine Magenschleimhautentzündung (→ Seite 86) auch zu entsprechenden Krankheitsanzeichen führen.

● **Behandlung**

▶ Bei Verdacht kann nur eine mikroskopische Untersuchung von aufbereitetem erbrochenem Mageninhalt den Nachweis erbringen.
Als wirksame Anthelminthika (→ Fachbegriffe, Seite 113) werden Levamisol und Oxfendazol angegeben.

Bandwürmer

Bandwürmer leben im Dünndarm der Katze. Sie brauchen mindestens einen Zwischenwirt (z. B. Flöhe, Mäuse, Ratten) für ihre Entwicklung.
Im Gewebe des Zwischenwirtes kapselt sich eine Zwischenform des Bandwurmes, die sogenannte Finne, ein. Erbeutet die Katze eine infizierte Maus, entwickelt sich die Finne im Darm der Katze zum geschlechtsreifen Bandwurm. Die reifen, eiergefüllten Endglieder stößt der Bandwurm immer wieder ab, so daß sie mit dem Katzenkot ins Freie gelangen.
Wenn eine Maus diese Bandwurmglieder frißt oder mit Eiern verschmutztes Futter aufnimmt, infiziert sie sich.

Fuchsbandwurm

Wie schon vom Namen abzuleiten, ist der Fuchs Hauptendwirt des kleinen, gefährlichen, fünfgliedrigen Fuchsbandwurmes. Als Zwischenwirt nutzt der Parasit vor allem Feldmäuse.
Ansteckung: Katzen mit Freilauf können sich über befallene Feldmäuse infizieren.
Symptome und Folgen: Eine befallene Katze zeigt meist keine Krankheitssymptome. Bei starkem Befall und genauer Betrachtung frisch abgesetzten Katzenkotes können mitunter die nur 1 bis 3 mm langen Bandwurmglieder entdeckt werden. Der genaue Nachweis ist durch Kotuntersuchungen möglich (bei Verdacht im Umgang mit Katzenkot immer Gummihandschuhe tragen!).
Gefährdung des Menschen: Die Eier des Fuchsbandwurmes werden mit dem Kot des Endwirtes (Fuchs, Katze) ausgeschieden, können monatelang in der Um-

welt überdauern und infektiös bleiben (im Kot, am Fell ihres Wirtes, an Beeren, Pflanzenteilen). Über diese Eier kann sich der Mensch infizieren. Dabei ist aber nicht die Katze die häufigste Ansteckungsquelle, sondern der Fuchs. Sein Kot wird durch Witterungseinflüsse in »alle Winde verstreut«, die Eier haften zum Beispiel an Waldbeeren, Fallobst oder Pilzen. Verzehrt der Mensch eine Waldbeere, auf der sich Eier befinden, kann er sich infizieren. Deshalb vor allem in Gebieten, wo viele Füchse leben (Hessen, Bayern, Rheinland-Pfalz, Baden-Württemberg, Österreich, Schweiz) Fallobst, Pilze und Waldfrüchte nur nach dem Kochen verzehren. Schon ab einer Temperatur von 70° C sind die Erreger abgetötet.
Besteht Infektionsverdacht beim Menschen, bringt eine Serumantikörperbestimmung den Nachweis. Eine früh eingeleitete Therapie ist erfolgversprechend.

- **Behandlung**

▸ Den Nachweis von Fuchsbandwürmern erhält der Tierarzt durch Kotuntersuchungen. Anschließend wird das Tier mit dem Wurmmittel Praziquantel behandelt.

Vorbeugung: Freilaufende Katzen können alle 3 Wochen prophylaktisch mit Praziquantel behandelt werden. Wohnungskatzen ohne Freilauf sind am besten vor dem Fuchsbandwurm geschützt, da sie sich nicht über Beutetiere anstecken können.

Katzenbandwurm

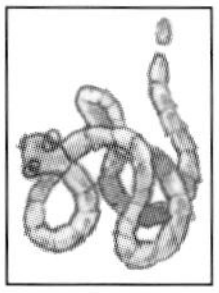

Der Katzenbandwurm ist der häufigste Bandwurm, der Katzen befällt. Er wächst im Dünndarm bis zu 60 cm lang heran. Die Katze kann auch gleichzeitig mehrere Bandwürmer haben.
Ansteckung: Katzen mit Freilauf infizieren sich vor allem über das Beutetier Maus, das sich wiederum über Katzenkot anstecken kann.
Symptome und Folgen: Reiskorngroße weißliche, zunächst bewegliche, Bandwurmglieder im Kot oder im Fell rund um den After der Katze. An der Katze selbst sind meist keine erkennbaren Krankheitsanzeichen zu entdecken.
Massiv befallene Jungtiere können in ihrer Entwicklung zurückbleiben, haben ein stumpfes Fell, sind appetitlos und magern ab.
Gefährdung des Menschen: Seltene Einzelfälle, in denen sich auch ein Mensch mit Eiern vom Katzenbandwurm durch Katzenkot infiziert hat, sind beschrieben worden.

- **Behandlung**

▸ Der Tierarzt empfiehlt in der Regel eine Behandlung mit dem Wirkstoff Praziquantel (→ Fachbegriffe, Seite 118). Dieses Mittel hat die beste Wirkung gegen alle Bandwurmarten, die bei der Katze vorkommen. In Tablettenform wird das Mittel über das Futter verabreicht. Verweigert die Katze das Futter, muß es über eine Injektion gegeben werden. Wenn der Bandwurm abgetötet ist, kann sich eine freilaufende Katze schon kurze Zeit nach der Behandlung erneut infizieren und dann nach einigen Wochen wieder Bandwurmglieder ausscheiden.

Vorbeugung: Wohnungskatzen ohne Freilauf sind am besten vor dem Katzenbandwurm geschützt.

Kreislauf des Bandwurmes. Der Katzenbandwurm wird in der Regel durch Mäuse übertragen. Die reiskornähnlichen Bandwurmglieder scheidet die Katze mit dem Kot aus.

Erkrankungen durch Infektionen

Unter dem Begriff Infektionskrankheiten versteht man Krankheiten, die durch Mikroorganismen wie Viren, Bakterien und Pilze verursacht werden. Sie sind in der Regel sehr ansteckend. Glücklicherweise gibt es heute gegen viele gefährliche Infektionskrankheiten Impfstoffe. Jeder verantwortungsbewußte Katzenhalter sollte deshalb seine Katze vorbeugend impfen lassen und auch die entsprechenden Nachimpfungstermine sorgfältig einhalten (→ Impfplan, Seite 26).

Feline Infektiöse Peritonitis (FIP)

Symptome: Fieber, Futterverweigerung, Abmagern, Apathie, Durchfall, Erbrechen, Austrocknung des Körpers, Lähmungen, Atembeschwerden, dicker Bauch.
Ursachen und Folgen: Ein Corona-Virus ruft diese Krankheit hervor. Obwohl die weitaus überwiegende Anzahl aller Katzen (wenn nicht alle) von einer solchen Infektion betroffen ist, erkranken und sterben nur wenige Katzen an FIP. In den letzen Jahren ist sehr viel über diese Krankheit geforscht worden. Trotzdem bleibt sie nach wie vor eine der rätselhaftesten und gefürchtetesten Katzenkrankheiten. Man weiß, daß zum Beispiel Streßsituationen für die Katze FIP auslösen können. Zwischen der Ansteckung (Infektion) und dem Ausbruch der Krankheit (erste Symptome) kann eine Zeitspanne von Wochen, Monaten oder Jahren liegen. Infektionswege, Inkubationszeit und Krankheitsverlauf sind immer noch nicht im einzelnen geklärt.
Der Ausbruch der Krankheit beginnt schleichend und führt im typischen Fall zu einer Flüssigkeitsansammlung im Bauchraum (Aszites) der Katze. Nach neuesten Erkenntnissen ist dies nicht, wie zunächst vermutet, auf eine Bauchfellentzündung, sondern auf eine allgemeine Entzündung und Schädigung kleiner Blutgefäße zurückzuführen.
Außerdem kommen aber häufig andere Erscheinungsformen der Krankheit vor, bei denen etwa überwiegend die Brusthöhle, der Darm oder das Zentralnervensystem betroffen sind und eine Bauchwassersucht fehlt. Die einmal ausgebrochene Krankheit schreitet ständig weiter fort und endet (fast) immer tödlich.

● **Behandlung**

▸ Die typische Erkrankungsform mit Bauchwassersucht kann der Tierarzt durch eine Untersuchung diagnostizieren. Für untypische Formen, die im-

Diese Katze leidet an FIP im fortgeschrittenen Stadium. Sie ist stark abgemagert und verhält sich apathisch.

mer häufiger vorkommen, gibt es bisher keinen praxistauglichen Labortest.
Ist die Krankheit einmal ausgebrochen, gibt es keine erfolg-

Eine Flüssigkeitsansammlung im Bauchbereich (Bauchwassersucht) ist typisch für den klassischen Verlauf der FIP-Infektion.

versprechende Therapie. Lediglich die Beschwerden können anfangs mit Medikamenten gelindert werden. Da es sich bei FIP um eine Immunkrankheit handelt, wurden unter anderem Cortisonbehandlungen (aber ohne überzeugenden Erfolg) versucht. Auch die immer wiederkehrenden Berichte über Heilungen durch Homöopathie sind wohl mit einiger Skepsis zu betrachten. Entwickelt sich die Krankheit so weit, daß die Katze erheblich leidet (z.B. Atemnot) oder völlig apathisch wird, sollte man sie schmerzlos einschläfern lassen.

Vorbeugung: Ist eine Wohnungskatze an FIP gestorben, muß man die Wohnung (Polster, Teppichböden, Lieblingsplätze der Katze) gründlich reinigen und anschließend desinfizieren. Bevor eine neue Katze einzieht, sollte man mindestens 3 bis 4 Wochen warten, erst dann ist die Ansteckungsgefahr gebannt.
Einige Faktoren begünstigen den Ausbruch von FIP, sorgen Sie dafür, daß:
- Nicht zuviele Katzen auf engem Raum leben (Streß).
- Haltung und Pflege optimal sind.
- Ein FIP-krankes Tier isoliert von gesunden gehalten wird.

Impfung: Schon seit 1991 wird in den USA ein Impfstoff mit Erfolg gegen die FIP-Erkrankung der Katze eingesetzt; seit 1993 ist er auch in Deutschland zugelassen. Der günstigste Zeitpunkt für eine Erstimpfung ist die 16. Lebenswoche des Kätzchens.
Nach drei Wochen wird die Impfung wiederholt. Nachimpfung alle 12 Monate. Leider kann diese Impfung akut erkrankten Katzen nicht mehr helfen.

Aujeszkysche Krankheit

Symptome: → Tollwut Seite 108, starker Juckreiz; plötzliche Todesfälle.
Ursachen und Folgen: Diese, durch ein Herpesvirus hervorgerufene, Krankheit kommt vor allem bei Schweinen vor. Die Schweine beherbergen häufig die Viren, ohne zu erkranken. So ist es möglich, daß Schweinefleisch, trotz der durchgeführten amtlichen Schlachttier- und Fleischuntersuchung, diese infektiösen Viren enthält. Die Krankheit kann auch auf Ratten, Hunde, Katzen und einige andere Tierarten übertragen werden. Im typischen Fall verläuft die Krankheit bei der Katze mit »tollwutähnlichen« Erscheinungen, häufig tritt auch ein starker Juckreiz auf. Der Tod kann aber auch ohne solche Anzeichen sehr schnell eintreten.
Gefährdung des Menschen: Das Virus ist ungefährlich. Durch Kochen oder Braten des Fleisches wird es abgetötet.

● Behandlung

► Infizierten Tieren kann nicht mehr geholfen werden.
Vorbeugung: Die Katze niemals mit rohem oder halbrohem Schweinefleisch füttern (Kochen tötet den Erreger ab).
Impfung: Obwohl mit dem Impfstoff, der bei Schweinen eingesetzt wird, auch Katzen und Hunde geschützt werden können, ist er in Deutschland nicht zugelassen.

Leukose – eine gefährliche Virusinfektion

Als Leukose wird eine tumorartige Erkrankung des blutbildenden und lymphatischen Gewebes bezeichnet. Dieser Krankheitskomplex tritt bei vielen verschiedenen Tierarten und dem Menschen auf. Die Leukose der Katzen ist eine weltweit verbreitete Infektionskrankheit und betrifft viele Tiere.

Symptome: Appetitmangel, Durchfall, vermehrter Durst, Fieber, Abmagern, Atembeschwerden, geschwollene Lymphknoten, Schleimhautblässe, Umfangsvermehrung, abnormes Verhalten.

Ursachen und Folgen: Leukose wird bei Katzen in der Regel durch das FeLV-Virus (Felines Leukosevirus) ausgelöst, das der Familie der Retroviren zugeordnet ist. Infizieren können sich Katzen durch engen Körperkontakt mit Artgenossen (Bisse, Lecken, Deckakt). Das Virus kann auch schon in der Gebärmutter einer trächtigen Katze auf die ungeborenen Kätzchen übergehen. Die Inkubationszeit (→ Fachbegriffe, Seite 116) dauert einige Wochen, Monate oder gar Jahre. Nicht alle Katzen, die infiziert sind, erkranken an Leukose. Die körpereigene Abwehrkraft von Katzen mit einer guten Konstitution ist häufig in der Lage, das Virus abzutöten. Bricht die Leukose aber aus, kann sie in sehr vielfältiger Weise in Erscheinung treten. Zunächst entstehen Knochenmarkschäden, die sich oft in Veränderungen des Blutbildes und Anämie (→ Seite 95) zeigen. Schließlich können Tumoren, Nervenschäden und Fruchtbarkeitsstörungen auftreten. Viele sekundäre Folgen der Leukose entstehen durch eine Unterdrückung der eigenen Körperabwehr (Immunsuppression → Fachbegriffe, Seite 116). Die betroffenen Katzen werden anfällig für andere Infektionen. Manche Katzen beherbergen die Viren sehr lange Zeit in ihrem Blut und können die Infektion weitergeben, ohne selbst Krankheitsanzeichen zu entwickeln (latente Virusausscheider).

Gefährdung anderer Tierarten und des Menschen: Obwohl Katzenleukoseviren auf Zellkulturen, die von anderen Tierarten und auch von Menschen stammen, wachsen, konnte nie eine Übertragung der Krankheit festgestellt werden.

● Behandlung

▸ Bei Verdacht sofort zum Tierarzt. Eine recht hohe Sicherheit kann ein Virusnachweis im Blut oder Speichel erbringen, der heute schon mit praxisüblichen Tests durchgeführt wird. Wenn der Katzenhalter die oben beschriebenen Symptome an seiner Katze bemerkt, ist die Krankheit oft bereits voll ausgebrochen. In der Regel kommt dann jede Hilfe für das Tier zu spät und es stirbt sehr schnell. Bei geringen Krankheitsanzeichen und bei infizierten Tieren ohne Symptome kann der Versuch gemacht werden, die körpereigene Abwehr der Katze medikamentös zu stärken (z. B. durch Paramunitätsinducer → Fachbegriffe, Seite 118).

Impfung: Seit einigen Jahren gibt es Impfstoffe, die bei der Katze eine Immunität gegen die Leukose bewirken. Allerdings sollte in der Regel vor der ersten Impfung durch einen Test festgestellt werden, ob die Katze nicht schon von Leukoseviren befallen ist. Akut erkrankte Tiere können durch die Impfung nicht geschützt werden.

Katzenpocken

Die Pockenerkrankung der Katze ist erst um 1980 erstmals beschrieben worden. Seitdem sind einige Krankheitsfälle bekannt geworden.
Symptome: Die Pocken verursachen Pusteln und Geschwüre, vor allem am Kopf, an den Pfoten und manchmal am gesamten Körper. Komplikationen ergeben sich durch Bakterien und Pilzinfektionen.
Ursache und Folgen: Ein Tierpockenvirus, das wahrscheinlich mit dem Kuhpockenvirus identisch ist und Nagetiere befällt. Katzen infizieren sich über Beutetiere.
Gefährdung des Menschen: Da inzwischen bei vielen Menschen kein Impfschutz gegen Pocken mehr vorliegt, weil Pocken ausgestorben sind, können Menschen durch das Tierpockenvirus angesteckt werden. Besonders gefährdet sind vor allem Kinder, ältere Menschen und Personen, deren Immunsystem geschwächt ist. Allerdings hat die Ansteckung durch die Katze mit Tierpocken bislang keine Bedeutung erlangt.

● **Behandlung**

▶ Nur der Tierarzt kann feststellen, ob die Katze tatsächlich von dem Virus befallen ist. Eine Behandlung ist nicht möglich. Selbstheilung nach einigen Wochen, mitunter auch tödliche Verlaufsformen.

Katzenseuche

Symptome: Apathie, wäßriger bis blutiger Durchfall, Erbrechen, hohes Fieber, Leibschmerzen (Schmerzäußerung des Tieres bei Berührung), Austrocknung des Körpers.
Ursache und Folgen: Die Katzenseuche (Panleukopenie, Parvovirose) wird durch Parvoviren verursacht.
Diese Viren sind sehr widerstandsfähig und können bei normalen Umgebungstemperaturen länger als 1 Jahr ansteckend bleiben. Katzen erkranken deshalb nicht nur durch direkten Kontakt zu kranken Katzen, sondern auch durch Zwischenträger und virenverseuchte Gegenstände (Spielzeug, Fellpflege-Utensilien, Futternäpfe). Die Zeit von der Ansteckung bis zum Ausbruch der Krankheit (Inkubationszeit) beträgt ungefähr 2 bis 10 Tage.
Die Katzenseuche geht meist mit einer schmerzhaften Darmentzündung einher. Im Verlauf der Erkrankung kommt es zu einem starken Abfall der weißen Blutkörperchen (Panleukopenie → Fachbegriffe, Seite 118), was eine Abwehrschwäche zur Folge hat. Bakterielle Infektionen können sich dann ungehindert entwickeln.
Häufig führt die Katzenseuche so schnell zum Tod, daß man eine Vergiftung vermuten könnte. Vor allem Jungtiere sterben manchmal schon, bevor Krankheitsanzeichen bemerkt werden. Erkranken tragende Katzen, können sie geschädigte Jungtiere zur Welt bringen.

● **Behandlung**

▶ Bei Verdacht sofort zum Tierarzt. Bei Jungkatzen und ungeimpften Tieren kann anhand der Krankheitsanzeichen die Seuche vermutet werden. Mit einer intensiven Behandlung muß sofort begonnen werden. Laboruntersuchungen sichern die Diagnose.
Um den Flüssigkeits- und Elektrolytverlust (Elektrolyte → Fachbegriffe, Seite 115) auszugleichen, erhält die Katze zunächst Infusionen.
Mit Antibiotika werden bakterielle Zusatzinfektionen bekämpft. Der Tierarzt gibt schmerz- und krampflösende Mittel sowie Medikamente gegen Erbrechen. Es werden auch Hyperimmunseren (passive Immunisierung) eingesetzt, die freie Viruspartikel blockieren.

Nachbehandlung: Wenn die Katze nicht in einer Tierklinik untergebracht werden soll, braucht sie rund um die Uhr intensive Pflege, um eine Überlebenschance zu haben. Es sind tägliche Infusionen durch den Tierarzt nötig.
Impfung: Gegen die Katzenseuche gibt es seit langem wirksame Impfstoffe (→ Impfplan, Seite 26). Tragende Katzen sollten nicht mit den Lebendimpfstoffen geimpft werden, da Schäden der Jungtiere nicht ausgeschlossen werden können.

Katzenschnupfen

Symptome: Harmlose Verlaufsformen mit gelegentlichem Niesen. Bei schweren Verlaufsformen wäßriger bis eitriger Nasenausfluß, Schleimhautschäden, Augentränen, Bindehautentzündung, Husten, Speicheln, Atemnot, Futterverweigerung, Austrocknung, Apathie.
Ursachen: Der sogenannte »Katzenschnupfen« stellt keine einheitliche Krankheit dar. Mehrere Virusarten und bakterielle Erreger können den Schnupfen der Katze auslösen. Die schwersten Krankheitsformen werden durch Calici- und Herpesviren verursacht. Andere Viren (zum Beispiel: Reoviren), Chlamydien (→ Seite 114) und verschiedene Bakterien können ähnliche, meist harmlosere Erkrankungen hervorrufen, bzw. die bestehende Krankheit komplizieren.
Streßsituationen, wie sie vor allem bei der Haltung vieler Katzen auf engem Raum (Tierheime, Katzenpensionen, Züchter) bestehen, begünstigen einen schweren Verlauf des Katzenschnupfens.
Folgen: Bei schweren Verlaufsformen entwickeln sich häufig Maulschleimhautentzündungen, Bronchitis und Lungenentzündungen. Durch die Futterverweigerung und Austrocknung stirbt die Katze oft an Entkräftung.

● **Behandlung**

▸ Bei ersten Krankheitsanzeichen sofort zum Tierarzt. Die Abgrenzung der Krankheitserreger erfordert spezielle Untersuchungen. Ist der Körper bereits stark ausgetrocknet, erhält das Tier Infusionen, um den Elektrolyt- und Nährstoffmangel auszugleichen. Antibiotika werden gegen Bakterien und Chlamydien eingesetzt. Bei Schleimhautschäden erhält die Katze entzündungshemmende Mittel. In vielen Fällen hat sich auch der Einsatz von Hyperimmunserum (→ Fachbegriffe, Seite 115) bewährt.

Nachbehandlung: Wichtig ist es, die Katze in ihrer vertrauten Umgebung mit viel Zuwendung zu pflegen (→ Seite 50). Sie braucht jetzt ein warmes Lager und hygienische Verhältnisse. Verkrustete Nasenlöcher regelmäßig mit einem in Kamillenlösung getränktem Papiertaschentuch reinigen. Inhalationen können die Beschwerden lindern. Dafür einen Kamillenaufguß zubereiten, die Katze in einen verschließbaren Katzentransportkorb setzen und den Kamillenaufguß in einer Schüssel vor den Transportkorb stellen. Die heißen Kamillendämpfe mit einem Tuch in den Korb fächeln, damit sie von der Katze eingeatmet werden.
Vorbeugung: Optimale Umwelt- und Haltungsbedingungen.
Impfung: Gegen die gefährlichsten Viren (Calici und Herpes) gibt es seit Jahren bewährte Impfstoffe. Auch gegen Chlamydien, die alleine eher harmlose, jedoch langwierige Erkrankungen verursachen, kann die Katze geimpft werden.

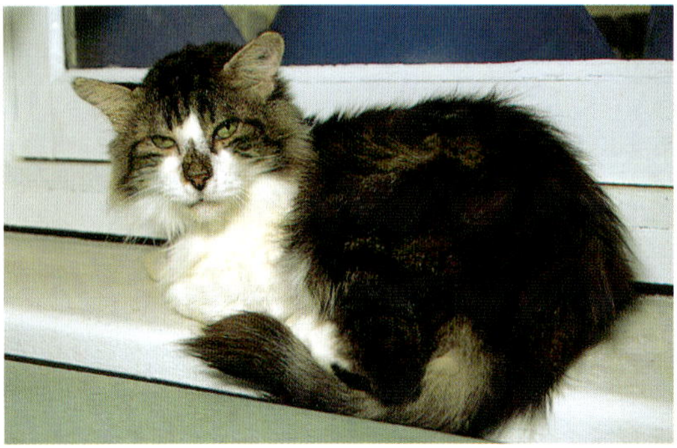

Der Katzenschnupfen stellt keine einheitliche Krankheit dar. Mehrere Virusarten und bakterielle Erreger können den Schnupfen bei der Katze auslösen.

Tollwut

Symptome: Appetitmangel, Gewichtsabnahme, abnormes Verhalten.
Ursache und Folgen: Das Tollwutvirus gehört zur Familie der Rhabdoviren. An Tollwut können Säugetiere, Vögel und der Mensch erkranken (Zoonose → Fachbegriffe, Seite 119). Tollwutviren werden von erkrankten Tieren mit dem Speichel ausgeschieden und meist durch Biß

auf andere Tiere und den Menschen übertragen. Möglich ist auch ein Eindringen der Viren über Wunden oder Schleimhaut. Nach einer Inkubationszeit (→ Fachbegriffe, Seite 116) von 14 Tagen bis zu zwei Monaten, in der die Viren vermehrt werden und entlang der Nervenbahnen bis ins Gehirn vordringen, zeigen sich die ersten Krankheitsanzeichen. Bedingt durch die Zerstörung der Nervenzellen treten Unruheerscheinungen, Verhaltensänderungen und am Ende Lähmungen auf, bevor der Tod eintritt.
Die Tollwut verläuft in drei Phasen. Zunächst ändert sich das gewohnte Verhalten der Katze. Sie ist zum Beispiel scheu, ängstlich, unruhig oder auch umgekehrt besonders zahm und zutraulich. In der zweiten Phase speichelt sie stark, bekommt Krämpfe und ist aggressiv. Nach der dritten Phase, dem Lähmungsstadium, stirbt die Katze.
Die Tollwut verläuft aber durchaus nicht immer in dieser typischen Form.
Gefährdung des Menschen: Tollwutviren sind auf den Menschen übertragbar. Vor allem zum Schutz und zur Beruhigung des Menschen sollten die Haustiere, mit denen er eng zusammenlebt, gegen Tollwut geimpft sein (→ rechts). Menschen können auch noch unmittelbar nach einer möglichen Infektion gegen den Ausbruch der Krankheit durch Impfungen geschützt werden.

● **Behandlung**

► Bei Verdacht sofort zum Tierarzt. Eine Behandlung ist aussichtslos und wegen der Gefährdung, die von einem tollwutkranken Tier ausgeht, verboten.
Zum Schutz des Menschen und anderer Tiere werden unverzüglich Sicherheitsvorkehrungen getroffen. Der Verdacht muß dem zuständigen Veterinäramt angezeigt werden (Anzeigepflichtige Seuche). Erst nach dem Tod des Tieres erlauben spezielle Untersuchungen des Gehirns eine sichere Aussage.
Impfung: Seit vielen Jahren gibt es zuverlässige Impfstoffe, die regelmäßig angewendet, einen Schutz vor der Krankheit bieten. Eine Katze, die nur in der Wohnung gehalten wird, hat kein Infektionsrisiko und braucht deshalb nicht geimpft zu werden. Soll sie aber Ausstellungen besuchen oder Auslandsgrenzen überschreiten, erfordern gesetzliche Bestimmungen die Impfung.

Katzen-AIDS

Symptome: Keine spezifischen Krankheitsanzeichen. Viele betroffene Katzen leiden zunächst unter den Symptomen des Katzenschnupfens → Seite 108.
Ursache und Folgen: Das Feline Immundefizienz-Virus (FIV) ist dem menschlichen Aids-Virus sehr nahe verwandt und gehört zu den Retroviren. Übertragen wird das Virus von Katze zu Katze durch Speichel und Blut, wohl hauptsächlich durch Biß. Das Virus vermehrt sich in den Immunzellen der infizierten Katze und zerstört die Zellen. Dadurch können sich Viren, Bakterien oder Parasiten ungehindert entwickeln und die verschiedensten Krankheiten hervorrufen. Viele chronische Infektionen unterschiedlicher Organsysteme, zum Beispiel auch chronische Zahnfleischentzündungen, können durch die Immunschwäche ausgelöst werden.

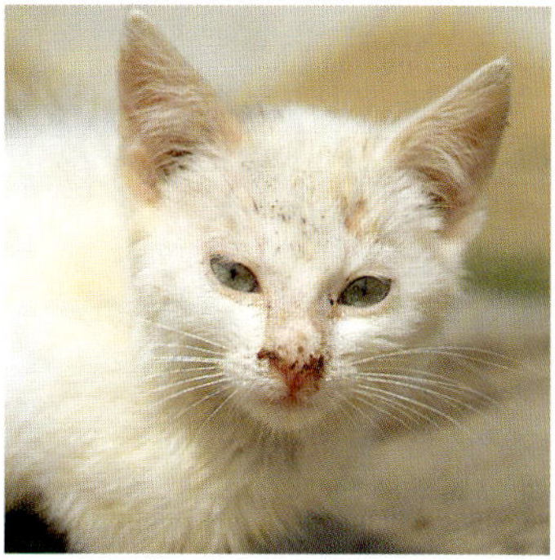

Katzen-AIDS hat keine eindeutigen Symptome. Viele erkrankte Katzen leiden zunächst unter den Anzeichen des Katzenschnupfens, wie z.B. Nasenausfluß oder Bindehautentzündung.

Gefährdung des Menschen: Eine Übertragung des Virus von der Katze auf den Menschen kann nach heutigen Erkenntnissen ausgeschlossen werden.

● **Behandlung**

► Der Tierarzt kann anhand einer serologischen Untersu-

chung des Blutes der Katze FIV-Antikörper nachweisen.
Bei erkrankten Tieren werden die Folgekrankheiten behandelt, um so das Befinden der Katzen zeitweilig zu verbessern.
Vorbeugung: Vorwiegend sind streunende Katzen von dem Virus befallen. Wohnungskatzen, die keine Gelegenheit bekommen, mit streunden Katzen zusammenzutreffen, sind vor einer Infektion sicher.
Impfung: Einen Impfstoff gegen die Immunschwäche gibt es bisher leider noch nicht.

Bakterielle Infektionen

Krankheiten, die durch Bakterien hervorgerufen werden, entwickeln sich bei Katzen häufig nach einer Virusinfektion. Bakterien können im Gegensatz zu Viren mit Antibiotika abgetötet werden. Als erstes Antibiotikum wurde das Penicillin für die Medizin entdeckt. Nicht alle Arten lassen sich aber mit demselben Medikament bekämpfen. Manche Bakterienstämme können auch widerstandsfähig (resistent) gegen bisher wirksame Mittel werden.
Chlamydien und Mykoplasmen: Diese Bakterien befallen vor allem die Augenbindehäute und Kopfschleimhäute der Katze. Oft noch mit Beteiligung anderer Erreger verursachen sie ein mehr oder minder ausgeprägtes Bild, das wir dem »Katzenschnupfenkomplex« (→ Seite 108) zugeordnet haben. Tetrazykline werden bevorzugt gegen diese Bakterien angewendet.
Salmonellen: Auch Katzen können von Salmonellen befallen werden. Sie sind hauptsächlich im Darm angesiedelt, können Durchfälle und schwere Allgemeinkrankheiten verursachen, aber auch symptomlos in einem Tier leben. Das Tier scheidet dann Salmonellen aus, ohne selbst zu erkranken. Salmonellen bekommen Menschen vor allem durch verunreinigte oder verdorbene Nahrung. Bei abwehrschwachen Menschen treten ernste Erkrankungen durch Salmonellen auf. Werden bei einer Katze Salmonellen festgestellt, sind entsprechende Vorsichtsmaßnahmen erforderlich (z. B. Gummihandschuhe beim Reinigen der Katzentoilette). Gegen Salmonellen wird hauptsächlich das Medikament Chloramphenicol eingesetzt.
Colibakterien: Colibakterien leben meist unauffällig im Darm, können aber unter besonderen Umständen auch Krankheiten auslösen.
Eitererreger (Staphylokokken, Streptokokken): Sie sind häufig an der Bildung von Abszessen (Eiterbeulen) beteiligt.

Wundstarrkrampf

Tetanus. Die Erreger der Tetanuserkrankung (Clostridium tetani) dringen in offene Wunden ein und bilden Sporen (Dauerformen). Sie scheiden ein Gift aus, das die Nerven der Katze befällt und Krämpfe in der gesamten Muskulatur verursacht.
Symptome und Folgen: Befallene Katzen leiden anfangs an einer Verkrampfung der Muskulatur am Kopf, bis die Gifte sich über die Nervenbahnen im Rückenmark und Gehirn verteilt haben. Dann Krämpfe in der gesamten Muskulatur. Starkes Speicheln, weil die Katze nicht mehr schlucken kann. Im fortgeschrittenen Stadium meist hohes Fieber. Die betroffene Katze stirbt häufig.
Ursachen: Übertragung von Tetanuserregern durch Schmutz, der in die Wunde gerät (z. B. bei Unfällen, Bißwunden, Stichwunden).

● **Behandlung**

► Nur durch den Tierarzt möglich. Obwohl die Tetanuserreger mit Penicillin erfolgreich abgetötet werden können, geht die verheerende Wirkung des Giftes im Körper weiter. Es müssen Gegengifte (Antitoxine) injiziert werden. Zusätzlich bekommt die Katze krampflösende Beruhigungsmittel. Die Überlebenschancen der Katze sind meist schlecht.
Impfung: Katzen sind nicht so stark tetanusgefährdet wie z. B. der Mensch. Eine Impfung

gegen Tetanus ist zwar möglich, aber nicht üblich.
Lediglich bei besonders gefährlichen Wunden wird der Tierarzt zu einer Tetanus-Impfung raten.

Tuberkulose

Diese Infektionskrankheit wird durch Tuberkuloseerreger (Mykobakterien) übertragen und kommt bei Katzen sehr selten vor. Es gibt drei verschiedene Typen der Mykobakterien, die Erkrankungen beim Menschen, bei Rindern und Vögeln verursachen. Auch eine Übertragung der Tuberkulose-Erreger vom Menschen auf die Katze ist möglich.
Symptome: Appetitlosigkeit, Abmagerung, Mattigkeit, Kurzatmigkeit, Husten, Fieberschübe; im fortgeschrittenen Stadium Durchfall, Erbrechen, Gelbsucht.
Ursache und Folgen: Bakterielle Infektion. Die Tuberkulose verläuft bei der Katze chronisch »schleichend« und kann alle Gewebe und Organe befallen.
Gefährdung des Menschen: Tuberkulose-Bakterien sind von der Katze auf den Menschen übertragbar.

● Behandlung

► Ist bei einer Katze Tuberkulose nachgewiesen, wird keine Therapie eingeleitet. Wegen der Ansteckungsgefahr, die von ihr ausgeht, muß das Tier eingeschläfert werden.

Pilzinfektionen

Pilze werden dem Pflanzenreich zugeordnet und wachsen in Form eines Geflechtes (Mycel). Ihre Vermehrung und Ausbreitung erfolgt durch widerstandsfähige Sporen. Manche Pilze nutzen lebende Organismen für ihren Stoffwechsel.
Hautpilzerkrankungen: Sie sind aufgrund ihrer Anzeichen am besten zu erkennen (→ Erkrankungen der Haut, Seite 74 bis 79) und haben auch die größte Bedeutung.
Systemische Pilzerkrankungen: (→ Seite 76) Wesentlich seltener werden auch andere Gewebe des Körpers von Pilzinfektionen betroffen. Hier kommen wegen ihres direkten Kontaktes zur Außenwelt zunächst vor allem Atemorgane, Schleimhäute und Darmtrakt in Betracht. Solche allgemeinen Pilzinfektionen werden nur schwer diagnostiziert und können lebensbedrohliche Krankheitsprozesse verursachen.
Wegen ihrer Seltenheit und uncharakteristischen Symptome werden systemische Mykosen häufig nicht oder zu spät erkannt. Die Behandlung mit pilzwirksamen Mitteln (Ketoconazol, Amphothericin B) ist langwierig.
Allergien: Vor allem Schimmelpilzsporen kommen auch als Auslöser von Allergien in Betracht.
Pilzgifte: Einige Schimmelpilze, die Futtermittel befallen, sondern Toxine ab, die zu Vergiftungserscheinungen und vor allem Leberschäden und Tumoren führen können.
Gefährdung des Menschen: Da Pilze auch Menschen befallen können, sind im Falle einer Pilzinfektion der Katze strenge Vorsichtsmaßnahmen zu beachten. Der Tierarzt gibt Ihnen die entsprechenden Anweisungen.

Pseudotuberkulose

Selten erkranken Katzen durch infizierte Beutetiere an Pseudotuberkulose.
Symptome: → Tuberkulose.
Ursache und Folgen: Bakterielle Infektion; die Erkrankung endet bei Katzen meist tödlich.
Gefährdung des Menschen: Katzen können die Erreger auf den Menschen übertragen.

● Behandlung

► Ist der Nachweis erbracht, daß die Katze von den Erregern befallen ist, kann theoretisch eine langwierige Therapie mit Medikamenten eingeleitet werden. Dennoch endet die Krankheit meist tödlich.
Schon wegen der Gefahr der Ansteckung für den Menschen sollte das Tier besser eingeschläfert werden.

Eine wahre Schönheit ist diese Chinchilla-Perserkatze mit ihren seegrünen Augen.

Erklärung der Fachbegriffe

Im Zusammenhang mit Gesundheit und Krankheit seines Tieres wird der Katzenhalter oft mit Fachbegriffen konfrontiert, unter denen er sich zunächst nichts Rechtes vorzustellen vermag. Doch auch die Fachsprache des Tierarztes ist kein Buch mit sieben Siegeln. Im folgenden sind die wichtigsten Begriffe erläutert.

Abstrich
Probenentnahme von Schleimhäuten.

Adspection
Betrachtung.

Aerosol
Zur Inhalationstherapie geeignetes Arzneimittel, das flüssige Stoffe in feinstverteilter Form enthält.

Albino
Albus = weiß. Albino-Katzen haben nur geringe oder gar keine Farbpigmente und deshalb ein schneeweißes Fell, blaßrosa Haut und hellblaue Augen mit roter Pupille.

Allergene
Allergie auslösende Stoffe.

Allergie
Abnorme übersteigerte Reaktion des Immunsystems auf bestimmte Reize.

Alopezie
Haarlosigkeit.

Analgetika
Medikamente zur Schmerzbekämpfung.

Anämie
Blutarmut.

Anthelmithika
Gegen Würmer wirksame Medikamente.

Antibiotika
Wirkstoffe, die Bakterien töten oder ihre Vermehrung hemmen.

Antidot
Gegenmittel bei Vergiftungen.

Antiemetika
Mittel gegen Erbrechen.

Antikörper
Körpereigene Abwehrstoffe, die mit dem Antigen (Krankheitserreger) reagieren und es unschädlich machen.

Antimykotika
Mittel zur Pilzbekämpfung.

Antiphlogistika
Enzündungshemmende Arzneimittel.

Apathie
Teilnahmslosigkeit.

Aszites
Vermehrte Flüssigkeitsansammlung im Bauchraum.

Aujeszkysche Krankheit
Für Katzen tödliche Viruskrankheit.

Autoimmunkrankheiten
Krankheiten, bei denen das körpereigene Gewebe vom eigenen Immunsystem zerstört wird.

Bakterien
Einfache Einzeller, Spaltpilze, die zum Teil Krankheiten verursachen können.

Bakteriologische Untersuchung
Abkürzung: BU. Untersuchung auf Bakterien.

Bezoare
Haarverballungen, die im Magen entstehen, wenn die Katze

Haare bei der Fellpflege verschluckt. Normalerweise erbricht das Tier sie wieder. Wenn es ihm nicht gelingt, können die Bezoare den Darm blockieren. Es kommt zu Verstopfungen, apathischem Verhalten, Erbrechen, Appetitlosigkeit. In leichteren Fällen hilft ein halber Teelöffel Paraffinöl. Tritt keine Besserung ein, muß die Katze zum Tierarzt gebracht werden (→ Verstopfung, Seite 86).

Biopsie
Gewebsentnahme durch Herausschneiden mit einem Skalpell, Punktion mit einer Kanüle oder während einer Endoskopie (→ Seite 115). Gewebsproben werden mikroskopisch untersucht.

Blutbild
Analyse der roten und weißen Blutkörperchen.

Blutplasma
Flüssiger Anteil des Blutes, in dem die Blutzellen transportiert werden.

Blutwerte
Meßwerte, der im Blut gelösten Stoffe, z. B. Blutzucker, Harnstoff, die diagnostische Bedeutung haben.

Borreliose
Infektion, die durch Zecken übertragen wird.

Breitbandantibiotikum
Wirkt gegen viele Bakterienarten.

Chlamydien
Spezielle Bakterienart, die schnupfenähnliche Erkrankungen verursachen kann.

Chromosomen
Die Katze hat 38 Chromosomen, die in allen Körperzellen paarig angelegt und Träger der Erbanlagen (Gene) sind. Es gibt 18 homologe (gleiche) Chromosomenpaare. Die beiden verbleibenden Chromosomen tragen die Gene für die Geschlechtsmerkmale.

Corticoide
Synthetische Cortisone.

Cortison
Nebennierenrindenhormon, wirkt unter anderem entzündungshemmend.

Darmflora
Der Darm ist mit Keimen besiedelt, die für eine gesunde Verdauung wichtig sind.

Diagnose
Erkennen einer Krankheit.

Digitalisglykoside
Ursprünglich aus dem Fingerhut gewonnene herzleistungsfördernde Medikamente.

Dispensierrecht
Privileg des Tierarztes, Arzneimittel herzustellen, vorrätig zu halten und zur Behandlung seiner Patienten abzugeben.

Diuretika
Harntreibende Mittel.

Duftmarken
Um ihr Revier zu markieren, setzen Kater mit Urin Zeichen an Bäume, Mauern, Zäune oder Möbel. Zum Harnspritzen richten die Tiere ihr Hinterteil meist mit hochgereckten Hinterbeinen und steil aufgerichtetem, krampfartig zitterndem Schwanz gegen den Gegenstand und spritzen ihn schräg aufwärts an. In Innenräumen hält sich der Geruch sehr lange, deshalb ist es kaum möglich, einen unkastrierten Kater in der Wohnung zu halten.
Individuelle Duftmarken können auch durch die Sekrete in Wangen- und Analdrüsen sowie in den Pfotenballen gesetzt werden.

Dysplasie
Fehlbildung z. B. der Gelenke, meist erbliche Veranlagung.

Ektoparasiten
Außenparasiten wie Flöhe, Milben, Zecken, Läuse.

Elektrokardiogramm (EKG)
Ableitung von elektrischen Strömen, die bei der Herzarbeit entstehen.

Elektrolyte
Für die Körperfunktion wichtige lösliche Salze und Mineralien (z. B. Natrium, Kalium, Calcium, Magnesium), die im Serum in bestimmten Konzentrationen vorliegen.

Endoparasiten
Im Körper vorkommende Parasiten: Würmer.

Endoskopie
Betrachtung von Körperinnenräumen mittels spezieller Technik.

Enzyme
In der lebenden Zelle gebildete Wirkstoffe, die den gesamten Stoffwechselprozeß im Körper beeinflussen.

Erbkrankheit
Sie wird über die Erbanlagen an die Nachkommen weitergegeben (→ Inzucht, Seite 116).

Ernährungspyhsiologie
Die Lehre von Stoffwechselvorgängen im Zusammenhang mit der Ernährung.

Exsikkose
Austrocknung des Körpergewebes.

Exsudat
Ausschwitzung. Eitrig-krustige Schädigung der Haut.

Extraktion
Herausziehen z. B. eines Zahnes.

Fettleber
Vermehrte Fetteinlagerung in der Leber. Normale Fetteinlagerung bildet einen gewissen Schutz gegen Gifte. Das Fett lagert die Gifte ein und schützt somit die Leberzellen. Zuviel Fett dagegen führt zu einer Dauerbelastung des Organs. Es kommt zu einer fettigen Degeneration der Leber.

Fieber
Die normale Körpertemperatur der Katze liegt bei 37, 8 bis 39,2 °C. Fieber hat die Katze also erst ab 39, 3°C.

Flotation
Aufschwemmung von Wurmeiern aus Kotproben zur Diagnostik.

Fungizide
Pilztötende Mittel.

Gene
Erbanlagen.

Geschlechtsbestimmung
Beim Kater ist der Abstand zwischen After und Geschlechtsöffnung größer als bei der Katze. Die Geschlechtsöffnung selbst ist beim Männchen rund, beim Weibchen länglich.

Haarfollikel
Haarbalg, der sich z. B. bei Akne (→ Seite 75) entzünden kann.

Halskragen
Nach einer Operation wird der Katze in seltenen Fällen ein Halskragen aus einem steifen Material angelegt, damit sie die Operationswunde nicht beleckt.

Hämatom
Bluterguß, verursacht durch Blutaustritt ins Gewebe.

Hautgeschabsel
Abschabung von Hautproben zur Untersuchung.

Homöopathie
Vor 200 Jahren zum Prinzip erhobenes Heilverfahren. Dabei werden Verdünnungsreihen von Substanzen gegen Krankheitssymptome eingesetzt.

Hyperimmunserum
Blutserum, das besonders viele

spezifische Antikörper enthält. Wird zur Therapie eingesetzt und von besonders behandelten Spendertieren gewonnen.

Ikterus

Gelbsucht. Schleimhäute und Haut verfärben sich durch vermehrte Gallenfarbstoffe gelb. Tritt vorwiegend bei Leberschäden auf.

Immunschwäche
Abnorm verminderte Abwehrmöglichkeit des Immunsystems.

Immunsuppression
Unterdrückung der Körperabwehr.

Impfungen
Sie sind eine unbedingt notwendige Gesundheitsvorsorge, da sie die Katzen gegen die meist tödlich verlaufenden Viruserkrankungen wie z. B. Katzenseuche, Katzenschnupfen, Tollwut, Leukose und FIP (→ Infektionskrankheiten, Seite 104) immun machen.

Infusion
Verabreichung großer Flüssigkeitsmengen, die Elektrolyte (→ Seite 115), Traubenzucker und andere Stoffe enthalten.

Injektion
Gabe von Arzeimitteln mit Hilfe einer Spritze und Kanüle, z. B.: in die Vene (intravenös), unter die Haut (subkutan), in den Muskel (intramuskulär).

Inkubationszeit
Zeit von der Ansteckung bis zum Auftreten der ersten Krankheitssymptome.

Insektizide
Insektentötende Mittel.

Inzucht
Paarung verwandter Tiere. Je näher die Verwandtschaft, um so stärker der Inzuchtgrad. Die Geschwisterpaarung bezeichnet man als Inzestzucht; sie ist die Paarung mit dem engsten Inzuchtgrad.
Tragen die Elterntiere verborgene nachteilige Erbanlagen in sich, so treten bei der Inzucht häufiger Tiere auf, die von beiden Eltern solche schlechten Erbanlagen mitbekommen. Es entsteht ein Inzuchtschaden. Aus dem gleichen Grund können bei der Inzucht aber auch Tiere auftreten, die von beiden miteinander verwandten Eltern eine züchterisch erwünschte Anlage mitbekommen. So kann die Inzucht mit erbgesunden Tieren ebenso der Festigung und Verbreitung von erwünschten Anlagen dienen.

Kastration

Entfernen der Keimdrüsen, beim Kater der Hoden, bei der Katze der Eierstöcke. Durch die Kastration fallen Geschlechtstrieb und Sexualverhalten weg, und die Tiere können sich nicht mehr fortpflanzen.

Klinische Untersuchung
Ermittlung des Gesundheitszustandes bzw. der Krankheitsanzeichen durch Sinneseindrücke, die sich der Tierarzt durch Betrachten, Betasten und Abhorchen der Katze verschafft.

Knickschwanz
Er entsteht durch eine Fehlbildung des Schwanzwirbels. Früher galt er als Wahrzeichen der Siamkatzen. Heute gilt der Knickschwanz als schwerer Fehler und bedeutet Zuchtausschluß.

Komplexpräparate
Begriff aus der Homöopathie. Medikamente, die mehrere Einzelmittel mit ähnlicher Wirkungsrichtung enthalten.

Kotflotation
→ Flotation Seite 115.

Krankenversicherung
Schon seit mehrern Jahren bieten Versicherungsgesellschaften auch Krankenversicherungen

für Katzen an. (→ Infos, Seite 127). Übernommen werden Tierarztkosten bis zu 80%. Auch vorbeugende Maßnahmen wie Impfung oder Entwurmung, werden teilweise übernommen. Die Tiere dürfen beim Abschluß der Versicherung nicht älter als 5 Jahre sein und können ab dem 4. Lebensmonat versichert werden.

Diese beiden Katzen mögen sich. Das Lecken des Fells ist ein Zärtlichkeitsbeweis.

Lebendimpfstoff
Die Krankheitserreger des Impfstoffes sind so abgewandelt, daß sie sich zwar noch vermehren können, aber keine krankmachenden Eigenschaften mehr haben.

Lebenserwartung
Wohnungskatzen können bei guter Pflege 15, manchmal sogar 20 Jahre alt werden. Freilaufende Katzen dagegen haben eine wesentliche geringere Lebenserwartung, da sie häufig frühzeitig dem Verkehr auf den Straßen oder Infektionskrankheiten zum Opfer fallen.

Letalfaktor
Krankhafte Erbanlage, die zum Tod führt. Der Letalfaktor im Erbgut der schwanzlosen Manxkatze führt bei doppelter Anlage (Reinerbigkeit) zum Absterben des Fötus.

Luxation
Verrenkung.

Maskenkatzen
Die dunkle Gesichtszeichnung einer Katzenrasse nennt man Maske. Sie hebt sich deutlich vom übrigen Fell ab. Beispiele dafür sind Siamkatze, Birma und Colourpoint-Perser.

Metastasen
Auftreten von Tumoren an verschiedenen Stellen des Körpers, die sich von einem Primärtumor abgesondert haben.

Milchtritt
Jungkätzchen, die noch von der Mutter gesäugt werden, kneten mit Hilfe ihrer Vorderpfoten das Gesäuge der Mutter, um deren Milchfluß anzuregen. Erwachsene Katzen behalten dieses »Treteln« auch bei, um z. B. »ihrem« Menschen ihr Wohlbefinden auszudrücken.

Mundgeruch
Katzen können einen starken Mundgeruch entwickeln, wenn sie z. B. mit Fisch gefüttert werden. Ein fauliger Mundgeruch kann auf entzündetes Zahnfleich, vereiterte Zähne oder eine andere ernsthafte Erkrankung hinweisen. Die Katze sollte dem Tierarzt vorgestellt werden.

Mutation
Plötzlich auftretende Änderung der Erbsubstanz, durch die z. B. Farbe, Haarkleid oder Wuchsform der Katze verändert wird. Die Erbanlage kann an die Nachkommen weitergegeben werden.

Nekrose
Absterben von Körpergewebe.

Nematoden
Faden- oder Rundwürmer, die den Darm der Katze befallen können.

Nickhaut
Drittes Augenlid, das hauptsächlich im Krankheitsfall zu sehen ist.

Oedem
Flüssigkeitsstau in verschiedenen Körpergeweben.

Oozysten
Eiähnliche Vermehrungsprodukte einzelliger Parasiten.

Opthalmoskop
Speziallampe zur Untersuchung des hinteren Augenbereichs.

Otoskop
Gerät zur Betrachtung des Gehörgangs.

Ovulation
Eisprung. Er wird 24 bis 30 Stunden nach der Verpaarung ausgelöst. Jetzt erst verläßt das reife Ei die Eierstöcke und wird 1 bis 2 Tage danach befruchtet.

Palpation
Untersuchung der Katze durch abtasten.

Panleukopenie
Starker Abfall der weißen Blutkörperchen im Blut. Bezeichnung für »Katzenseuche«.

Paramunitätsinducer
Stoffe, die die unspezifische Abwehr gegen Krankheitserreger steigern (werden z. B. bei der Behandlung von Leukose → Seite 106 eingesetzt).

Prämunität
Gleichgewichtszustand zwischen verbleibenden Krankheitserregern und der Abwehr des Wirtsorganismus.

Praziquantel
Wirkstoff gegen Bandwürmer.

Progestagen
Ein Geschlechtshormon, das eingesetzt wird, um die Rolligkeit zu unterdrücken.

Prostaglandine
Spezielle Gewebshormone, die z. B. bei einer Gebärmutterentzündung der Katze (→ Seite 82) zur Behandlung verabreicht werden.

Protein
Eiweiß.

Protozoen
Einzellige Lebewesen, zum Teil Parasiten.

Pyodermie
Bakteriell bedingte Hautentzündung.

Quarantäne
Isolierung kranker oder ansteckungsverdächtiger Katzen. Auch bei Urlaubsreisen mit Katze verlangen z. B. England, Malta, Australien, Neuseeland und Irland eine 6monatige Quarantäne der Katze wegen der Tollwutgefahr.
In diese Länder kann man deshalb seine Katze nicht mit in den Urlaub nehmen.

Rassekatze
Planmäßig nach einem Standard gezüchtete Katze.

Resistenz
Unempfänglichkeit gegen bestimmte Schadeinwirkungen.

Resorption
Aufnahme von Stoffen in den Körperkreislauf.

Röntgenaufnahmen
Untersuchung mit Röntgenstrahlen. Dabei werden Bilder gemacht, die nach der fotografischen Entwicklung die Schatten von Körperteilen, z. B. der Knochen, im Negativ zeigen.

Schildpattkatze
So nennt man die dreifarbigen Katzen in Schwarz, Rot und Creme. Die Rotfärbung ist mit den weiblichen Chromosomen gekoppelt. Wegen der Farbanlagen auf den Geschlechtschromosomen sind Schildpatt-Tiere weiblich. Schildpattkater sind selten und meist unfruchtbar.

Schrumpfniere
Endzustand von schweren Nierenerkrankungen.

Sekretion
Absonderung von Körperdrüsen.

Sekundärinfektion
Auf eine meist durch Viren ausgelöste Infektion, die den Organismus geschwächt hat, folgt eine zweite Infektion, z. B. durch Bakterien.

Serologische Untersuchung
Bestimmung diagnostisch wichtiger Stoffe z. B. Antikörper im Blutserum.

Serum
Bluplasma (Blutersatz) ohne Gerinnungsstoffe.

Seuche
Schwere Infektionskrankheit.

Sklera
Bindegewebige weiße Haut, die den Augapfel begrenzt.

Spasmolytika
Krampflösende Mittel.

Stoffwechsel
Ständiger Umbau der Körpersubstanz durch Austausch mit Stoffen aus der Umwelt.

Sulfonamide
Medikamente, die ähnlich wie Antibiotika die Entwicklung und Vermehrung von Bakterien hemmen.

Systemisch
Den gesamten Organismus betreffend.

Taurin
Für die Katze notwendiger Nahrungsbestandteil.

Tetrazykline
Medikament, das den Breitbandantibiotika (→ Seite 114) zugeordnet wird.

Totimpfstoff
Impfstoff mit abgetöteten Krankheitserregern.

Toxin
Giftstoff.

Trauma
Wunde, Verletzung, Gewalteinwirkung; psychologische Erschütterung.

Ultraschall
Nicht hörbare energiereiche Schallwellen. Werden zur Diagnostik und z. B. zum Zahnsteinentfernen eingesetzt.

Urämie
Vergiftung des Blutes durch Giftstoffe, die geschädigte Nieren nicht mehr ausscheiden können.

Vaccination
Impfung.

Viren
Einfache Lebensformen, die sich nur mit Hilfe befallener Zellen vermehren können. Einige verurachen bei der Katze schwerste Erkrankungen.

Zähne
Junge Katzen bis zum 6. Lebensmonat haben ein Milchgebiß mit 26 Zähnen. Die erwachsene Katze hat 30 Zähne.

Zoonose
Infektionskrankheit, die Mensch und Tier befällt, z. B. Toxoplasmose und Tollwut.

Register

Die **halbfett** gesetzten Seitenzahlen verweisen auf Farbfotos und Zeichnungen.
U=Umschlagseite

Mal riechen, ob das Kleine zur Familie gehört.

GU TIERMEDIZIN

damit Ihr Heimtier sich wohl fühlt

ISBN 3-7742-1606-1
96 Seiten

ISBN 3-7742-1667-3
128 Seiten

ISBN 3-7742-5090-1
128 Seiten

ISBN 3-7742-5091-X
128 Seiten

Damit es Ihrem Heimtier richtig gut geht: das Wichtigste zur Haltung und Pflege Ihrer Lieblinge. Maßnahmen und Handgriffe direkt aus der Tierarztpraxis.

WEITERE LIEFERBARE TITEL:

- **In der Reihe GU TIERRATGEBER:**
  Unser Welpe, Wenn mein Hund älter wird, Unser Kätzchen, Wenn meine Katze älter wird
- **In der Reihe MEIN HEIMTIER:**
  Der Hund, Die Katze
- **In der Reihe TIERE ERLEBEN:**
  Hundeschule für jeden Tag

GU

Gutgemacht. Gutgelaunt.

Infos

Katzenverbände

- 1. Deutscher Edelkatzenzüchterverband (1. DEKZV), Berliner Straße 13, 35614 Aßlar
- Fédération Internationale Féline (FIFe), Little Dene Lenham Heath Maidstone, Kent ME 17 2 BS, Großbritannien
- Berliner Pro-Kat e.V. (BPK), Wernerwerkdamm 26, 13626 Berlin
- Deutsche Rassekatzen Union e.V. (DRU), Hauptstraße 56, 56814 Landkern
- Österreichischer Verband für die Zucht und Haltung von Edelkatzen (ÖVEK), Liechtensteinstraße 126, 1090 Wien, Österreich
- Fédération Féline Helvetique (FFH), Solothurnerstraße 83, 4053 Basel, Schweiz

Fragen zur Katzenhaltung beantworten auch:

Ihr Zoofachhändler und der Zentralverband Zoologischer Fachbetriebe Deutschlands e.V., 63225 Langen, Telefon: (0 61 03) 91 07 32 (nur telefonische Auskunft)

Krankenversicherung

Uelzener Allgemeine Versicherungsgesellschaft AG, Postfach 2163, 29511 Uelzen

Bücher, die weiterhelfen

Behrend, K.: *Katzen richtig pflegen und verstehen,* Gräfe und Unzer Verlag, München.
Behrend, K.: *Die Wohnungskatze,* Gräfe und Unzer Verlag, München.
Behrend, K./Wegler, M.: *Der große GU Ratgeber Katzen,* Gräfe und Unzer Verlag, München.
Buff, W.; Dunk, K. v. d.: *Giftpflanzen in Natur und Garten,* Parey Verlag, Berlin.
Deiser, R.: *NaturheilPraxis Katzen,* Gräfe und Unzer Verlag, München.
Frohne, D.: *Giftpflanzen.* Wissenschaftliche Verlagsanstalt m.b.H., Stuttgart.
Hamalcik, P.: *Biologische Therapie in der Veterinärmedizin;*
Lehmann, U.: *Unser Kätzchen,* Gräfe und Unzer Verlag, München.
Lessmeier, F.: *Kartäuser richtig pflegen und verstehen,* Gräfe und Unzer Verlag, München.
Leyhausen, P.: *Katzen – Eine Verhaltenskunde,* Parey Verlag, Berlin.
Müller, U.: *Mein Heimtier DIE KATZE,* Gräfe und Unzer Verlag, München.
Müller, U.: *Perserkatzen richtig pflegen und verstehen,* Gräfe und Unzer Verlag, München.
Schmidt, V./Horzinek, Ch.: *Krankheiten der Katze,* Gustav Fischer, Stuttgart.

In diesem Buch werden neben Sammelbezeichnungen für Medikamentengruppen auch einzelne Medikamente genannt, um dem Leser die Orientierung und den Einkauf zu erleichtern. Hierbei sind eingetragene Warenzeichen nicht gesondert gekennzeichnet; aus dem Fehlen des Hinweises kann daher nicht geschlossen werden, daß es sich um freie Bezeichnungen handelt.

Wolff, R.: *Katzen,* Ulmer Verlag, Stuttgart.

Zeitschriften in deutscher Sprache:

- *»die edelkatze«,* Illustrierte Fachzeitschrift für Katzenfreunde, Verbandszeitschrift des 1. DEKZV, Berliner Straße 13, 35614 Aßlar.
- *»Katzen extra«,* Sieglers Symposion Tierzeitschriften-Verlag, Postfach 61 02 65, 70309 Stuttgart.

Zeitschriften in englischer Sprache:

- *»Cats magazine«,* P.O. Box 557, Washington PA. 15301, USA.
- *»Fur & Feather«,* Idle, Bradford, Yorkshire, BD 108 NL, England.
- *»CFA-Yearbook«,* Marna Fogarty, P.O. Box 787, Lace Side MT 59922, USA.

Die Fotografen:
Becker: Seite 104, 105; Cogis/Alexis: Seite 109; Cogis/Amblin: Seite 5 o., 81; Cogis/Gissey: Seite 5 u.li., 65; Cogis/Lanceau: Seite 17, 36, 77; Cogis/Lepage: Seite 88; Cogis/Varin: Seite 12; Cogis/Vidal: U2/Seite 1, 76, 108; Mahler: Seite 71 o., u.; Müller: Seite 44, 97; Reinhard: Seite 20 o., u., 37, 45, 100; Schanz: U1; U4 o.; Schmitz U1 u.re.; Wegler: Seite 5 u.re., 40 li., re., 41, 92, 112, 128 o., M., u.li., U3 o.li., o.re., u.li.u.re., U4 M.; Steimer: alle übrigen Fotos.

Die Fotos auf dem Buchumschlag:
Umschlagvorderseite: Der Tierarzt untersucht die Katze. Umschlagseite 2: Viele Zimmerpflanzen sind für Katzen giftig. Informieren Sie sich deshalb vor dem Kauf einer Pflanze, ob sie für Katzen gefährlich ist (Bücher, die weiterhelfen, Seite 126). Umschlagseite 3: Verschiedene Rassekatzen. Umschlagrückseite: Aufmerksame Katze im Schnee. Katze im Körbchen (Mitte); Menschliche Wärme ist wichtig (unten).

Wichtige Hinweise
In diesem GU Ratgeber geht es um die Behandlung von Katzenkrankheiten. Die Ratschläge und Behandlungsmethoden beruhen auf langjährigen Erfahrungen der Autoren. Da aber jeder Fall individuell zu behandeln ist, kann nicht jede Aussage uneingeschränkt gültig sein. Das Buch erhebt trotz sorgfältiger und umfassender Darstellung keinen Anspruch auf Vollständigkeit. Bei Komplikationen ist deshalb unbedingt der Tierarzt aufzusuchen. Beim Umgang mit Mitteln, die Insektizide oder andere Wirkstoffe enthalten (→ Bäder bei Hautpilzinfektionen, Seite 52 sowie Hausapotheke, Seite 52) muß größte Vorsicht angewendet werden. Es ist empfehlenswert, Handschuhe zu tragen, vor allem bei empfindlicher Haut oder Neigung zu Allergien.
Hautpilzerkrankungen der Katze (→ Seite 111), einige Infektionskrankheiten wie Tollwut (→ Seite 108) und Krankheiten, die durch Parasiten verursacht werden (z.B. Haken- und Spulwürmer, → Seite 101 und 100) sind auch auf den Menschen übertragbar. Achten Sie auf Hygiene und gehen Sie im Zweifelsfalle unbedingt zum Arzt. Weisen Sie ihn auf die Katzenhaltung und die Erkrankung des Tieres hin.
Bei Katzenhaltung empfiehlt sich in jedem Falle der Abschluß einer Haftpflichtversicherung.

Unveränderte Nachauflage der 6. Auflage von Die kranke Katze.

Redaktion: Gabriele Linke-Grün, Anita Zellner
Zeichnungen: Renate Holzner
Herstellung und DTP: Kempf und Teutsch, München
Layout: Christine Paxmann
Umschlaggestaltung: independent medien-Design, München
Reproduktion: DBB Reprostudio GmbH
Druck: Appl
Bindung: Auer

ISBN 3-7742-1667-3

Auflage: 10. 9. 8. 7.
Jahr: 03 02 01 2000

Rassetypische Probleme

Exotisch Kurzhaar: Katzen mit extrem flachen Persergesichtern leiden oft an tränenden Augen (→ Seite 64).
Birmakatzen: Diese im Typ gemäßigte Katze weist keine rassetypischen Erbfehler auf.
Schottische Faltohrkatze: Das Rassemerkmal dieser Katze sind die verkrüppelten Ohren. (→ Seite 67).
Perserkatze: Extreme Züchtungen haben ständig tränende Augen (→ Seite 64) und zeigen Gebißanomalien (→ Seite 69). Perser neigen vermehrt zu Geburtschwierigkeiten wegen der großen Köpfe der Jungtiere (→ Geburtskomplikationen, Seite 41).
Siamkatzen: Diese Rassekatzen können an Gebißanomalien (→ Seite 69) und Netzhauterkrankungen (→ Seite 67) leiden.
Abessinierkatzen: Bei ihnen wurden Erkrankungen der Netzhaut festgestellt (→ Seite 67).

Exotisch Kurzhaar

Birmakatzen

Schottische Faltohrkatze

Perserkatze

Siamkatzen

Britisch Kurzhaar (Kartäuser)

Burmakatze

Abessinierkatzen

Britisch Kurzhaar (Kartäuser): Sind unerlaubterweise Perser eingekreuzt, kann ein unerwünschter »Stop« zu Schwächen wie beim Perser führen (→ Seite 128).

Burmakatze: Burmesen sind früh geschlechtsreif. Eine rollige Kätzin schreit durchdringend. Wer nicht züchten möchte, sollte Kater bzw. Kätzin kastrieren lassen (→ Kastration, Seite 24).